NES ADREF

Nes
Adref

John E. Williams

Argraffiad cyntaf: Gorffennaf 1996

ⓗ   *John E. Williams*

Ni chaniateir defnyddio unrhyw ran/rannau
o'r llyfr hwn mewn unrhyw fodd
(ac eithrio i ddiben adolygu)
heb ganiatâd perchennog yr hawlfraint yn gyntaf.

Rhif Llyfr Safonol Rhyngwladol:
0-86381-369-0

Llun y Clawr: Anne Lloyd Morris
Cynllun y Clawr: smala, Caernarfon

Argraffwyd a chyhoeddwyd gan Wasg Carreg Gwalch,
Iard yr Orsaf, Llanrwst LL26 0EH
☎ *(01492) 642031*

I Dr Anne Ross (am ei chyfeillgarwch).

'Tithau heno roddi'r hanes am y meirw gwael di-fri,
Ym mhen amser, os rhyw landdyn o dy dymer dyner di,
Ddigwydd ddyfod gerllaw'th feddrod mewn myfyrdod pruddaidd maith,
A chwenychu'n fawr gael gwybod, hanes ystod fer dy daith.'

Marwnad Gray

1.

Roedd hi'n gred gyffredinol ymhlith trigolion y plwyf fod gemau wedi eu celu yn folt Plas Iorwen yn yr hen fynwent. Ac yn rhyfedd iawn, y genhedlaeth iau oedd yn gyfrifol am adfywiad yr hen chwedl; Dilys yr *home help* yn un; heb sôn am Albyt, a oedd erbyn hynny wedi datblygu'n chwedl fechan leol ynddo'i hun.

Ond doedd yr hen Dom Roberts ddim yn rhannu eu brwdfrydedd rhamantus o gwbl, yn arbennig felly a hithau'n gyfnod pan oedd pob math ar ddieithryn yn treiddio i bellafoedd cefn gwlad. I Tom, byddai'n drychineb wirioneddol pe bai rhywbeth yn digwydd i'r folt, gan fod Glyniaid Plas Iorwen i fod yn ddisgynyddion i Owain Glyndŵr ei hun. A beth bynnag, roedd ganddo bryder personol ynglŷn â bedd-ysbeilio. Roedd ei wraig wedi ei chladdu nid nepell oddi wrth y folt, a chyda hi, yn unol â'r traddodiad teuluol, roedd Tom wedi cuddio hanner cant o sofrenni aur. Fel yn achos claddu ei dad, y bwriad oedd sicrhau na fyddai'n rhaid wrth gladdedigaeth tlotyn i'r gweddw; byddai'r arian yno'n ddiogel pan ddeuai'n amser i ailagor y bedd iddo ef neu hi.

Yr unig un a rannodd y gyfrinach hon â Tom oedd yr hen glochydd, ac roedd yntau bellach wedi ymuno â'r deuddeg cant a gladdwyd yn y fynwent. Doedd Tom ddim hyd yn oed wedi dweud wrth ei fab na'i ferch-yng-nghyfraith rhag ennyn eu gwawd. Purion amser iddynt gael gwybod pan ddarllenid ei ewyllys. Roedd ei fywyd gyda hwy ar yr hen fferm yn ddigon amhleserus fel ag yr oedd.

Daeth ymweliad â'r fynwent yn rheolaidd yn obsesiwn ganddo bron oherwydd ei bryder ynglŷn â'r bedd-ysbeilio, ac ar adegau byddai yn cludo ei hen gyfeilles Katie Davies i'w ganlyn i wneud ei thwtrwydd ei hun. Roedd y bore cynnes hwnnw ym mis Mehefin yn un o'r achlysuron rheiny.

Roedd Tom ychydig yn hwyr, a bu'n rhaid i Katie ddisgwyl wrth giât Gwêl y Moelydd am tua chwarter awr gyda'i chan dŵr a'i chwdyn plastig. Pan gyrhaeddodd yr hen ŵr o'r diwedd yr oedd yn llawn ymddiheuriadau am yr oedi.

'Llond y post y bora 'ma yn disgwyl am bension. Saeson rhan fwyaf ac yn cymryd eu hamsar,' eglurodd.

Roedd clytiau o awyr las yn agor fel blagur tros y mynyddoedd, a sylwodd Tom arnynt fel y bydd dyn tua diwedd ei oes, pan fo'r cyffredin yn dechrau ymddangos yn rhyfeddol.

'Rydan ni wedi dewis di-fai ddiwrnod,' meddai Katie.

Pan oeddent ar gychwyn am y car daeth pâr ifanc allan o'r drws nesaf dan gilwenu a chyfrannu, meddyliodd Tom, at y gwamalrwydd lleol mai esgus i fynd i ymaflyd codwm rhwng y cistiau oedd y twtio beddau gan yr hen gwpwl.

'Rydan ni wedi bod yn gwneud hyn ers tro bellach,' myfyriodd Katie wedyn wrth iddynt rowlio dow-dow i lawr y lôn gan hel cynffon o gerbydau fel cynhebrwng.

'Siŵr o fod, ond mi rydw i wedi dŵad â chdi odd'no yn fyw bob tro.'

'Matar o amsar Twm bach. Mi fyddi'n dŵad adra a fy ngadael i gyda hyn.'

'Paid â sôn.'

A dechreuasant ar y gêm anochel o gofio hyn a chofio'r llall: y cyfnodau hapus wrth gwrs, fel yr arwyddair ar y deial haul ar lawnt Plas Iorwen, *I count not the hours that are not bright.*

'Mi fyddan ni'n gwneud diwrnod ohoni hefo Mam,' meddai Katie. 'Cael dŵr poeth yn Nhyn Llan i sgwrio'r cerrig a gwneud te, ac mi fydda yna rai eraill yn gwneud yr un peth ac yn sgwrsio'n braf heb neb i darfu arnom ni ond y tawelwch. Mi fyddan ni'n gwneud tua hannar dwsin yr adag honno; ewythrod a chyfnitherod. Ond mae un yn llawn digon i mi erbyn hyn.'

'Mi faswn i'n meddwl hefyd. Mae'r lle wedi mynd yn anialwch. Yr ofn sgin i ydi y bydd yr hen ywen yna yn dŵad i lawr ar eu traws nhw un o'r nosweithia gwyntog 'ma.'

'Gobeithio y deil hi tra byddan ni beth bynnag.'

Gadawsant y car wrth borth yr eglwys a cherdded ar hyd y llwybr chwynllyd.

'Yn y fan yma mae'r captan llong hwnnw aeth â Napoleon i St Helena wyddost ti,' meddai Tom.

'Taw di. Dyna'r munud cynta i mi wybod. Mi fasa'n werth i ti sgwennu petha fel 'na i'r papur bro cyn iddyn nhw fynd ar goll. Mi rwyt ti'n ddigon diwylliedig,' meddai Katie gan edrych yn edmygus ar ei chydymaith: gŵr mawr esgyrnog yn dechrau cymanu erbyn hyn, ond yn dal i atgoffa rhywun o'r Hen Frythoniaid rheiny oedd yn trigo ar y Caerau Mawr yn yr oes a fu. Ymddangosai Katie yn ddigon eiddil wrth ei ochr, yn fechan a gwelw a thipyn o lusg yn ei thraed, ond eto yn nodweddiadol o'r giatiau gwichlyd rheiny sydd yn goroesi dynion cryfion.

Roedd ei rhieni a'i brawd wedi eu claddu ar fin y llwybr. Bedd llydan oedd o ac arno raean gwyn mewn ffrâm o garreg dywyllach, â'i dull hi o'i dacluso oedd chwynnu'r gwair a'i amgylchynai a chwydu gwenwyn chwyn ar y cerrig mân. Yr oedd yn rhaid i Tom frwydro ei ffordd drwy'r drysni i gael at fedd ei wraig fodd bynnag, ond cyn iddynt wahanu pob un i'w orchwyl, caent drafodaeth ar gyflwr cyffredinol y lle.

'Mae'r sgrifen ar y garrag yn dechra pylu,' sylwodd Katie. 'Mae gen i flys dŵad â phot o baent arian hefo fi tro nesa.'

Edrychodd Tom ar y llechen. Dyna oedd gwneuthuriad pob dim yn y filltir sgwâr honno, a pha ryfedd, a hwythau mor agos i'r chwarel garreg las a oedd erbyn hyn wedi cau a thlodi dyn a diwylliant o'i chwmpas. 'Cadwaladr Davies a'i wraig Sarah. Hefyd eu mab Iorwerth a foddwyd . . . '

Doedd dim rhaid ei atgoffa o'r trychineb hwnnw. Buasai yn cofio am byth y noson falmaidd honno o Fehefin hanner canrif ynghynt, pan geisiodd dynnu corff Iori o'r marddwr yn yr afon gyda'r hogiau eraill.

'Does 'na ddim lle i mi yn y bedd yn fan yma,' meddai Katie gan dorri ar draws ei feddyliau. 'Mi fydd yn rhaid i mi fynd ar ben fy hun wrth eu hochra nhw.'

'Pam nad ei di i'r darn newydd yna ymysg y bobol cerrig beddi crand Katie?' meddai Tom dan wenu. 'Tebyg at ei debyg, meddan nhw.'

'Faswn i ddim munud yn ddedwydd yno. Mae arna' i isio bod yn yr hen ddarn cofia.'

'Debycach gen i mai chdi fydd wrth fy mhen i.'

Ond doedd gan Tom ddim ansicrwydd ynghylch ei gladdfa na chwaith bryderon am garreg fedd ei wraig. Gwenithfaen oedd hi, wedi ei chodi o'r gŵys ers blynyddoedd yn yr hen ffarm, ac arni mewn plwm roedd: Ellen Roberts, 1925-78 ('Ellen Fwyn' chwedl yntau) 'Uwch y bedd, gwacach byd'.

A gwag fu ei fyd hefyd, serch y ffaith ei fod yn dal i fyw yn ei gartref yn yr hen ffarm gyda'i fab a'i ferch-yng-nghyfraith. Roedd wedi gwneud yn siŵr o'u hewyllys da drwy drosglwyddo yr eiddo iddynt drwy weithred roddi. Er hynny, yr oedd wedi cael hwi o'r tŷ i'r hen lofft ŷd oedd wedi ei thrawsnewid yn fflat hen lanc hefo golygfa undonog tros y goedwig bîn, gan fod angen ei stafell ef yn y tŷ i gadw pobl ddiarth. Y cyfaddasu yma oedd pen y ffasiwn wedi mynd, mewn adeiladau a thir. Doedd yna fawr o ffermio yn cael ei wneud, doedd yna fawr o dir ar ôl ar gyfer hynny p'run bynnag. Roedd y maes mawr ger y pentref wedi ei werthu i'r Cyngor i adeiladu cartre hen bobl, Plas Noswyl, a'r gweirgloddiau, lle byddai'r gwartheg llaeth yn cael eu troi i newid yr adladd glas yn llefrith pur ac ymenyn melyn dagreuol, i gyd o dan y pîn.

Ond roedd yn rhaid rhestru'r bendithion a ddaeth yn sgîl y newidiadau hefyd, i fod yn deg. Roedd y Comisiwn Coed wedi concritio'r hen ffordd drol drwy'r buarth a thu draw, er mwyn hwyluso trafnidiaeth at y coed — caffaeliad mawr yn y gaeaf.

Doedd Plas Noswyl, cartref yr henoed, ddim wedi bod yn llwyr golled i Tom chwaith. Cafodd fachiad i fynd yno i wneud tipyn o arddio achlysurol, a thrwy hynny daeth i adnabod rhai o'r trigolion, yn enwedig Wil Griffith, a oedd wedi treulio ei oes ar y tir hefyd — fel gwas; ffaith a roddai'r fraint i Tom ei alw yn 'chdi'. Ar ei ddiwrnodau gorau, byddai Wil yn dod i'r Hendre Ddidol a byddai'r ddau yn pwyso ar y giatiau yn hel atgofion ac yn gwrando ar y maip yn tyfu.

Eisteddodd Katie ar gist a'i bag wrth ei hymyl. Roedd haul canol bore Mehefin, er yn anwadal ei ymddangosiad y tymor hwnnw wedi twymo'r caead llechen.

'Gwranda,' meddai hi yn ei dull hen ferchaidd. 'Mi rydw i wedi dŵad â trît i ti bora 'ma. Gad i ni gael panad a bynsan cyn dechra.' Gafaelodd mewn fflasg a thywalltodd i ddwy gwpan.

'Mi rwyt ti'n fy nifetha i,' meddai Tom, ac eisteddodd wrth ei phenelin gan osod ei gryman ar y gist.

'Be sy'n digwydd yn y fan yma rŵan?' gofynnodd Katie gan ogwyddo ei phen i gyfeiriad yr eglwys.

'Chydig am ddim a wn i. Mi glywais fod yna berson newydd — *territorial* felly.'

'Be ti'n feddwl?'

'Rhan-amsar. Darlithydd ydi o yn y coleg pan nad ydi o'n pregethu a gweddïo.'

'Pwy sy'n claddu'r meirw?'

'Y meirw eu hunain am wn i, fel mae'r gair yn ddeud.'

'Oes 'na rywun yn y persondy?'

'Mae o'n llochas i ferchad wedi cael eu colbio gan eu gwŷr. Ond rhai fel yna biau hi heddiw. Tasa ti yn digwydd cael dy daflu ar y clwt rhyw dro, chwilia am rywun i roi cweir i ti.'

Tynnodd Katie ei sbectol i gael gwared ag ager y te.

'Taw di. Fyddi di byth yn t'wyllu'r lle felly, a dy deulu di wedi bod yn eglwyswrs mor selog ar hyd yr oes?'

'Tro diwetha yr es i oedd i Gymun y Pasg, tro byd yn ôl rŵan. Ac yn y pnawn roedd hwnnw. Os oes 'na ryw arwyddocâd i'r Pasg, yn y bora mae hynny. Ac roedd rhan fwya ohono fo yn Saesnag. Rhyw glwb busnas ydi o wedi mynd, Katie, mesyns a rhyw griwia lleuog felly yn chwara i ddwylo ei gilydd. Eglwys y werin oedd hi'n arfer bod.'

'Y gred sy'n cyfri Twm, waeth i ti pa iaith.'

'Mae hwnnw wedi mynd yn beth digon sâl,' meddai Tom gan dynnu cefn ei law ar draws ei fwstash trwchus. 'A maen nhw wedi darnio'r hen Lyfr Gweddi. Fedra' i ddim canlyn y gwasanaethau wedi mynd. Does gynnoch chi ddim problema fel yna yn y capal?'

'Fyddan ni ddim yn cael gair o Saesnag, ac maen nhw'n gwybod hynny. Ond be fedri di wneud ar ei gownt o p'run bynnag?'

Cododd Tom ar hynny a symudodd gam neu ddau i fyny'r llwybr.

'Mae gan Meibion Glyndŵr cystal atab â neb.'

'Ond dim ond llosgi a . . . '

Chafodd Katie ddim gorffen. Roedd Tom yn pwyso ar relins folt Plas Iorwen ar draws y llwybr. 'Wel myn diawl!' ebychodd. 'Tyrd yma Katie. Dydi'r meirw hyd yn oed ddim yn saff wedi mynd.'

Pan aeth hi ato, dangosodd Tom iddi sut lun oedd ar un o'r slabiau ar y gongl â dolen haearn yn gysylltiedig wrthi. Roedd y garreg wedi ei chodi oddi ar ei heisteddle.

'Ysgwn i beth mae'r *krauts* yn drio'i gael yn y fan yma?' gofynnodd Tom. Cyfeiriai at bawb a enynnai ei ddicter fel *kraut*, byth ar ôl yr Ail Ryfel Byd.

Caniataodd Katie reg grefyddol iddi hi ei hun am unwaith yn ei hoes, ac yr oedd hi'n amlwg wedi'i chynhyrfu.

'Nefoedd fawr. Beth maen nhw'n geisio d'wad?'

'Mae'n siŵr eu bod nhw'n meddwl bod yna emau ar y cyrff. Mynd yn brin o bres i gael cyffuria.'

'Wyddost ti be? Faswn i ddim yn hapus i ddŵad yma fy hun gefn dydd gola hyd yn oed. Ddylian ni ddeud wrth rhywun d'wad?'

'Wrth bwy ddeudi di? Does 'na neb isio gwybod. Maen nhw'n rhy brysur hefo'u petha eu hunain. Fasan nhw ddim ond yn chwerthin am dy ben di a meddwl ei bod hi'n bryd i ti ddŵad yma dy hun. Does 'na ddim dynion yn y lle 'ma ti'n gweld. Yn ein hamsar ni mi fasa'r hogia yma hefo gynna' yn eu disgwyl nhw 'run fath â chŵn lladd defaid.'

'Cymar ofal â meddwl am y fath beth Twm bach. Chdi fasa yn y jêl.'

Cythrodd Tom i'w gryman yn ei wrthni a chamodd i ganol y drysni, gan 'dorri'r gwlith i lawr', fel yr *yeoman* yng Ngalarnad

Gray, i gyfeiriad bedd ei wraig, ac yr oedd yn cael cip ar yr enwau cynefin ar y llechi wrth fynd. Arferai ddweud y buasai ganddo gymdogion diddan wrth ei ochr ar ôl iddo gael ei roi i orwedd gyda'i wraig.

Mynwent plant, doedd yn waeth dweud, oedd y darn hwnnw; pump o blant William a Mary Jones, Capel Aeron, yr un tros bum mlwydd oed, ac i gyd o'r hen ganrif, wedi llwgu neu ddihoeni o ryw glefyd neu'i gilydd. Doedd yna ddim enwau ar y llechen, ac fe ddiflannodd pan ddaeth rhyw griw di-waith yno i dwtio'r fan honno. Roedd Tom wedi teimlo i'r byw pan ysbeiliwyd y garreg, ond roedd gwaeth loes yn ei aros.

Yn eistedd â'i chefn ar garreg fedd ei wraig roedd rhyw lafnes o hogan, wrthi'n cnoi ei brecwast yn ôl pob golwg. Roedd ei gwallt am ben ei dannedd ac yn wlyb, ac edrychai fel anifail gwyllt wedi ei ddarfu ar ei wâl.

'Myn uffarn!' gwaeddodd Tom. 'Fasat ti'n licio cael hwn ar draws dy lwnc?' Daliodd y cryman o hyd braich.

Doedd cymharu'r ferch â rhyw wylltfilyn ddim yn beth afresymol. Cododd fel petrisen a'i g'leuo hi i berfeddion gwyllt y fynwent gan arllwys creision yn gawod ar y bedd.

'Yr hipi ddiawl!' gwaeddodd Tom wedyn, a hyrddiodd ei gryman fel bwmerang ar ei hôl. Hedodd hwnnw heibio ei hysgwydd i'r drysni.

Roedd wedi cynhyrfu beth, ac nid oedd arno awydd ar y funud i afael yn ei orchwyl; bu'n hir yn dod o hyd i'w gryman ymysg y mieri p'run bynnag. Wrth iddo glirio'r creision oddi ar y bedd, penderfynodd fynd yn ei ôl i ddweud yr hanes wrth Katie ac i rannu cyfrinach y sofrenni cudd â hi, gan fod pethau wedi dod i hynny. Ond erbyn y bore hwnnw fodd bynnag, yr oedd wedi gadael pethau yn llawer rhy hwyr. Roedd fel pe bai wedi ei dynghedu i ganfod merched yn gorwedd ar draws beddau.

Wrth glosio at y llwybr ni welai olwg o Katie. Tybiai ei bod wedi mynd at y tap i gael dŵr i'w gwenwyn chwyn, ond erbyn iddo gyrraedd y bedd, dyna lle'r oedd hi'n gorwedd ar y cerrig gwynion, ei sbectol wrth ei hochr, a'r can gwyrdd ar lawr yr ochr arall yn glafoerio ei wenwyn.

Gafaelodd Tom ynddi a'i rhoi i orwedd ar y gwair.

'Katie,' meddai. 'Be sy' wedi dŵad i ti? Wyt ti'n fy nghlywad i?' Ond nid oedd gan Katie ddim i'w ddweud.

Trodd Tom amrannau ei llygaid fel pe bai hi'n fuwch wedi trigo, a theimlodd ei harddwrn, ond doedd yna ddim curiad. Yna ceisiodd wneud rhywbeth am y tro cyntaf yn ei fywyd: rhoi cusan bywyd iddi. Roedd wedi gweld y peth yn cael ei wneud mor aml ar y teledu, ac fe edrychai yn orchwyl ddigon hawdd, ond clogyrnaidd oedd ei ymdrech wrth iddo flasu te ail-law ar wefusau Katie. Wnaeth o ddim dal ati'n hir; roedd yr hen ŵr wedi trin digon o feirwon i wybod nad oedd adferiad iddi.

Cododd ar ei draed o'r diwedd ac edrychodd ar y sbectol a'r can dŵr ar y cerrig: 'Beth sydd i mi mwy a wnelwyf ag eilunod gwael y llawr', meddai wrtho'i hun yn dawel. Roedden nhw wedi mynd yn bethau di-fudd iawn i'r hen Gatie ar drawiad.

Taenodd Tom ei grysbas tros Katie ac aeth i chwilio am ffôn yn Nhŷ'n Llan. Doedd yna ddim arwydd o'r hogan wyllt.

2.

Ddarfu'r ffaith y gallasai'r hogan hipi a'i hymddygiad fod wedi cyfrannu tuag at farwolaeth Katie ddim taro Tom am ddiwrnod neu ddau. Calon yr hen ferch oedd wedi rhoi, doedd dim dwywaith am hynny, ac er bod y ffaith honno yn amlwg, bu rhai yn gofyn cwestiynau digon ynfyd iddo, gan rhyw led awgrymu bod ganddo elw mewn golwg o gael gwared â hi. Daliai ef i ofyn iddo'i hun a oedd Katie wedi gweld y ddrama wrth fedd ei wraig ac wedi cynhyrfu ar ben cael ei dychryn wrth weld folt y Glyniaid? Doedd dim modd cael gwybod bellach. Penderfynodd yn y fan a'r lle y byddai'n rhaid iddo ddod o hyd i'r hogan, doed â ddelo, er na soniodd yr un gair amdani wrth neb.

Wedi i ddau blismon dieithr gyrraedd y fynwent a'i roi drwy'r gogr, cafwyd goriad yr eglwys a chludwyd Katie, oedd erbyn hyn wedi dechrau sythu, i orwedd yn y 'sêt llongwrs' o dan y clochdy. Chwith meddwl amdani yn y fan honno yn ddiymgeledd a hithau'n gymaint o Fethodist, meddyliodd Tom. Dim ond angau fedrodd ei gorfodi i fynd i mewn i'r fath adeilad. Wedyn, roedd yn rhaid meddwl am y trefniadau, a doedd yna neb ar gael am a wyddai Tom i wneud y rheiny, gan fod yr hen ferch yn ddilinach. Penderfynodd Tom felly gymryd yr holl amgylchiad arno ei hun.

Ar ôl holl drafferthion ac ysgytwad y bore, roedd yn hwyr yn cyrraedd yn ei ôl i'r fferm i gael cinio, a doedd Glenys ei ferchyng-nghyfraith ddim yn un i'w chadw yn disgwyl wrth neb na dim. Roedd hi wedi ei gwisgo fel pe bai ar gychwyn allan, ond ni wnaeth holi dim ynglŷn â beth oedd wedi ei gadw cyhyd.

'Jest mewn pryd y daethoch chi,' meddai yn siort pan ddaeth Tom i'r gegin a fu unwaith yn llaethdy. 'Rydw i ar gychwyn i'r dre hefo'r wyau. Mae'ch cinio chi ar yr ochr. Mi fydda' i yn ôl i de —

hynny ydi, os byddwch chi yma i'w gael o. Mae gen i gwpwl yn dŵad i mewn am dridia. Mi fydd yn rhaid i mi alw ar Dilys i ddŵad i wneud y bedrwm yn barod iddyn nhw. Be oeddach chi a'r hen wraig 'na yn wneud i gymryd y fath amsar?'

'Beth bynnag oeddan ni'n wneud, wnawn ni mohono fo eto,' meddai Tom wrth eistedd, ac erbyn hynny roedd y braw a gafodd yn dechrau taro yn ôl ar ffurf cryndod dieithr y tu mewn iddo. Yr henaint wrth gwrs yn dod â'i wendidau i'w ganlyn. Doedd hi ddim mor hawdd taflu pethau i ffwrdd erbyn hyn.

'Wedi cael ffrac ydach chi?' gofynnodd Glenys.

Gollyngodd Tom ei fom ar drawiad. 'Mi fu Katie farw yn y fynwant.'

Symudodd Glenys yn ei hôl yn erbyn y sinc. 'Wedi marw?' meddai, yn amlwg wedi ei tharfu. Eisteddodd yn y man, ei brys wedi ei anghofio. Ac wrth fwyta dywedodd Tom yr hanes.

'Does ganddi hi neb,' meddai yn y diwedd. 'Mi fydd yn rhaid i mi wneud beth fedra' i iddi hi.'

Yna gofynnodd Glenys y cwestiwn disgwyliedig.

'Oedd ganddi hi bres?'

'Wn i ddim, a dydi o ddim yn boen arna' i chwaith.'

'Mi ddyla fod os ydach chi am ofalu am ei threfniada hi. Mi allasach gael eich beichio â'r holl gosta.'

Roedd yn rhaid i Tom gyfaddef bod hynny yn bosibilrwydd.

'Mi fydd yn well i chi gael gair hefo Hari mae'n siŵr gen i, cyn rhwymo eich hun i betha fel yna,' meddai Glenys.

Dyna'r gagendor a deimlodd Tom erioed rhyngddo ef a nhw — y materol. Roedd o wedi cael ei feithrin i wneud cymwynasau cymdeithasol yn ddi-dâl, ac yr oedd yn groes i'w egwyddor i ddisgwyl gwobr.

'Rydach chi'n iawn debyg,' cyfaddefodd o'r diwedd yn gyndyn. 'Lle mae o wrthi heddiw?'

'Yn Cae Cynffon yn gosod polion i gau. Mae o'n rhoi cynnig ar y dril newydd i dorri tylla. Mi fûm i yno gynna yn ei gweld hi'n gweithio.'

Ar ôl ei bryd bwyd cerddodd Tom i lawr i Gae Cynffon. Roedd ei fab yn hwylio'r dril dyllu ar gyfer postyn arall. Nid ataliodd beiriant y tractor nes yr oedd y twll yn ddigon dwfn. Syllodd Tom ar y sgriw yn troi a brathu'r pridd fel erfyn tynnu corcyn, ac yr oedd ei ên yn llac fel un wedi ei gyfareddu.

Daeth Hari i lawr oddi ar y tractor. Yn gorfforol roedd yn ailagraffiad o'i dad. 'Be ydach chi'n feddwl ohoni?' gofynnodd.

'Patant handi. Biti na fasa hi yma ers tua hannar can mlynadd.'

'Gawsoch chi dwtio yn y fynwant? Mi fuoch yn hir iawn.'

Ailadroddodd Tom y newydd trist wrth hwnnw wedyn.

'Wel yr hen garpan,' meddai'r mab. 'Oedd hi'n werth rhywbath?'

Roedd hynny o eiriau yn ddigon i daflu Tom yn ei gyflwr presennol rhag ymgynghori â'i fab ynghylch doethineb gofalu am gladdu Katie. Dywedodd yn swta, 'Os oedd hi dydi o werth dim iddi heddiw.' Ac aeth oddi yno yn ffwr-bwt gan adael Hari yn edrych ar ei ôl gan ysgwyd ei ben cyn troi yn ôl at ei orchwyl.

Doedd Tom ddim wedi trefnu cynhebrwng ers marwolaeth ei wraig, a doedd o ddim yn siŵr at bwy i fynd ynghylch y bedd. Roedd Owen Huws, yr hen ymgymerwr, a oedd wedi claddu'r trigolion ers adeg yr hers geffyl bron wedi rhoi'r gorau iddi ers tro ac yn falch o wneud hynny. 'Welais i rioed ffasiwn strach ac y sydd i roi creadur mewn twll wedi mynd,' chwedl yntau.

Ar ôl holi yma ac acw, yn y diwedd cafodd Tom ei gyfeirio at ddyn yn y dref; un byr, ffwrdd-â-hi, a oedd hefyd yn rhoi ei hun yn dipyn o saer maen blociau rhwng priddo pobl. Pan aeth hwnnw i'r fynwent efo Tom un prynhawn, gyrrodd far i lawr i'r ddaear wrth ochr bedd teulu Katie, ond ymhen dim roedd rhwystr iddo.

'Mae 'na rywun yn y fan yma yn barod giaffar,' meddai wrth Tom. 'Mi rydan ni wedi taro'r cyfars. Mi fydd yn rhaid iddi fynd i'r darn newydd yna, a dyna fo. Ga' i'r JCB i fyny pnawn 'ma.' Ac yr oedd ar gychwyn mynd gyda brys heintus yr oes pan alwodd Tom ar ei ôl. Roedd o am fynnu cario dymuniad Katie i'r pen.

'Aros am funud. Mi wn i am le arall,' meddai, ac arweiniodd y dyn cyndyn i gyfeiriad bedd ei wraig. 'Tria yn y fan yma,' meddai pan ddaethant at fedd pum plentyn bach Capel Aeron. Yno aeth y bar i lawr ar ei union.

'Fedrwn ni ddim cael y JCB allan i'r fan yma giaffar, a dyna fo i chi,' meddai'r dyn.

'Fydd raid i ti ddim. Mi agora' i o.'

'Y chi?'

'Be sgin ti yn erbyn hynny?'

'Dim byd ond amsar. Mi rydach chi isio claddu dydd Sadwrn medda chi.'

'Mi fydd yn barod i ti.'

'Dyna fo 'ta. Ar y'ch pen chi y bydd o,' a ffwrdd â fo.

Eisteddodd Tom ar y wenithfaen, a sylweddolodd faint yr oedd wedi'i gymryd arno ei hun. Doedd o ddim wedi bod yn ceibio ers blynyddoedd, wel slogio felly. Yn ei awydd i fod yn ffyddlon i Katie hyd y diwedd, gwelodd ei fod wedi addo, yn fyrbwyll a gorchestol, rhywbeth oedd y tu hwnt i'w allu, a doedd dim diben iddo fynd adref i gwyno wrth Hari a Glenys. Mae'n bur debyg eu bod yn gwrthwynebu yr hyn oedd eisoes wedi ei wneud. Beth bynnag, roedd yn rhaid iddo ddechrau rhyw dro. Aeth i'w gar i gychwyn adref i mofyn arfau, a'r weithred honno a roddodd y syniad yn ei ben.

Roedd y Ffordyn wedi mynd yn gyndyn o danio yn ddiweddar. Roedd yn bryd iddo fynd i weld Richie Malan. Ia wrth gwrs, yr union ddyn a fuasai yn ei gael o'i helbul hefo'r bedd. Roedd o wedi bod yn torri i Now Huws unwaith.

Yn lle mynd i'r fferm, aeth Tom drwy'r pentref ac allan i ffordd y ffriddoedd lle'r oedd rhes fer o dai ar ochr y lôn. Yn eu canol roedd Richie Malan yn byw. Byddai yn dweud bod yna fantais mewn byw mewn lle felly am nad oedd angen trwsio'r talcenni.

Dyn hanner moel, canol oed oedd Richie Malan, ac yn daid i amryw. Gallai droi ei law at amryw byd o dasgau, trwm a chain, ac yr oedd yn athrylith hefo peiriannau. Doedd dim ond rhaid iddo wrando ar sŵn rhyw foto, fel arweinydd cerddorfa, a gwyddai ar ei union beth fyddai'r diffyg. Ar ôl troi sgriw fan yma a nytan fan draw, byddai yn dweud: 'Tria fo rŵan,' ac yn ddi-feth byddai hwnnw wedi cael meddyginiaeth.

Droeon eraill, os byddai rhywun angen peipen ddŵr neu ryw ddarn elfennol felly, byddai yn dweud; 'Duw, ddoe roeddwn i'n tynnu un oddi ar rhyw gar, mae o hyd y fan 'ma yn rhywla,' a byddai yn rhoi ei law yn nhwll y clawdd fel pe bai'n chwilio mewn silffoedd ffeil, ac yn ei ganfod, gan ychwanegu, 'Mi fydd hwnna yn dal i fynd pan fydd dy gar di'n sgrap.'

Pe bai wedi agor garej, byddai wedi gwneud ffortiwn, ond roedd rhai yn manteisio ar ei gymwynasgarwch er nad oedd ganddo ond tâl y di-waith i'w gynnal. Y drwg oedd fod *Tafarn y Fedwen* a merched yn llyncu ei elw prin.

Pan gyrhaeddodd Tom y diwrnod hwnnw, roedd Richie â'i ben o dan fonat rhyw gar yn y lôn gefn, a daeargi yn eistedd ar do hwnnw.

'Sut hwyl Tom Robaits?' meddai dan wenu.

'Dal i fynd Richie, ar fy rims.'

'Mae gwedd ddi-fai arnoch chi.'

'O bell. Ond mae'r arwyddion i gyd yna rŵan.'

'Be ydach chi'n feddwl?'

'Dechra colli bwyd ar hyd fy ffrynt ac anghofio cau fy malog.'

'Mi fydd yn ddigon buan i chi fynd i bryderu pan fyddwch chi'n dechra anghofio ei agor o.'

Eisteddodd Tom ar ddarn o glawdd gan wenu. Fyddai Richie byth yn brin o atebiad.

'Sut mae'r car yn byhafio?' gofynnodd wedyn gan sychu ei ddwylo mewn clwt. Roedd ganddo ddiddordeb personol ym mhob car a driniai, oddi gerth ei un ei hun, a chadwai eu hanes yn ei ben fel meddyg teulu.

'Di-fai, ond ei fod o'n gyndyn o gychwyn weithia.'

'Plygia yn dechra blino, neu'r points. Mi drycha' i arno fo ar ôl gorffen hwn. Fydda' i ddim yn hir.'

'Does raid i ti ddim heddiw.'

Yna dechreuasant sgwrsio am bopeth ond neges Tom tros alw.

'Ydach chi wedi cael clec ar rywbath yn ddiweddar?' gofynnodd Richie, gan wybod mai gynnau oedd diddordeb Tom erioed.

'Does 'na ddim ar gael ond pïod a brain.'

'Does 'na ddim yr ochr yma chwaith ond amball i chwadan ar yr afon.'

'Mae hi'n chwith ar ôl y stad am hynny. Roedd yna rhywbath medrat ti ddwyn yr adag honno. Does gan rhain ddim. Er, mi glywais geiliog ffesant yn gweiddi yn y gwaelodion 'na y diwrnod o'r blaen.'

'Mae 'na ryw ddiawl gwirion yn siŵr o ddifa hwnnw hefyd. Roedd Dic, Foel Ddu yn deud wrtha' i echdoe fod 'na ddefaid wedi eu cnoi yr ochr bella 'na, ac nid gan gŵn chwaith. Roedd pawenna beth bynnag 'nath yn uffernol o fawr medda fo, debycach i deigar.'

'Taw di. Wyddost ti ddim beth sydd hyd y fan 'ma rŵan, yn bobol nac anifeiliaid.'

'Fydda' inna ddim yn teimlo yn saff yn y tŷ 'ma heb wn wedi mynd. Ydi'r ddau gynnoch chi o hyd?'

'O — yr hen *Mauser* a'r *Purdey*. Un da ydi hwnnw am chwadan uchal.' Roedd ganddo fo *Smith and Wesson. 38* hefyd, wedi ei gadw yn anghyfreithlon ar ôl y Rhyfel, ond ni fyddai'n yngan gair am hwnnw wrth neb.

'Mi ddaeth y copar yma,' meddai Richie, 'i edrach lle roeddwn i yn ei gadw fo. Lwcus 'mod i wedi cael yr hen gist ddur ail-law yna mewn pryd.'

'Yn y to y bydda' i'n cadw rhei'cw.'

'Nid at chwiad yn unig rydach chi eu hisio nhw Tom.'

'Rwyt ti'n llygad dy le. Wyddost ti beth welais i yn y fynwant bora 'ma?' A dywedodd hanes yr hipi.

'Erbyn i chi sôn mae 'na haid ohonyn nhw wedi prynu capal Bryn Banog. Maen nhw 'run fath â haid o wylliaid hyd y fan 'na.'

'Ac mae 'na rywun wedi codi slab oddi ar folt Plas Iorwen.'

'Myn diawl naddo! Y fi roddodd y diwetha i mewn yn y fan yna. Yr hen ddoctor; ydach chi'n cofio? Mi gawson ni dipyn o stagar hefyd. Roedd o wedi magu blonag at y diwadd.'

Roedd Tom yn cofio yn iawn, ond penderfynodd ei bod hi'n bryd iddo ddod at ei neges.

'Dŵad draw wnes i i ofyn cymwynas, Richie.'

'Rhywbath fedra' i wneud.'

'Ddoi di hefo fi i'r hen eglwys i dorri bedd?'

'Arglwydd, wedi cael lle yn glochydd ydach chi?' Safodd o

flaen Tom. 'I bwy yn neno'r nef?'

'Katie Davies.'

'Iesu! Yr hen Gatie. Ydi hi wedi mynd? Roeddwn i'n meddwl ei bod hi am aros i gael teligram gan y frenhinas. Wyddwn i ddim.'

'Mi rydach chi dipyn o dan badall yn y pen yma hefo'r niwsus.'

Pan ddeallodd Richie mai yn y fynwent y bu hi farw, meddai:

'Lle iawn i fynd. Pwy sy'n claddu?'

'Rhyw hen foi o'r dre. Fedrwn i gael neb arall.'

'Hywal "Dyna Fo" chwadal nhwtha. Mae'n ddrwg gen i Tom Robaits, ond choda' i ddim rhawiad i'r diawl hwnnw. Mae arno fo am dorri i mi ers tro. Wyddoch chi be, mi welais i hwnnw yn colbio penelinoedd rhyw hen fachgan hefo morthwyl i'w gael o i focs llai. Dwi 'di clywad ei fod o ymysg y criw 'na sy' wedi cael eu dal yn ffidlio grantia tai. Mae o'n gwisgo menyg gwynion hefyd weithia. Gwyliwch hwnnw beth bynnag wnewch chi.'

'Mi dala' i i ti Richie, fyddi di ddim yn golledwr.'

Ond roedd Richie o natur rhy lawagored i falio am arian, a phan ddeallodd mai Tom fuasai yn talu iddo p'run bynnag, roedd yn barod i agor y bedd.

'Wel mae hynny yn wahanol. Pa bryd ydach chi am ddechra ar y bedd?'

'Ella medrwn ni ei farcio fo ar ôl te. Mae'r gyda'r nos yn llaes rŵan.'

'Iawn. Lle mae o gynnoch chi?' Ac wedi cael gwybod ychwanegodd, 'Duw does 'na ddim plant yn y fan honno hefyd?'

'Oes, ond am ddim a ŵyr neb. Mi drian ni beidio eu taro nhw. Dyna'r unig le fedra' i gael hyd iddi hi yn yr hen ddarn.'

'Wel, fel fynnoch chi.'

'Fydd yna fawr ohonyn nhw ar ôl erbyn hyn, does bosib,' meddai Tom yn ymddiheurol. 'Ar ôl canrif.'

'Fedrwch chi ddim deud; mae rhai cyrff yn para yn rhyfeddol. Mi rydw i'n cofio ailagor yr ochor draw 'na unwaith. Roedd 'na ddynas yn y fan honno ers tua ugain mlynadd mewn bedd wedi mynd â'i ben iddo. Wyddoch chi be — mi fasach yn medru ei nabod hi er bod ei gwallt hi wedi tyfu i lenwi'r arch, a'i gwinadd

hi fel sbardunna ceiliog gêm. Ac mi oedd 'na werth ffortiwn o
fodrwya am ei bysadd hi. A deud y gwir wrthach chi Tom
Robaits, roedd hi'n demtasiwn. Dim rhyfadd bod 'na ladron
beddi.'

Roedd haul y diwedydd yn sglentio drwy gangau'r ywen ar
ffenestri'r eglwys pan gerddodd Tom a Richie i'r fynwent hefo'i
harfau. Rhag codi chwaneg o gynnen gartref, roedd Tom wedi
rhoi ei gaib a'i raw yn slei yn y car a rhoi'r argraff ei fod am fynd
i'r *Fedwen* am ei beint achlysurol.

Ar ôl torri'r wyneb a rhoi'r tywyrch o'r naill du, dechreuodd
Richie geibio, ac yr oedd ei gynefindra â'r orchwyl yn amlwg yn y
modd nad oedd yn ymladd â'r gaib. Roedd yr erfyn yn
ymddangos fel ymestyniad o'i freichiau, ac nid oedd ond prin ei
ddeufys a'i gledr yn cyffwrdd â'i choes. Ehedai honno fel rhyw
hebog drwy'r awyr a'i phig yn cyrraedd ei nod bob tro.
Dechreuodd Tom rawio'r pridd llac.

'Gadwch iddo fo,' meddai Richie. 'I be ewch chi i hambygio?'
Ond dal ati wnaeth Tom nes y bu raid iddo eistedd ar y
wenithfaen wedi diffygio, ac yn dra diolchgar erbyn hynny nad
oedd raid iddo wneud yr holl waith ei hun.

Fodd bynnag, erbyn y cyfnos yr oeddent wedi mynd i lawr yn
dda.

'Ydach chi isio gwaith ynddo fo?' gofynnodd Richie.
'Na, mi wnaiff yn foel, ŵyr yr hen Gatie ddim o'r
gwahaniaeth.'

Cymerodd Richie hoe. 'Mi gorffennwn ni o bora fory yn
hawdd,' a dechreuodd rowlio sigarét.

'Wyt ti'n dal i gwffio hefo'r mwg 'na?' gofynnodd Tom.
'Mae'n dda gen i fod wedi ei gael o lawar gwaith ar ôl gwneud
twll yn ddamweiniol mewn bedd yn llawn o ddŵr drewllyd.'

'Gefaist ti arswyd rhyw dro?'
'Duw do, lawar gwaith. Y peth casa' gen i wneud oedd mynd
adra i nôl te yn y gaea' a dŵad yn ôl wedyn. Y dŵad yn ôl oedd yn
annifyr. Mi rydw i'n cofio bod wrthi yn y pen draw 'na yn ymyl y
moniwment gwyn mawr hefo angal ar ei ben o, a phob tro

roeddwn i'n codi fy ngolwg yn y twllwch, mi gymerwn fy llw ei fod o'n symud yn nes ata' i. Mi g'leuis hi odd'no yn y diwadd. Dyna'r tro cynta i mi ddeud hynna wrth neb.'

'Rhyw dric hefo'r gola mae'n siŵr,' meddai Tom yn ffwr-bwt. 'Beth bynnag, fyddi di ddim isio cannwyll heno. Mi rown ni glec iddi hi. Wyt ti am ddŵad am beint?'

3.

Sais rhonc oedd y gŵr a gadwai'r *Fedwen*, ac ni chawsai ei wraig, er yn Gymraes o'r pentref, unrhyw ddylanwad arno. Yr oedd y sefydliad erbyn hyn wedi graddol newid yn ei naws a'i awyrgylch o fod yn dafarn bôn gwrych gyda'i gefail a'i chrud pwyso moch, i *showroom MFI* chwedl Richie Malan. Yn lle closio o gylch y tân ar noson o aeaf i drafod llên a gwleidyddiaeth a gweld ffurfiau yn y fflamau, roedd y cwsmeriaid cyfoes yn tueddu i wynebu cyfeiriad arall yn hollol i wylio lluniau o flwch nad oedd yn trethu llawer ar eu dychymyg i'w dehongli. Ond yr arferiad a ddatblygodd megis tros nos, a'r hwn a fyddai yn tarfu fwyaf ar ddiddanwch rhai fel Tom a Richie, a oedd bellach yn y lleiafrif, oedd y duedd gan y Saeson i hel eu hunain a'r byrddau symudol at ei gilydd i un gornel i gynnal eu cyfeddach estronol swnllyd a chan dreulio'r amser gyda'r haint diweddaraf a gyrhaeddodd hefo gwynt y Dwyrain — y cwis. Ac wrth y bar hyd yn oed, pan fyddai'r gŵr yn bresennol, hefo neu heb ei wraig, gorfodid y Cymry i gael eu diddanwch drwy foddion iaith arall.

Rhyw gwta ugain munud y buon nhw wrth y bar pan ddaeth dyn main i mewn gan daflu tremion amheus o'i gwmpas. Lewis oedd hwn, garddwr a Wil-pob-gwaith Plas Iorwen ers iddo gael ei drawsnewid yn westy. Roedd o'n gystadleuydd hefyd hefo Richie Malan i fod ar ben y gynghrair Heineken, a'r gred oedd nad oedd ei gyflogwr wedi gofyn am weld ei CV, gan fod ganddo duedd i roi ei law ar bopeth nad oedd wedi ei rwymo i bost a phared. Cyn bod am gyfnod yn arddwr ym Mhlas Noswyl, bu'n gweithio yn y ffatri ddodrefn yn y dre, nes y deallwyd ei fod wedi ysgafnhau baich y rhai a gymerai gyfrif o'r stoc flynyddol.

Treuliodd hefyd gyfnod mewn sefydliad yn Lloegr yn cael ei sychu, ond roedd lle i amau bod gofalu am oriadau seler win y Plas yn tueddu i ddadwneud y lles a wnaeth yr arhosiad hwnnw.

Yn ogystal â hyn i gyd roedd iddo osgo orchestol a barai iddo wneud y camgymeriad marwol hwnnw a all ond prysuro dymchweliad pob dyn: ymhonni ei hun yn aelod o genhedlaeth iau. Roedd Lewis am fynnu bod yn 'Mr Withiter' gyda'i drowsus denim tynn a'i fedal fawr felen yn crogi ar gadwen i lawr ei frest noeth. Ond nid ei ymddangosiad allanol yn unig a gyfranai tuag at ei enwogrwydd: roedd hefyd yn dad i Albyt.

Un bychan wyneb crwn tebycach i'w fam, yr hen Annie, oedd Albyt. Trigai gyda'i rieni a'i chwiorydd yn y tai cyngor. Gallai ymgilio i'w lecynnau dychmygol ei hun a mabwysiadu awdurdod unrhyw un a fynnai — o un o gapteiniaid llongau Caergybi i swyddog yn yr heddlu neu arolygwr ar y bysys, neu hyd yn oed gymysgfa o'r tri fel y byddai'r amgylchiadau yn galw; er iddo unwaith gael ei wahardd o gerbydau cyhoeddus am iddo ddigwydd canu'r gloch pan oedd rhyw hen wreigan yn llwythog o fasgedi ag un droed ar y step a'r llall ar y lôn.

I brofi ei awdurdod, roedd ganddo amrywiaeth o ddilladau perthnasol i'r swyddi hyn: cap llynghesydd a thop gwyn, neu diwnic las yn cario bathodyn y dair pluen ar yr ysgwyddau. Roedd unwaith wedi erlid criw o gychwyr o lan afon Drochwen drwy gymryd arno ei hun fantell uwch-swyddog o Barc Eryri. Pan ofynnodd un o'r rheiny beth oedd arwyddocâd y dail derw ar big y cap, eglurodd Albyt mewn geiriau coeth mai perthyn i adran y llynnoedd yr oedd.

Ym mhob tywydd cariai gôt oel drom at ei draed; dilledyn a roddai drwydded iddo sicrhau mynediad i unrhyw dŷ ar ei daith, drwy guro a gofyn i'r trigiannydd a allai gymryd gofal o'r gôt nes y dychwelai. Roedd rhai o'r bobl garedig yma, meddid, wedi cael achos i amau bod gan Albyt gyfran o natur ei dad.

'Sut mae hi, Lewis?' gofynnodd Richie Malan. A chyda rhagolwg am gyfrif mawr, 'Be gymi di?'

'Peint o'r regiwlar,' atebodd, ac fel ailystyriaeth, 'sut ydach chi Tom?'

Ar ôl cael ei ddiod trawodd Lewis ei fawd yn ei wregys a thaflodd ei ben i gyfeiriad y Saeson. 'Maen nhw wedi eu corlannu yn fuan heno,' meddai.

'Tom Robaits yrrodd y ci rownd,' meddai Richie. 'Oes 'na lawar ohonyn nhw yn y Plas yr ha' 'ma?'

'Be wyt ti'n feddwl, *Plas*? Welaist ti ddim o'r sein 'na yr ydw i wedi ei osod ar ben y dreif?'

'Naddo,' atebodd Richie. 'Be ydi o, rhywbath i dy rybuddio di rhag mynd i lawr i'r selar 'na yn rhy amal?'

'*Beechwood Hall* o hyn allan 'ngwas i. Paid â gadael i mi dy glywad ti'n deud dim arall, neu mi fyddi o flaen y *race relations* ar dy ben.'

'*Beechwood* be? Dwyt ti ddim yn meddwl ei fod o'n ddigon o dwll heb i ti ei adfarteisio fo. I be oedd isio ei newid o?'

'Haws i'r bobol ddiarth ei ddeud o,' heriai Tom.

'Mi oedd o'n dipyn o lond ceg,' meddai Lewis.

'Be am newid *Warrington* erbyn y tro nesa y bydda' i yn mynd i'r sêl geir?' meddai Richie.

'Ydi'r lle yn talu, Lewis?' gofynnodd Tom.

'Wn i ddim wyddoch chi. Mae'r dyn yn newid ei feddwl bob yn ail ddiwrnod, ond mi rydw i'n credu mai hi ydi'r bòs, fel mae hi mewn llawar lle. Mae o flys cael chwanag o garafans yn y parc a lle golff a siop a ryw stwnsh felly. Isio rhedag cyn cropian. Mi ddeudis i wrtho fo hefyd. Ond madam sgin y gair diwetha.'

'Oes gen ti rhywun yn dy helpu di hefo'r seins 'na?' gofynnodd Richie.

'Mae 'na rhyw ddau grinc o'r dre yno am gyfnod. Yr YTS 'ma wyddost ti. Fasa waeth i mi ddau gi defaid ddim. Mae'r diawlad yn sleifio i'r cwt clomennod 'na bob cyfla gân' nhw. Mi rydw i'n siŵr bod un ohonyn nhw ar y drygs hefyd.'

'Oes 'na rywun yn aros yn barhaol yno?' gofynnodd Tom.

'Nac oes. Mae gofyn i chi fod yn filionêr. Arglwydd, mae panad o goffi yn ddwybunt!'

'Mae hwn yn rhatach ac yn well i ti,' meddai Richie, gan godi ei beint.

Ar hynny gwaeddodd un o'r Saeson,

'Any of you wizards know where Mare Humorum is?'

'She's running in the National,' meddai Richie ar amrantiad.

'The Welsh one I expect.'

'Tyrd yma'r uffar, mi . . . ,' meddai Richie gan roi ei wydr i lawr.

'Ara deg Richie,' meddai Tom, gan droi at y Sais: *'It's in the moon.'*

'And you're from Mars I suppose?'

'Mae'r diawl yma yn gofyn amdani,' meddai Richie.

Chymerodd Tom ddim sylw. Meddai wedyn yn bwyllog fel athro amyneddgar hefo plentyn diddeall.

'It's a lunar sea. And the word by the way is Maray.'

'It can't possibly be,' meddai un o'r merched cegog. *'A sea on the moon!'*

'Any of you of the betting kind?' gofynnodd Tom.

'We've been known.'

'Five hundred pounds on the outcome.'

Rhoddodd y ddynes ei phen i lawr. *'Let's get on,'* meddai.

'Arglwydd, reit dda Tom,' meddai Richie. 'Proffesor ddylach chi fod wedi bod, 'te Lewis? Welaist ti'r llyfra 'na sy' gynno fo yn y llofft 'na?'

'Mae'n siŵr y medrwch chi wneud hebdda i rŵan,' meddai Tom dan godi yn sydyn i fygu'r fawlgan yn ei blagur. Roedd yn gallu tynnu drwy rai fel Richie a Lewis yn iawn, cyn belled â'u bod yn fodlon cyfyngu eu syniadau o fewn terfynau eu gweledigaeth eu hunain. Tu draw i hynny, gallai'r berthynas ddatblygu yn un anodd.

'Mi gwela' i di fory Richie,' meddai wrth gilio. 'Os byw ac iach.'

'Maddeuwch i mi am ofyn,' meddai Richie a oedd yn gyndyn o'i ollwng mor rhwydd. 'Oes gynnoch chi ffasiwn beth â phum cant yn digwydd bod hefo chi?'

'Pedwar a hannar. Roeddwn i'n dibynnu arnat ti am yr hannar cant arall.'

'Mi ddeuda' i un peth amdanoch chi, mae gynnoch chi ffydd myn diawl.'

4.

Byddai'n sych drannoeth; dyna'r cwbl fedrai pobl y tywydd ddweud. Cerddodd Tom i lawr i'r fynwent i ganfod Richie yno yn barod hefo'i ddaeargi, yn sgwario'r bedd.

'Mi rydan ni'n lwcus hyd yma Tom,' meddai. 'Dim golwg o'r plant — na'r dŵr chwaith.'

'Paid â chanu yn rhy fuan. Mae gen ti droedfedd neu ddwy i fynd. Mae dŵr yn beth mwya' anwadal.'

Sythodd Richie. 'Mi fûm i'n cael golwg ar y slab yna ar y folt. Mi fasa angan dyn cry' i godi honna.'

'Ella fod ganddo fo help.'

'Mae hynny ynddi. Rhyngddoch chi a'r meirwon 'ma, wyddoch chi be aeth drwy fy meddwl i neithiwr?'

'Na wn i.'

'Fasa yr hen Lewis yn cynnig peth fel 'na ydach chi'n meddwl?'

'Go brin. Mi fasa gynno fo ormod o arswyd. Debycach gen i mai rhyw hen hipis sy' wedi bod yna.'

'Ella wir, ond mae Albyt yn gry' fel bastad mul cofiwch. Dibynnu be fasa'r dynfa. Doedd gan yr hen ddoctor ddim byd arno yn mynd yno beth bynnag — modrwya na pheth.'

'Ddim hyd yn oed ganhwyllbran?' gofynnodd Tom dan wenu. 'I be fasa peth felly yn da iddo fo?'

'Roedd o'n sgùt am rheiny i setlo bilia. Dwyt ti ddim yn cofio ella, ond pan fydda hi'n dynn arno fo gael ei bres gan bobol — pawb yn dlawd wyt ti'n gweld — fydda ddim ganddo fo gipio petha o'r tŷ, hyd yn oed fân ddodrafn. Pan oedd yna ocsiwn yn y Plas ar ôl iddo fo farw, roedd y lle fel ogof Ali Baba.'

'Wyddwn i ddim. Cythral digywilydd 'te.'

'Mewn un ffordd, ond cofia roedd yn rhaid iddo fynta . . . '

Clywsant ar hynny rhyw grensian a chlecian y tu ôl i gist. Neidiodd Richie allan o'r bedd. 'Rarglwydd mae'r hen gi 'ma wedi cael hyd i'r plant. Gollwng o yr uffar . . . '

Roedd y daeargi yn gyndyn o ollwng ei ddarganfyddiad nes y cafodd ei berswadio gyda chic yn ei asennau, a chanfuwyd mai asgwrn braich a phenelin fechan oedd ganddo.

'Roeddwn i'n deud,' meddai Richie, 'y basa 'na ddarna ohonyn nhw yn dal ar ôl.'

'Be wnawn ni hefo fo?' gofynnodd Tom, wedi ei gynhyrfu yn fwy gan yr halogiad na'r esgyrn eu hunain.

'Mi rown ni nhw reit yn y gwaelod ar ôl gorffan. Peidiwch â phoeni. Mi rydw i wedi codi dwsina o esgyrn fel hyn. Sgin rywun ddim help mewn hen gladdfa 'run fath â hon.'

Pan ddaeth hi'n amser cinio arhosodd Richie yn y fynwent hefo'i gania cwrw a'i frechdanau, ac aeth Tom yn ei ôl i'r fferm. Roedd 'na amser, pan oedd ei wraig yn fyw, pan fyddai wedi mynd â Richie i'w ganlyn am blatiad o ginio, ond erbyn hyn doedd yna ddim cymaint o ryddid iddo wahodd ei westeion ei hun.

Pan gyrhaeddodd y fferm, yr oedd Hari a Glenys wrth y bwrdd, a'r mab mewn hwyl holi.

'Sut hwyl ydach chi'n gael yn y fynwant?'

'Di-fai.'

'Oes 'na ryw berthynas wedi dŵad i'r golwg eto?'

'Neb.'

'Wel mi fydd yn rhaid i chi fod yn ofalus rhag ofn i chi landio eich hun mewn dylad.'

Yr un hen dôn gron, meddyliodd Tom.

'Mi fyddaf.' Doedd dim diben ymhelaethu.

'Wn i ddim wyddost ti Hari,' meddai Glenys. 'Mae'r DSS yn talu am gnebrynga o dan rai amgylchiada.'

'Dibynnu os ydach chi'n cael yr *income support*,' meddai Tom.

'Oedd Katie yn ei gael o?' gofynnodd Hari.

'Faswn i ddim yn meddwl,' meddai Tom. 'Roedd hi'n rhy falch i gymryd cardod p'run bynnag.'

'Cardod!' meddai Hari bron yn gweiddi. 'Mi fasa ganddi hawl iddo fo wrth gwrs. Fedra' i mo'ch deall chi. Mae'r balchdar 'ma wedi eich lladd chi erioed.'

Ni threuliodd Tom lawer o amser uwchben ei fwyd. Roedd yn falch o gychwyn yn ei ôl am y fynwent, yn y car y tro yma gan ei fod wedi mynd i ddechrau teimlo oddi wrth waelod ei gefn yn ddiweddar wrth gerdded ymhell.

Pan gyrhaeddodd yno, er mawr syndod iddo pwy oedd yn eistedd ar gist yn mwytho ci Richie Malan ond yr hogan hipi a welsai'n gorwcdd ar fedd ei wraig. Roedd ei dillad llaes fel pe baent wedi eu casglu o hen lyfr patrymau a'i gwallt fel nadroedd Medusa. Safodd Tom yn stond i edrych arni, a phan roddodd Richie ei ben tros ymyl y bedd, gofynnodd iddo:

'Lle ce'st ti afael ar hon?'

'Dŵad yma wnaeth hi fel cath ar goll.'

'Hon oedd yma y diwrnod o'r blaen ddeudis i wrthat ti, y futan bowld,' ac wrth yr hogan meddai, *'What do you think you're doing in the churchyard lying on top of graves?'*

Roedd hi ar fedr dweud rhywbeth ond achubodd Richie flaen arni.

'Does dim rhaid i chi siarad Saesnag hefo hon Tom, mae hi'n medru Cymraeg.'

'O ydi hi wir! Mwya' yn y byd y dyla ei chywilydd hi fod.'

'Cywilydd?' meddai'r hogan yn y diwedd. 'Beth yw hwn?'

'Yr un peth ym mhob iaith,' meddai Tom. *'Shame* yn d'un di. Hynny ydi os gwyddost ti beth ydi hynny o gwbl.'

'Shame?' meddai hi yn uchel. 'Pam mae gen i *shame*?'

'Am amharchu . . . ' Yna sylweddolodd ei fod yn mentro mynd tu hwnt i gylch ei geirfa. *'For desecrating my wife's grave.'*

'Dyna chi Tom. Mygwch hi hefo'r geiria mawr 'na.'

Gallai'r hen ŵr fod wedi gwneud heb gyfarwyddyd Richie ar y pryd.

'Eich gwraig?' meddai'r hogan ar unwaith. 'Yn wir!' gan dynnu ei llaw hyd ben y ci. *'I didn't know did I.* Mae'n fawr ddrwg gen i. Ond roeddwn wedi ei hoffi hi.'

'Hoffi?' meddai Tom mewn syndod wedi troi i'r Gymraeg.

'Hoffi? Doeddat ti ddim hyd yn oed yn ei nabod hi.'

'*No matter,*' meddai hithau yn bendant. 'Roeddwn i'n meddwl ei bod hi — *on her own* — y — unig, yn wir. Hi eisiau cwmpeini. Ond fi ddim yn gwneud drwg i bedd. *If anything,* fi yn gwylio. Neb yn cael gwneud drwg iddo. Dim gadael i neb wneud drwg i Ellen, achos dyna enw fi. A rhyw dro, fi fel Ellen yna. Fi'n meddwl lawer gwaith pwy oedd hi, sut yr oedd hi yn byw. Chi dweud wrthyf rhyw amser.'

Doedd gan Tom ddim i'w ddweud. Roedd yn sefyll fel dyn o dan gyfaredd, ac am unwaith yn ei oes yn gweld yn glir pa mor wahanol oedd ei syniadau cynhenid a'i ddiwylliant ef i rai y meidrolyn yma a'i hoes, ac yn ei fyw nis gallai weld dim trosedd ynddi. Clywodd lais Richie o waelod y bedd.

'Doedd hi ddim yn meddwl dim drwg wyddoch chi Tom. Mae hi'n hen hogan iawn a deud y gwir.'

Roedd Tom wedi lliniaru erbyn hyn, ond eto yn cadw mewn cof fod pob benyw yn 'hen hogan iawn' i Richie cyn belled â'i bod yn siwtio ei bwrpas. Ond yr oedd am ddal gafael yn ei werthoedd ei hun.

'Dydi hynny ddim yn caniatáu iddi glertian hyd feddi pobol.'

'Clertian,' meddai hi. 'Beth yw hwn?'

'*Lounge,*' meddai Tom ar unwaith. '*Sprawl.*'

'Dyna ti,' meddai Richie wrthi. 'Os wyt ti isio *teacher* Cymraeg dyma fo i ti. Chei di neb gwell.'

'Yn wir? Ond fo dychryn fi o'r blaen. Taflu — y *sickle* ataf.'

'Cryman,' meddai Tom. 'Be oeddat ti'n ddisgwyl i mi wneud?'

'Ond dim rhaid taflu hwn. Gallwn gael fy lladd yn wir.'

'Dyna ddigwyddodd i Katie druan.'

'Roedd Richie yn dweud. O peth drwg. Gwelais chi yn dod. Ond fi wedi dychryn wedyn. Buaswn wedi gallu helpu chi hefo — y Katie.'

'Fasat ti ddim wedi gallu ei chodi hi o farw yn fyw.'

'Yn wir.'

'Rŵan, rŵan yr hen Dom,' meddai Richie. 'Chwara teg, peidiwch â dechra arni hi eto. Mae hi wedi deud bod ddrwg ganddi hi.'

'A bedd yma i Katie,' meddai'r hogan heb gymryd nemawr sylw. 'Peth drwg yn wir,' ac yr oedd hi'n dal i nodio ei phen fel mandarin.

'Be wyt ti'n da yn y fynwant 'ma mor amal?' gofynnodd Tom.

'Wel — fi hel blodau a . . . '

Cynorthwyodd Richie hi gyda'i heglurhad.

'Mae hi'n stydio bloda ydach chi'n gweld Tom, a phetha gwyllt. Ac erbyn meddwl, does 'na ddim gwell lle i hynny nag yn y darn gwyllt yma. Mae hi'n ddigon diniwad,' meddai wedyn, 'unwaith y dowch chi i'w nabod hi,' fel pe buasai'n ceisio perswadio rhywun a oedd yn mynd i drin anifail gwyllt. 'Wyddoch chi lle mae hi'n byw?'

'Na wn i.'

'Yn Beudy Bach, yr hen dyddyn 'na sy' ar y ffridd uwchben rhes ni.'

'O ia. Doedd 'na ddim rhyw griw'n esgus rhedag ffatri neu rhywbath fel 'na yn y fan honno unwaith?'

'Oedd, rhyw hen foi a rhyw ddynas yn gwneud petha dringo. Cael grantia gan y WDA. Y dîlars 'na sy' wedi cael eu dal yn rhoi eu dwylo yn y til at eu peneliniau hefo arian y wlad. Mi aeth y rhain yn glec beth bynnag, diolch i'r nefoedd. Gyntad ag yr oeddwn i'n dechra ar gar yn y lôn, mi allasach fetio y basa un o'r diawlad yn siŵr o fod isio pasio hefo'r fan fawr honno, a doedd fiw i mi fynd ar y ffridd hefo gwn nad oedd yr hen ddynas honno yn ffônio'r copars. Trio deud 'mod i'n beryg. Mi rydw i'n siŵr ei bod hi ar y drygs.'

Erbyn hynny, yn llif pregeth Richie, roedd yr awyrgylch derfysglyd wedi ei chwalu.

'Fi ddim ar ffordd Richie,' meddai'r hogan. 'Dim ond beic gen i.'

'Mi rydach chi wedi mynd yn dipyn o fêts mewn munud ddyliwn,' meddai Tom, a gofynnodd i'r hogan o ble'r oedd hi'n dod.

'Lincoln,' meddai hi. 'Chi ddim yn gwybod am hwn?'

'Lincoln,' ailadroddodd Tom. 'Roeddwn i yn ei ymyl adag y Rhyfal, lle o'r enw Ludford Magna, hefo'r RAF.'

'Yn wir! Taid fi hefyd yn peilot. Beth 'ych chi?'

'Air gunner.'

'Yn wir.'

'Byd bach yn y diwadd Tom,' meddai Richie. 'Ella eich bod chi yn ei nabod o.'

'Yn wir,' meddai hithau drachefn.

'Mi fydd yn rhaid i ti roi'r gora i ddeud "yn wir",' meddai Richie, 'neu mi gei enw 'run fath â Hywal Dyna Fo.'

'Yn wir, yn wir,' meddai hithau. 'Fi ddim yn meindio — 'run fath â Red Indian, Mini-ha-ha,' a chwarddodd ei hun.

'Roeddwn i'n deud wrthach chi Tom, does 'na fawr o ddrwg yn hon.'

Roedd yr hen ŵr yn cyd-weld yn ddistaw bach, ond ei fod yn gyndyn o gyfaddef. Sylweddolodd yn sydyn fod newid aruthrol wedi bod ar y byd; ryw gywen o hogan yn y fynwent yn brygowtha hefo dau ddyn mewn oed. Beth a fuasai Ellen wedi ei ddweud yn ei hoed hi?

Roedd Richie wedi dod i'r lan erbyn hyn ac yn pwyso ar ei raw. Roedd ei ymdrechion yng ngwaelod y bedd wedi gwneud iddo ddiosg ei grys, ac yr oedd yn amlwg fod rhywun wedi bod yn gweithio yn galed ar ei gnawd hefo pin tatŵ, ac wedi defnyddio ei gorff fel canfas arlunydd i arddangos amrywiaeth anghyffredin o fywyd gwyllt y maes: pysgod ac adar ac ieir bach yr haf mewn cymdeithas mor glòs, fel y buasai yn anodd pe bai angen, rhoi nodwydd chwistrell rhyngddynt heb niweidio un ohonynt. Roedd yr hogan wedi ei chyfareddu â'r fath amrywiaeth.

'Oes 'na chwaneg?' gofynnodd.

'Mi faswn i'n eu dangos nhw heblaw fod arna' i ofn i rywun ddŵad,' meddai Richie, ac fel pe bai hynny wedi bod yn rhyw argoeliad, clywyd llais o'r tu ôl, a phwy oedd yno yn sefyll fel delw ond Albyt. Roedd ganddo jersi laes at ei liniau bron, a honno wedi ei haddurno â chylchau llachar o bob lliw hyd at y gwaelod.

'Duw, ylwch,' meddai Richie, 'mae rhywun wedi gadael tamad o India Roc i ni.'

'Y — be wyt ti'n wneud?' gofynnodd Albyt i Richie yn y llais main hwnnw oedd ganddo.

'Gosod trap twrch daear.'

'I — y Katie Davies mae'r twll 'na?'

'Ia.'

'Gryduras 'te!'

'Be wyt ti'n wneud y dyddia yma?'

'Prysur wsti. Ond dwi ar fy holides o'r polîs yr wsnos yma, er 'mod i'n dal i fod yn dditectif o hyd wyt ti'n gweld.'

'Wyt ti am fynd i ffwrdd?'

'Fedra' i ddim, 'cofn i rhywbath ddigwydd, y — imyrjyrnsi wyt ti'n gweld Richie. Ond mi es i Sir Fôn ddoe hefyd.'

'Be oeddat ti'n wneud yn y fan honno — trochi dy draed?'

'Na, mynd i brynu car.'

'Sut un ydi hwn? Mae gen ti Rolls yn barod 'toes?'

'Sleifar Richie. Du i gyd; mawr wsti y — Myrsyridis. Mi fasa'n handi i fynd â merchad i Coparét dydd Iau.'

'Mi rwyt ti wedi ei gweld hi yn fan'na,' meddai Tom. 'Wyt ti amdano fo?'

'Na dwi'm yn meddwl.'

'Rhy ddrud?' gofynnodd Richie.

'Does 'na ddim hitar yn'o fo.'

'D'wad i mi,' meddai Richie wedyn. 'Fyddi di'n dod i'r fynwant 'ma weithia hefo polîs?'

'Na, dwi ddim yn licio pobol wedi marw. Welis i — welis i Nain wedi marw.' Camodd yn nes at y gist. 'Pwy ydi'r bisin bach yma Richie. Peth ddel. Dest y peth i mi.' Roedd o'n chwannog ar adegau i fachio merched.

Camodd Tom rhyngddo a hi, ac ni fedrai Richie lai na gwenu ynddo ef ei hun. Roedd yr hen ŵr fel pe bai wedi mabwysiadu rhyw agwedd warchodol tuag ati yn barod.

'Ond y — ond y watchia hi Richie,' meddai Albyt wedyn. 'Spei ydi hi sti — o Rwsia. Mae 'na lot ohonyn nhw yn Llundan.'

Ar ôl gwneud y sylw hwnnw trodd ar ei sawdl heb air arall, yn ei ffordd nodweddiadol ei hun, a diflannodd fel actor ar lwyfan wedi gorffen ei ran.

Yn y cyfamser, doedd Yn Wir ddim wedi dweud gair. Roedd

hi'n edrych braidd yn syn, ac ymhen ysbaid meddai, 'Fi hefyd yn mynd yn awr. *Thank you for your company gentlemen,*' ac wrth Tom, 'Chi dweud wrthyf rhyw amser am Ellen.'

'Mi wnaf, mi wnaf,' meddai Tom wedi ei drechu gan drais ei swyn.

'Mi gei di ddŵad hefo fi yn y munud,' meddai Richie.

'Diolch, na. Caf weld y blodau ar hyd y ffordd.'

Ond doedd ymweliadau'r pnawn ddim drosodd. Roedd Richie wedi mynd i'r drysni am wagiad gan adael Tom wrth y bedd, a'r nesaf i ymddangos fel cymeriad arall mewn drama oedd Hywel Dyna Fo.

'Sut mae o'n llacio?' gofynnodd heb ragymadrodd, ac edrychodd i'r twll. 'Rydach chi wedi cael hwyl, rhaid i mi ddeud.'

Ond cyn i Tom gael cyfle i ateb ymddangosodd Richie.

'Mi rydan ni yn cael fisitors pwysig pnawn 'ma Tom,' meddai.

'O wela' i,' meddai Hywel. 'Roeddwn i'n meddwl bod petha'n dŵad ymlaen yn od o dda.' Yna trodd at Tom. 'Hefo chi y gwnes i'r cytundeb cofiwch.'

'Wnest ti ddim cytundeb yn y byd,' meddai Tom. 'Fu yna ddim sôn am bres.'

'Ddaru chi ddim gofyn am ddim.'

'Dwyt titha ddim yn un fasa'n cynnig,' meddai Richie.

'Wnes i ddim cytundab hefo chdi beth bynnag.'

'Does raid i ti ddim. Busnas rhwng Tom Robaits a fi ydi hwn. Ond mi ddeuda' i wrthat ti un peth, wneith o ddim anghofio talu i mi 'run fath â rhai.'

Ond roedd croen Hywel yn rhy drwchus i deimlo'r ergyd.

'Mi setla' i hefo'r giaffar 'ma ar y diwadd. Dydyn nhw ddim yn mynd â hi i'r eglwys?'

'Na, cynhebrwng Methodist ydi o,' meddai Tom.

'Gobeithio'r nefoedd y bydd hi'n sych,' meddai Richie. 'Mae'r criw yna yn chwannog i ddal ati hi. Mi rydw i'n eu cofio nhw yn dŵad â rhyw hen wraig ar draws o Sir Fôn unwaith. Rhwng dechra yn y tŷ a mynd â hi i ddau gapal a gwasanaeth wrth lan y bedd, mi gymerodd bum awr i gael gwarad â hi. Roedd yna saith o weinidogion yno a phob un isio deud ei bwt. Roeddwn i'n wlyb at fy nghroen.'

'Os bydd gen i rywbath i'w wneud efo fo, fydd yna ddim chwanag o feddi yn cael eu hagor yn y jyngl yma, a dyna fo,' meddai Hywel. 'Mae hi'n hen bryd iddyn nhw ddŵad â'r giang yna i glirio'r lle.'

'Pa giang?' gofynnodd Richie.

'Maen nhw'n mynd i symud y cerrig a'r cistia 'ma a'u rhoi nhw yn erbyn y wal, fel y medran nhw gadw'r diawl lle yn dwt. Maen nhw wedi dechra rhyw gronfa i'w neud o.'

'Chdi ydi'r trysorydd debyg!' meddai Richie.

'Wel mae o'n ffaith, a gora yn y byd po gynta.'

Edrychodd Richie a Tom ar ei gilydd, ond ddwedodd yr un o'r ddau air. Roedd hi'n amlwg serch hynny beth oedd yn mynd drwy eu meddyliau.

5.

Roedd yn hwyr glas gan Tom weld dydd Sadwrn y cynhebrwng yn cyrraedd gan fod y trefniadau a'r cyfrifoldeb yn mynd yn bryder iddo. Doedd o ddim wedi cael cwsg iawn ers noson neu ddwy gan ei fod wedi mynd i bendroni am y pethau rheiny a allai fynd yn groes, ac erbyn hynny yr oedd yn dechrau sylweddoli nad oedd rhybuddion ei fab a'i ferch-yng-nghyfraith ynghylch amgylchiadau Katie Davies i'w cymryd yn ysgafn.

Roedd ymyrryd â chladdfa'r plant dienw hefyd ar ei feddwl. Doedd ofergoelion plentyndod ac ofergoelion yr *aircrews* ddim yn caniatáu iddo anghofio'r teimlad annedwydd hwnnw y buasai halogi gorffwysfan y plant yn gwahodd melltith barhaol arno. Beth fuasai Ellen yn ei ddweud?

Pan syrthiodd i drwmgwsg fodd bynnag yn oriau mân y bore trannoeth cafodd un o'i hunllefau — un a oedd yn gyffredin i'r hogiau a fu'n gwasanaethu yn yr awyrlu amser y Rhyfel. Roedd wedi cael llonydd da oddi wrthynt ers tro, ond gwyddai na allai cyfnod o hanner can mlynedd eu dileu'n llwyr. Credai weithiau, er na soniodd wrth neb, fod hynny yn un rheswm pam y cafodd ei anfon o'r tŷ i'r llofft.

Yn yr hunllef yr oedd bob amser yn nhyred y *Lancaster* hefo'i bedwar *Browning*, ac yr oedd honno ar dân ac yn plymio, yntau'n ymlafnio i geisio troi'r tyred i gael dod allan, ond yn methu. Yna byddai'n deffro gyda gwaedd.

Ar ôl deffro'r tro hwn, eisteddodd ar erchwyn ei wely ac edrychodd ar ei silffoedd llyfrau gyferbyn; geiriau, geiriau, miloedd wedi eu gosod hefo'i gilydd i gyfleu gwahanol ddehongliad i bob un a'u darllenai.

Roedd yna ddarn o leuad haf uwchben y pîn, a hwnnw yn gogwyddo tua'i fachlud yn ôl pymtheg gradd yr awr. Roedd wedi cael y wybodaeth honno gan Holly — ei hen gyfaill o gyfnod y Rhyfel — gan mai dyna oedd ei grefft.

Cododd ac estynnodd lyfr o luniau o ben y silffoedd, ac agorodd ef yn sydyn fel rhywun yn ceisio dileu ofn parhaol drwy ei wynebu yn fwriadol.

Trodd y dalennau yn araf a syllodd ar lun y sgwadron, a llun y *Lancaster* a'i phedair *'Merlin'; 'Molly Malone'*, a'r saith, ac yna llun Holly ar ei ben ei hun: *'Flight Sergeant Richard Hollis RAFVR'*, gyda'r freinteb â'r un asgell a'r N. yn y canol. Roedd hi'n beth rhyfedd i'r ddau gyfeillachu mewn gwirionedd, a hwythau o gychwyniad mor annhebyg i'w gilydd; hefyd yr oedd y cyfeirwyr fel rheol yn cadw i'w cymdeithas eu hunain, wedi ymgolli yn eu trafodaethau am uchder a chyflymder, *vectors* a thywydd. Ond roedd yna fwy o alw am *air gunners*. Nid oedd y cyfeillgarwch a ffurfiwyd rhyngddynt hwy yn para yn hir; roeddent yn mynd yn adar prinnach bob nos fel petris mewn helfa.

Ychydig a soniodd erioed, er cael ei holi, am y profiadau nosweithiol rheiny pan oeddent yn cario ffrwydron i'r Almaen. Ar brydiau nid oedd yn sicr ei hun a oedd y fath gyfnod wedi bod yn ei fywyd. Ond roedd arwyddocâd y freuddwyd yn amlwg. Roeddent wedi cael noson amrwd yn Kassel; y taflegrau yn fwy cïaidd nag arfer. Roeddent ar eu ffordd adref yn rhidyll tros Ffrainc, a phawb yn dibynnu ar gyfrifon Holly. Aeth un o'r *Merlins* ar dân. Erbyn iddynt gyrraedd Pas de Calais bron i olwg y môr, ymledodd y tân i un arall. Clywodd Tom y peilot yn gorchymyn i bawb fynd allan. Roedd ef yn y tyred gynffon, ffaith a ddaliai i gredu a achubodd ei fywyd. Aeth allan wysg ei gefn a disgynnodd yn araf o dan ei ganopi drwy wyll distaw y cyn-wawr, ac ar ôl taro'r ddaear canfyddodd ei hun ar gwr coedlan. Ni welwyd byth mo'r chwech wedi hynny. Mae'n debyg iddynt fethu â dod allan mewn pryd ac iddynt fynd ar eu pennau i'r Môr Udd i farwolaeth gymysg o ddŵr a thân.

Pan lwyddodd o'r diwedd i ddod adre drwy gynorthwy'r

Fyddin Gudd, aeth i Leicester i weld rhieni Holly. Ond er iddo gael eithaf croeso, ymweliad annoeth ydoedd. Ni wyddai'r un o'r tri beth i'w ddweud wrth ei gilydd, a chyn ymadael teimlodd Tom rhyw awyrgylch o atgasedd yn crynhoi. Roedd yn ymwybodol iawn o'r cwestiwn hwnnw a ataliwyd rhag ei ofyn gan rym cwrteisi y tad a'r fam, 'Pam y fo ac nid y chdi?' . . .

Er ei fod yn teimlo'n swrth nid aeth Tom yn ei ôl i'w wely. Gwisgodd ac aeth allan i wlith y plygain i sawru'r awyrgylch hwnnw a garai gymaint gynt wrth ladd gwair gyda'r ceffylau, cyn i bryfed a gwres y dydd ddod i'w llethu.

Cerddodd ar gwr y coed ac i fyny'r bryn o dan y Caerau Mawr ac eisteddodd ar glawdd. Oddi tano wedi ei thraflyncu gan y coed roedd Ffynnon Rhagnell, i'r lle unwaith cerddai cannoedd o gleifion i gael rhin y dŵr durllyd. Pa enw Seisnig fyddai arno heddiw, pe bai'n dal mewn bod, tybed? Roedd un peth yn sicr, byddai rhyw fewnfudwr trachwantus yn sicr o fod wedi dod o hyd i ffordd o wneud elw o'r dŵr ffynnon — ei botelu, adeiladu siop a maes parcio efallai, a hyd yn oed marchnata chwedl Rhagnell ei hun fel rhyw stori opera sebon. Oedd, roedd gwaeth tynged i'r ffynnon na mynd â'i phen iddi ynghanol y coed, o olwg pawb. Byr oes a welai hefyd i'r enwau daearyddol eraill: Moel Aner, Pant y Myllt, Cors y Fuches, oll wedi goroesi eu harwyddocâd gwreiddiol. Roedd y fuches wedi diflannu — Cors y Peilonau oedd hi bellach yn cynnal y cewri dur ysgerbydol a gludai'r trydan o'r atomfa.

Pa ddiben, fodd bynnag, hel meddyliau fel yna a phethau mwy ymarferol angen eu trefnu? Penderfynodd fynd i'r fynwent i edrych a oedd popeth mewn trefn hefo'r bedd. Chwedl Richie: 'Mi fasa'r diawlad yn dwyn hwnnw tasan nhw'n medru.'

Wrth glosio at y porth allai o ddim llai na meddwl am y ddwy Fair a'r bedd gwag, a phan roddodd ei law ar y giât cofiodd yn sydyn am y cynllun i symud y meini.

Roedd Tom yn grediniol fod y parch a roddai cymdeithasau i'w claddfeydd yn profi pa mor waraidd, neu anwaraidd oeddent. Roedd hynny yn bendant yn wir am y Llan hwnnw, a'r gymuned a edrychai ar ei erw fel man gysegredig i'w pharchu a'i thwtio ac i gludo iddi eu teyrnged i'w hanwyliaid ar Sul y Blodau. I beth oedd angen cronfa i dalu am ofalu am y lle. Pe bai'n gae pêl droed fuasai yna ddim prinder llafur gwirfoddol i roi trefn arno. Ond pe symudid y cerrig a'r cistiau fel y dywedodd Hywel, beth fyddai tynged gweiriau a blodau Yn Wir?

A beth am Yn Wir heb ei gweiriau a'i blodau? Beth am y beddau yr oedd am eu dangos iddi? Bedd Capten Llong Napoleon a bedd ei fodryb Grace a fu farw wrth geisio ailfeddiannu ei chaseg oddi ar y Sipsiwn. Roedd y syniad hwnnw'n peri cymaint o loes iddo â dim erbyn hynny.

Wrth gerdded y llwybr rhwng y cistiau teimlai rhyw anesmwythyd dieithr, a phan gyrhaeddodd at y bedd cafodd y teimlad ei gyfiawnhau; yr oedd hwnnw yn llawn o ddŵr llwyd drewllyd.

Ar y funud ni wyddai beth i'w wneud yn ei rwystredigaeth. Meddyliodd am fynd adref i mofyn llestr, ond doedd dim diben, buasai yno drwy'r dydd. Doedd dim amdani ond nôl Richie Malan, a fuasai hwnnw ddim ar ei draed am ddwyawr neu dair arall, yn dibynnu p'run ai oedd y noson gynt wedi bod yn un fawr.

Aeth yn ei ôl yn araf i'w lofft a gwnaeth damaid ar y stôf drydan fechan yn y gornel. Fuasai ei fab ddim yn symud chwaith hyd saith i hanner awr wedi. Dyna un fantais o gadw gwartheg tewion yn lle buches laeth.

Penderfynodd wedyn fynd i'w gar a gyrru i fyny lôn y mynydd, ac yno y bu yn eistedd am ysbaid yn edrych i lawr ar y dyffryn a'r pentref a rhes Richie Malan. Roedd wedi dechrau cael helynt hefo'i lygad yn ddiweddar, a rhyw natur dyfrio arni yn y boreau cyntaf yn gosod niwlen o flaen ei olwg. Eto yr oedd yn medru gweld rhai manylion. Wrth sylwi ar y mwg yn y Beudy Bach cydiodd awydd ynddo'n sydyn i fynd draw yno. Gadawodd ei gar a cherddodd yno ar draws y ffridd.

Roedd Yn Wir yn yr ardd yn ei choban a'i gwallt wedi ei blethu mewn cadwynau main gyda mwclis yn crogi ar eu pennau fel merched y Masai. Ar lintel y ffenest roedd radio fechan yn corddi 'cyfarfod gweddi Zombies' chwedl Richie Malan. Roedd drws y tŷ yn agored ac yn caniatáu i arogl fel tarth eglwys Babyddol ddod allan ar awyr y bore.

Pan gyfarchodd Tom hi tros y gwrych roedd hi wedi ei tharfu braidd, ond nid oherwydd ei diwyg.

'O!' meddai â'i llaw ar ei bron. 'Cefais fraw. Dim yn disgwyl. Bore iawn eto.'

'Garddio wyt ti?' gofynnodd Tom.

Anwybyddodd hynny. 'Rwy'n mynd i ffwrdd,' meddai.

'Ymhell?'

'I hel blodau. Yn y bore mae'r gorau.'

'Cerddad wyt ti?'

'Na, gyda hwn,' a phwyntiodd at feic amryliw a oedd yn pwyso ar fur y tŷ.

'Gyda llaw,' meddai Tom, 'mae gen i siom i ti mae arna' i ofn. Maen nhw am dorri gwair y fynwent.'

'O na — yn wir?'

'A symud y cerrig.'

'Y cerrig? Nid Ellen hefyd?'

'Wn i ddim.'

'Bydd yn rhaid i ni wrthod.' Roedd hi'n awyddus i ddangos ei bod o'i blaid beth bynnag.

Ond os yr oedd yr hen ŵr yn disgwyl gwahoddiad i'r tŷ, cael ei siomi wnaeth o. Roedd yn amlwg nad oedd gan Yn Wir yr un agwedd yn ei ffau â'r hyn a ddangosai yn gyhoeddus.

'Cofia,' meddai yn y diwedd. 'Os bydd arnat ti isio canfod gweiria, mi wn lle mae digonadd.'

'O diolch, efallai yn wir. Ond esgusodwch. Rhaid i mi wisgo,' a diflannodd i'r tŷ.

Aeth Tom yn ei ôl ar draws y ffridd ac eisteddodd yn ei gar eilwaith. Dechreuodd siarad ag ef ei hun, arferiad yr oedd wedi mynd yn fwyfwy tueddol i'w feithrin ers tro. 'Wel dyna chdi 'ta y slwtan ddigroeso os mai fel 'na rwyt ti isio bod.'

Roedd wedi disgwyl cael dweud wrthi am y bedd dyfrllyd a chael rhywfaint o gydymdeimlad, ac yn ei henaint roedd ei deimladau yn dueddol o siglo o un pegwn i'r llall. Pe bai yn cyfaddef y gwir, yr oedd wedi dychmygu cael mabwysiadu hogan y Beudy Bach fel rhyw fath o wyres; perthynas yr oedd hyd yma wedi cael ei amddifadu ohoni.

'Pa fantais mae troi'r awr yn roi i'r diawlad disymud yma?' meddai wedyn wrth syllu i lawr ar y pentref digyffro. 'Maen nhw'n colli dwyawr dda yn eu gwlâu bob bora.'

Ar hynny gwelodd Yn Wir yn mynd i lawr yr allt ar ei beic. Aeth drwy'r pentre ar sgri, ac yna collodd olwg arni ar ffordd y dref.

Sylwodd wedyn ar beth amheuthun; ehedydd y mynydd ar ei adain yn troelli i'r entrychion i ddatgan ei 'foreuol glod', ond yr oedd yr aderyn yn rhy bell iddo glywed ei gân. Roedd bob amser yn cofio yr hyn ddywedodd rhyw hen was a oedd gan ei dad wrtho unwaith, bod yr ehedydd yn canu mewn iaith dramor.

Roedd sglent o haul wedi dod tros y foel ac yr oedd rhyw syrthni yn awel yr uchelder. Wedi ei amddifadu o'i gwsg, ni ymladdodd Tom yn erbyn ei heffaith farwaidd . . .

'All right then grandad? Wakey wakey . . . '

Deffrodd Tom gyda naid gan gythru i ymyl yr olwyn. Tu allan i'r car yr oedd tri llanc wedi eu beichio â rhaffau ac offer dringo. Roedd yr hen ŵr yn rhy hurt i ddweud dim am funud.

'Been on the tiles then?' ychwanegodd un arall a chwarddodd y tri wrth fynd i fyny'r allt. Gwyliodd Tom hwy yn y drych yn mynd yn llai ac ar ôl adfeddiannu ei synhwyrau meddyliodd am yr atebion parod y buasai wedi gallu eu rhoi iddynt — y *krauts* digywilydd.

Daeth i sylweddoli yn ddiweddar fod ei henaint yn peri iddo gael ei ymneilltuo oddi wrth y to ieuanc, a hynny ar waethaf ei foneddigeiddrwydd a'i ymddangosiad trwsiadus. Roedd y cyfan yn creu agwedd elyniaethus rhwng y ddwy genhedlaeth. Dos oddi ar y ffordd y diawl dibwrpas, dwyt ti ddim yn talu am dy gadw.

Sylwodd wedyn ar y cloc; hanner awr wedi naw. Roedd wedi syrthio i drwmgwsg y bore bach. Gadawodd i'r car rowlio i lawr cyn taro'r clytsh i mewn.

Roedd Beryl, gwraig Richie Malan, yn bwydo rhyw adar mân oedd ganddi mewn cawell yn y cefn. 'Heb ddŵad i'r wynab mae o,' meddai pan welodd Tom wrth y ddôr. 'Mi waedda' i arno fo. Mi rydw i ar ei hôl hi fy hun bora 'ma.'

Dynes flonegog oedd Beryl. Hi oedd yn arolygu'r plant bob amser chwarae yn yr ysgol, ac yn dal i roi ystyr i'r ferf honno. Ers i'r gyfundrefn ddwyieithog dreiddio i'r sefydliad, roedd hi wedi datblygu bloedd enwog a ymdebygai i arwyddair rhyw raglen deledu boblogaidd: 'Owt-tw-ddy-cowt'.

Arhosodd Tom â'i bwys ar glawdd y lôn fach nes y daeth Richie allan o'r diwedd dan stwffio ei grys i'w drowsus.

'Mi rydach chi wedi fy nal i ar fora drwg. Cael traffarth hefo'r car ydach chi?'

'Mae'r bedd yn llawn o ddŵr fachgan.'

'O'r arglwydd! Tewch â deud. Roeddwn i'n ama y basan ni yn cael helynt fel 'na,' ac fel pe bai newydd gofio, 'Duw, mi rydan ni'n claddu yfory. Gwrandwch — mi wn i beth wna' i, mi bicia' i i'r iard scrap. Mi rydw i'n siŵr fod gan Dafydd Cowboi bwmp. Mi ga' i fenthyg hwnnw. Rhowch ryw awr i mi.'

Aeth Tom i'r fynwent, ac aeth awr Richie yn ddwy, ond bu'n werth disgwyl. Roedd pwmp dŵr a'i atodiadau ganddo. Pan welodd y bedd, meddai yn ddifeddwl:

'O'r bedd nesa 'na mae o'n dŵad reit siŵr. Mae rhai ohonyn nhw yn llawn fel bath 'dach chi'n gweld.'

I olwg yr hen ŵr roedd y pwmp tu draw i bob gobaith o ddefnyddioldeb. Doedd hynny, fodd bynnag, yn pryderu dim ar Richie. Tynnodd y plwg a'r points i'w crafu, yna chwistrellodd lymaid o betrol i mewn i'r silindr a chau'r plwg arno. O ganlyniad, taniodd y peiriant ar un plwc, ac wedi taflu'r beipen i'r bedd, roedd yn arllwys yn dda. Wedi cael at y gwaelod, daeth yn amlwg fod y dŵr am fynnu dod i mewn o hyd fodd bynnag.

'Mi rydan ni yn mynd i gael byd hefo hwn,' meddai Richie. 'Mi fydd yn rhaid i mi ddal gafael ar y pwmp tan fory a'i gadw fo'n mynd tan y munud diwetha. Mi ddo' i â thipyn o lwch lli. Gobeithio'r nefoedd y bydd hi'n sych.'

Os oedd deisyfiad Richie yn rhyw fath o bader, un ofer oedd hi. Roedd y dydd Sadwrn hwnnw fel diwrnod o Hydref wedi camamseru ei ddyfodiad. Roedd hi'n tywallt y glaw ac yn frochus. Pan ddeffrodd Tom ac edrych allan ar y glaw yn gyrru ar draws y pîn, dywedodd yn uchel:

'Mae arna' i ofn dy fod ti am gael croen gwlyb yr hen Gatie.'

6.

Dyrnaid ddaeth i gladdu Katie, a'r rheiny am y mwyaf yn ffyddloniaid y capel. Gwyddai Tom nad oedd a wnelo'r tywydd ddim â hynny, roedd ei chyfoedion wedi arloesi'r llwybr o'i blaen:

> 'Cyfaill neu ddau a'm cofiant,
> Prin ddau lle'r oedd gynnau gant.'

Ddaeth Glenys ddim, yn un. Roedd hi wedi mynd i gynhadledd da pluog yng Nghlwyd, a bu gwaith perswadio ar Hari.

Yn groes i gynghorion y ddau, aeth Tom i'r fynwent ar ôl brecwast. Wrth gerdded y llwybr wrth y giât clywodd guriadau'r pwmp, ac yr oedd Richie yn mochel ym mhorth yr eglwys gan edrych fel mynach du yn ei gôt oel a'i gwcwll.

'Mi fydd yn rhaid i ni gadw hwnna i fynd,' oedd ei eiriau cyntaf. 'Mae'r diawl wedi llenwi eto. Berig i'r hen greadures feddwl mai mewn canŵ mae hi cyn y nos.'

'Mi fydd yn rhaid i ti ei lenwi o'n reit handi Richie wedi i'r arch fynd i mewn.'

'Bydd decin i. Ond does yna ddim diben i chi aros i wlychu yma rŵan. Cerwch adra o dan do.'

Ond doedd dim posib ceisio perswadio yr hen ŵr, ac ymhen dim, daeth Richie i'r casgliad nad oedd pwrpas ymladd pengaledwch. Yno y mynnodd Tom aros nes y daeth hi'n adeg iddo fynd yn ei ôl i newid i'w ddillad parch.

Cafodd ei gludo i'r cynhebrwng yng nghar Hari, er nad oedd hwnnw yn fodlon iawn cychwyn yn rhy gynnar ar y fath dywydd, ac yna bu Tom yn rhannu'r disgwyl rhwng porth yr eglwys a glan y bedd, ac o ganlyniad yr oedd yn domen.

Gan ei fod wedi cael profiad o ddelio â phroblem 'run fath o'r blaen, roedd Richie wedi torri twll sgwâr yng ngwaelod y bedd i'r dŵr gronni. Drwy ei spydu yn ddi-dor â thun a thaenu llwch llif, roedd yn gallu cadw rheolaeth dda ar y dŵr gan ei fod eisoes wedi cuddio'r pwmp.

Roedd Tom wrth borth yr eglwys pan gyrhaeddodd yr hers, ac fe wnaeth arwydd ar Richie. Yna daeth yr orymdaith fechan ar draws y fynwent gyda mwy o frys nag oedd yn ddyledus i barch, ac yn eu dilyn yn ei gôt oel a'i gap llongwr roedd Albyt. Roedd Katie ar droli gyda blodau mwydlyd gan Glwb yr Henoed, Chwiorydd y Capel a Merched y Wawr wedi eu pentyrru ar ei phen. Roedd pedwar llabwst dianghenraid yn gyfochrog iddi, a thu ôl iddynt, rhyw hanner dwsin o hen bobl, y dynion yn bennoeth yn y dilyw, a phawb yn rhyfygu cael adwyth i'w hanfon i'r un twll cyn diwedd y mis.

Rhoddodd Tom ochenaid fechan wrth sylwi nad oedd yno ond dau weinidog, a rheiny, gobeithiai, wedi dweud eu mawlgan yn barod yn y capel. Ar ei frys arferol ar draws y gwair daeth Hywel Dyna Fo. Roedd Richie yn dal i gadw rheolaeth ar y dŵr, er bod pawb erbyn hynny mae'n debyg yn rhy ymwybodol o'u lleithder eu hunain i falio llawer am gyflwr Katie.

Daliwyd ymbarelau mawr llydan a lliwgar uwchben y gweinidogion, fel pe baent yn benaethiaid rhyw wledydd o'r Dwyrain Pell, ac o drugaredd bu iddynt dorri'r gweddïau yn fyr o barch i'r byw yn fwy na'r marw. Pan ollyngwyd yr arch i lawr, mynnodd Tom afael yn y cortyn pen, a bu'n hir yn ei ddirwyn fel pe bai am ddal cysylltiad â'i hen gyfeilles hyd y munud olaf. Pan gododd ei olygon gwelodd Albyt ar y lan arall yn sefyll â'i law ar big ei gap.

Gynted ag y gwasgarodd y criw, dechreuodd Richie briddo. Cafodd drafferth i berswadio Tom i fynd adre i newid ei ddillad gwlyb. Wrth y giât yr oedd Hywel yn ei aros, a gwthiodd amlen i law Tom.

'Be ydi hwnna?' gofynnodd Hari yn fusneslyd.

'Fy nghyflog i 'te,' meddai Hywel.

Ar eu ffordd adref yn y car dywedodd Hari:

'Roeddwn i'n deud y'ch bod chi wedi rhoi y'ch hun i mewn amdani.'

Erbyn hyn roedd Tom yn teimlo yn rhy flinedig i ddweud fawr ddim oherwydd adwaith yr holl gyfrifoldeb.

Gydag iawn, fe ddylai fod wedi mynd i gartref yr hen bobl yr wythnos honno i dacluso ychydig yn ôl ei arfer. Doedd o ddim wedi gweld ei gyfaill, Wil Griffith ers marwolaeth Katie, a doedd hi ddim yn debyg y byddai hwnnw yn dod draw ar y fath dywydd.

Ar ôl cael gwared ar ei ddillad gwlyb a chael llwnc o rỳm — roedd ganddo gred fawr yn y ddiod honno — aeth i'r hoewal droliau i lifio tipyn o goed i gael ei waed i redeg.

Doedd o'n gwneud fawr arall o gwmpas y lle erbyn hyn. Bu ganddo ychydig o ddefaid o ran pleser a hwch focha unwaith. Ond roedd y rheolau caeth a oedd yn pentyrru ynglŷn â chadw anifeiliaid wedi lladd ei ddiddordeb. Aeth i helynt hefo'r RSPCA unwaith am g'weirio moch bach hefo cyllell.

Byddai'n cadw draw oddi wrth y bobl a ddeuai i aros i'r tŷ hefyd, pe na fyddai rhai weithiau â diddordeb arbennig yn hanes yr ardal. *'You'll have to ask Dad,'* fyddai Glenys yn ei ddweud. Ond roedd yn gas ganddo gael ei roi ar sioe a bod yn *'quaint'* fel darn o fara brith. Cofiai unwaith weld rhyw hen fachgen mewn chwarel yn 'Stiniog, wedi cael ei gau fel bwystfil gwyllt mewn cawell weiran, yn ceisio hollti clwt â phleriad sâl ynddo er diddanwch criw o *Coronation Street* a oedd yn rhythu arno oddi allan. Roedd o'n gweld y syniad yn sarhad ar grefftwr.

At y gyda'r nos peidiodd y glaw, a daeth ysbaid o 'egwyl odro' fel y cyfeirid ato ers talwm; rhywbeth a oedd yn nodweddiadol o'r darn hwnnw o dir rhwng môr a mynydd. Byddai'r cymylau yn clirio mewn munudau, a haul y cyfnos yn sglentio tros eu hymylon i ddangos y tirwedd garw fel un o weithiau yr Hen Feistri wedi ei adfer a'i lanhau. Rhoddai gyfle i wartheg godro gael eu cyrchu o'r borfa wleb, neu eu troi allan o'r beudai i leddfu syched diwrnod cyfan. I ganlyn yr egwyl y noson honno, daeth Glenys adref o Glwyd.

Roedd hi'n amlwg wedi cael hwyl yn y 'Cwrdd Dorcas' chwedl Tom. Clywodd ei llais yn galw arno o waelod grisiau'r llofft, ond gwyddai nad caredigrwydd yn unig oedd y tu ôl iddo. Roedd hi'n awyddus i wybod am fusnes Katie, ac fel y datblygodd pethau cafodd wybod y cwbl, a hynny o'r cyfeiriad mwyaf annisgwyl.

Doedd y tri ond prin wedi eistedd yn y gegin pan ddaeth cnoc ar y drws. Rhyw gwpl gweddol ieuanc oedd yno; y dyn yn rhoi ei hun yn Gymro, er mai Saesneg a siaradai, ac yr oedd yn amlwg yn ddyn pwysig yn ei gylch ei hun.

Chwilio am Tom yr oeddent, a phan wahoddwyd hwy i'r tŷ, fu'r dyn ddim yn hir yn dod at bwrpas ei ymweliad.

'Rwy'n deall mai chi drefnodd bethau fy modryb,' meddai.

'Modryb?' meddai Tom.

'Anti Katie oedd hi i ni bob amser.'

'O wela' i. Mi wnes beth fedrwn i gan nad oedd neb arall ar gael.'

'Efallai y gallwch ddweud rhywbeth am ei hamgylchiadau?'

'Dim,' meddai Tom yn bendant. 'Ella baswn yn gallu cynorthwyo mwy pe bawn yn gwybod pwy ydach chi?'

Cyflwynodd y bobl eu hunain wedyn yn hwyr ar y dydd fel Mr a Mrs Pritchard o Abertawe.

'Wyddoch chi ddim felly fod yna rywun wedi torri i mewn i'w thŷ ac wedi dwyn ei heiddo?'

'Mae'n newydd i mi,' meddai Tom, 'ond does fawr syndod.'

'Pam felly?'

'Does raid i ddyn ond troi ei gefn am bum munud nad ydi ei eiddo wedi diflannu.'

'Ond roedd gennych chi allwedd i'r tŷ,' meddai'r dyn yn daer.

'Rhoswch am funud,' meddai Glenys ar draws yn sydyn. 'Ydach chi yn ei gyhuddo fo o ryw drosedd?'

'Na, ond y peth . . . '

'Mi faswn i'n meddwl hefyd. Adag da i chi ymddangos ar ôl i bob dim ddarfod. Heblaw am Dad mi fasa'r hen gyduras heb ei chladdu eto, a fo dorrodd y bedd, ar ei gost ei hun ac atab yr holl gwestiynau annifyr, a phwmpio'r dŵr a gwlychu . . . ' Roedd Glenys yn gwneud catalog o'r aberthion, ac yr oedd Tom yn edrych arni yn hurt wedi iddi neidio fel yna i'w amddiffyn. 'Ac nid dyna'r cwbl,' meddai hi wedyn. 'Roedd o'n bwriadu talu am yr holl blydi cynhebrwn.'

Yna cafodd Hari gyfle i ofyn.

'Mae'r bil gynnoch chi yn tydi?'

Estynnodd Tom amlen Hywel o'i boced, a chipiodd Glenys hi a'i dal o flaen y dyn fel pe bai yn rhoi gwŷs iddo i lys. 'Os ydach chi mor bryderus ynghylch amgylchiada Katie Davies,' meddai, 'dyna i chi rywbath i bryderu yn ei gylch o.'

Agorodd y dyn yr amlen ac edrychodd ei wraig tros ei ysgwydd.

'Pymtheg cant,' meddai hi, 'am hynny o beth.'

'Mi fasa'n fwy,' ychwanegodd Glenys, 'oni bai fod y bedd am ddim. Does gan Dad ddim i'w wneud â'r busnas. Mi gludwyd yr hen greaduras o'r lle y bu hi farw heb ddim ond beth oedd ganddi amdani. Os oes gynnoch chi rhyw gwynion cerwch at y polîs. Wedyn, os gwnewch chi ein hesgusodi ni, rydan ni yn mynd i gael bwyd.'

Ac ar hynny ymadawodd y ddau gyda'r bil, ond nid cyn i'r dyn daflu tros ei ysgwydd,

'Nid hyn fydd diwedd y mater o bell, credwch chi fi.'

Gadawyd y tad a'r mab yn edrych ar ei gilydd fel hogiau bach wedi eu dal yn dwyn afalau.

Yn ei wely y noson honno roedd meddwl Tom yn dal i redeg tros ddigwyddiadau'r dydd, ac ymddygiad Glenys yn arbennig. Aeth i droi a throsi yn ddi-gwsg, ac erbyn y bore doedd o ddim yn teimlo yn dda o gwbl. Pan gododd o'r diwedd yr oedd yn ddigon amlwg iddo ei fod wedi cael oerfel — y gafod chwedl yntau. Ceisiodd roi plwc ar y llifio, ond sylweddolodd ar ei union bron nad oedd ganddo'r egni i daflu aflwydd heibio mor hawdd ag y gallai pan yn ieuengach. Aeth yn ei ôl i'r llofft a thaflu ei hun ar ei wely. Erbyn y nos yr oedd yn bur gwla, yn boeth ac ar blyciau yn ffwndrus, ond doedd arno ddim awydd cwyno wrth y ddau yn y tŷ, gan ei fod yn gwybod ei haeddiant am roi ei hun ar lwybr adwyth.

Er mawr syndod iddo, fe gymerodd Hari a Glenys arnynt eu hunain i alw draw i weld sut oedd o, a sonion nhw ddim am ei ffolineb yn gwlychu a maeddu'n ddiangen. Yn hytrach, aethant i'w drin fel hogyn bach wedi cael codwm wrth ddringo coeden ac wedi dysgu gwers.

Trannoeth yr oedd yn ddigon parod i orwedd yn ei wely fel anifail clwyfedig. Daeth Glenys i fyny toc, ac yn erbyn ewyllys yr hen ŵr roedd yn daer am alw meddyg. Merch oedd y meddyg, a oedd yn digwydd bod ar alwad ar yr awr honno; rhyw bladres o ddynes fel pe bai ganddi gyfnither yn taflu'r morthwyl yn Rwsia, a'r peth cyntaf a wnaeth cyn cyfarch Tom bron oedd taflu ei golwg tros ei lyfrau.

'Mae hwn gen innau hefyd,' meddai gyda rhyw acen hanner Sowth, a phwyntiodd at *Deithiau Pennant*. 'Mae e'n werth rhywbeth heddi. Wel, beth sydd o'i le?'

'Roeddwn i'n meddwl y basach chi yn medru deud hynny wrtha' i,' meddai Tom.

'Rhowch i ni weld.'

Datododd ei grys a'i gornio a churo yma ac acw â'i bysedd. Ffroenodd Tom arogl drwg ar ei gwynt. Iau gwyn, meddyliodd. Y meddyg iacha dy hun.

'Dyna ni,' meddai hi dan sythu. 'Buasai llawer o rai ieuengach na chi yn hoffi cael calon fel sy' 'da chi. *Chill*, dyna yw e, ac yn ôl beth glywes i, does fawr syndod yn nac oes e? Mae 'da fi dabledi fan hyn. Rhoswch yn gynnes am ddiwrnod neu ddou.'

Gadawodd flwch bychan ar ymyl y bwrdd a throdd i fynd.

'Cystal cofio,' meddai wedyn, 'nad 'ych chi'n ddeunaw o hyd.' A diflannodd.

'Diolch i ti am f'atgoffa i,' meddai Tom wrtho'i hun. 'Faswn i byth wedi dirnad.'

Yn nes ymlaen galwodd Dilys, a arferai ddod i lanhau a thiwtro'r ymwelwyr yn wasaidd. Roedd ei phresenoldeb yn arwydd sicr fod Glenys wedi mynd i'r dre hefo'r wyau.

Tua deugain oedd Dilys ac wedi gadael ei gŵr, neu fo wedi ei gadael hi — pwy bynnag gafodd y fargen orau. Roedd hi'n rhoi ei hun o safon dipyn uwch na *home help* gan ymorchestu bod ganddi fab wedi graddio yn y gyfraith, er na fu'r ymdrech honno o fawr les iddo, chwaith. Ciwio yn y lle dôl hefo pennau burum a oedd wedi gadael yr ysgol flynyddoedd o'i flaen a heb gael y penyd o Brifysgol oedd ei hanes hyd yma.

Fel arfer, câi Tom fwy o gydydeimlad gan Dilys na neb. Roedd yn adnabod ei theulu o hil gerdd, ac yr oeddent ill dau yn Bleidwyr Cymru i'r carn. Dilys hefyd oedd cludreg y newyddion lleol o ddewis yn ddrwg.

Gynted ag y daeth hi i'r llofft gofynnodd yr unig gwestiwn synhwyrol a glywodd Tom mewn deuddydd.

'Ydach chi'n well?'

'Ydw, does 'na fawr o helynt arna' i wyddost ti.'

'Ddylach chi ddim hambygio. Ydach chi isio rhywbath?'

'Fasat ti'n malio gwneud clem i mi?'

'Be gythral ydi hwnnw? Mae gynnoch chi iaith wahanol i bawb arall.'

'Crasa dafall o fara a berwa'r teciall. Taena fenyn ar y cras a llwyad o siwgwr. Wedyn tywallt ddiferyn o ddŵr poeth arno fo.'

'Os ydach chi'n deud. Fytwn i mohono fo taswn i'n marw o lwgfa.'

Aeth Dilys i'r gongl at y stôf a'r tegell a rhoi rhyw dro neu ddau o'u cwmpas nes bod yr arlwy syml yn barod.

'Mae 'na ogla reit dda arno fo hefyd raid i mi ddeud,' cyfaddefodd.

'Bwyd pobol dlawd oedd o wyddost ti. Dyna pam yr oeddan nhw'n deud bod rhywun yn clemio pan oedd hi'n gyfyng arno fo. Ac ar ôl i rywun fod yn sâl, roedd o'n gnyswd i dy demtio di fyta.'

'Nefoedd mae gynnoch chi rhyw eiria.'

'Chdi sydd ddim yn medru Cymraeg,' meddai Tom.

'Ydach chi isio rhywbath arall? Mae hi'n ddwrnod hel y papur bro. Mi fydda' i'n cael boliad arno fo weithia, ond does 'na neb arall isio gwneud. Does 'na neb o'r rhai ifanc yn dŵad ymlaen, a wnan nhw ddim os nad oes 'na bres yn'o fo. Wela' i ddim dyfodol iddo fo wir.'

'Roeddwn i wedi meddwl sgwennu rhyw bwt iddo fo fy hun — am yr hen betha wyddost ti.'

'Ia pam na wnewch chi. Mae 'na rai gwirionach yn gwneud.'

'Wyt ti am fynd mor sydyn? Ar ruthr mae pawb yn byw.'

'Diolchwch y'ch bod chi wedi rhoi'r gora iddi.'

'Gwranda Dilys, cyn i ti fynd. Mae arna' i isio gofyn rhywbath i ti.'

'Be rŵan?'

'Oes 'na rywbath rhyngddat ti a Hari 'ma?'

'Y fi a . . . ' Rarglwydd nac oes. Pwy sy'n deud y ffasiwn betha wrthoch chi?'

'Mae o wedi bod ar y dryms.'

'Pwy ddeudodd hynna wrthoch chi mewn difri? Pwy ddeudodd?'

'Does dim raid i ti gymryd atat. Wnes i ddim ond gofyn.'

'Be ydach chi'n ddisgwyl i mi wneud. Mi rydw i'n ffrindia hefo Glenys, ac mae'r dyn yn ŵr iddi. Be sy' haru pobol? Os ydi dynas yn weddw neu ar ei phen ei hun, mae hi'n mynd hefo pawb.'

Ac i ffwrdd â hi. Ond mewn dau funud yr oedd hi yn ei hôl yr un mor sydyn a gofynnodd:

'Ydi hi'n ddiwrnod *visiting* yn yr hospitol yma heddiw neu rywbath.'

'Be wnaeth i ti feddwl hynny?'

'Mae 'na ryw hen hogan i lawr y grisia 'na yn holi amdanoch chi.'

'Amdana' i? Sut beth ydi hi?'

'Mae hi'n debyg iawn i ryw hen hipi. Mi fasa'n medru gwneud hefo sgwrfa iawn beth bynnag.' Dyna oedd meddyginiaeth Dilys i bob clwy'.

'O mi wn i. Pera iddi ddŵad i fyny.'

'Ydach chi yn ei nabod hi felly?'

'Ydw yn iawn.'

'Wel am un da i ofyn hefo pwy mae pobol eraill yn ei gyboli. Tendiwch gael rhywbath oddi wrthi hi wir Dduw.'

Teimlai Tom fod ganddo peth cyfiawnhad tros ofyn i Dilys a oedd yna rhyw berthynas rhyngddi a Hari. Roedd achlysuron eraill wedi bod. Gwyddai pawb yn y pentref nad oedd Hari a Glenys yn cyd-fyw yn hynod o ddiddan, ac yr oedd Tom yn dragwyddol ddiolchgar na chafodd Ellen fyw i ddioddef y cywilydd, nwydd a oedd erbyn hynny wedi diflannu o'r tir.

Gŵr gweddw oedd Tom p'run bynnag pan briododd Hari a Glenys, a roddodd o erioed lawer o ffydd yn yr uniad. Dod o'r siop drin gwallt yn y dre a wnaeth Glenys ar ei hunion heb brin erioed weld baw gwartheg, ond doedd hi ddim yn fyr o blwc. A bod yn onest, roedd hi wedi gwneud yn bur dda, da iawn hefo'i da pluog, yn ariannol ac yn wobrau sioeau, a hefo'r bobl ddiarth ar ben hynny. Ond roedd hi'n ceisio chwarae'r wraig fawr yn gymdeithasol, dipyn o gownti chwedl y gair, a hithau ddim o'r cefndir i'w gario fel y rhai a aned iddo; gwyddai Tom nad oedd yn natur Hari i gadw ymddangosiad ffug felly.

Roedden nhw yn dal i werthu llefrith o ddrws i ddrws yr adeg honno, ac yr oedd Hari wedi cyflogi rhyw lefran ran-amser o'r coleg i'w helpu hefo'r rownd. Beth bynnag, aethant yn ormod o ffrindiau, ac i wneud pethau yn waeth, canfuwyd ar ddiwedd y tymor fod yr eneth wedi ei dwyllo o ugeiniau o bres llefrith, a'u defnyddio i'w phwrpas ei hun. Roedd Tom yn dal i ddweud fod y ffaith honno wedi cythruddo mwy ar Glenys na'r wybodaeth am y garwriaeth. Yn y diwedd darfu i'r ddau ei chlytio hi a dod at ei gilydd. Ar y pryd, roedd Tom yn llwyr gredu bod y profiad wedi bod yn ddigon o wers i Hari. Cafodd ei syfrdanu felly, pan glywodd fod ei fab wedi cael ei weld mewn rhyw le diarffordd mewn car hefo Dilys.

7.

Gwnaeth ymweliad Yn Wir y diwrnod hwnnw fwy o les i Tom na ffisyg o'r feddygfa. Pan ddaeth hi i fyny i'r llofft dywedodd:

'Esgusodwch. Fi ddim yn gwybod chi yn sâl.'

'Dydw i ddim hyd at farw,' meddai Tom. 'Ista.'

Dderbyniodd hi mo'r gwahoddiad. Aeth at y bwrdd bach wrth ochr y gwely a chododd oddi arno lun bychan mewn ffrâm arian.

'Hi yw Ellen?' gofynnodd.

'Ia.'

'Yn ieuanc yma.'

'Oedd.' Fel hen weddwon, roedd Tom yn dewis cofio ei gymar annwyl yn barhaol ieuanc yn nhymor 'nefol wynfyd serch'.

'Tlws, o tlws yn wir.' Eisteddodd wedyn ar y gwely. Roedd hi'n gwisgo jins â rhwyg yn un benlin. Roedd y mwclis wedi diflannu o'i gwallt. Ieuenctid yn arbrofi, meddyliodd Tom, ac yn gaethweision i'w cymdeithas eu hunain, er yn honni gyda phob ystum eu bod yn wahanol.

'Beth sy' gen ti i'w ddweud?' gofynnodd Tom yn y diwedd. 'Rhywbath ddyliwn i gael gwybod?'

'Na. Chi oedd am ddweud am Ellen.'

'I glywad hynny y doist ti?'

'Yn onest, na. Chi am dangos i mi lle blodau.'

'Mi wnaf, ond nid heddiw.'

'Yn wir. Chi yn well yn fuan.'

'Pa bryd y clywaist ti o Lincoln?'

'Linc . . . ? O ie.' Roedd hi'n dal i fodio'r llun. 'O ers dipyn.'

'Oes gen ti deulu yno?'

'Ond Dad.' Chwifiodd ei llaw. 'Mam wedi mynd i Lundain.'

'O felly.' Yr un hen stori gyfoes meddyliodd Tom a gadawodd y pwnc yn llonydd.

'Chi'n dweud wrthyf am hwn,' meddai hithau gan ddal y llun i'w wynebu.

'Beth sy' arnat ti isio wybod?'

'Lle chi'n cwrdd â hi.'

'Isio stori garu wyt ti?'

'O *Bella Romances*,' a chwarddodd.

'Ym Mhlas Iorwen.'

'*Gentry* oedd hi?'

'Ia, *gentry*! Gweini oedd hi yno.'

'Beth yw hwn?'

'*In service, housemaid*.'

Gwnaeth ei cheg yn gron a nodiodd ei phen. Daeth rhyw awydd ar yr hen ŵr i'w chofleidio.

'Chi'n gweithio yno hefyd?'

'Na, tenantiaid i'r stad oeddan ni yr adag honno.'

'Ond chi biau ffarm?'

'Mi ddaru ni ei phrynu pan werthwyd y stad.'

O gron arall oedd ei cheg, ond yn dweud dim.

'Roeddwn i yn digwydd bod adra ar *leave* o'r RAF yr adag honno, ac yr oedd y sgweiar wedi bod i fyny yn saethu, ac mae'n rhaid fod un o'i gŵn wedi dianc. Roedd o yn un o'r cytiau yn y bore. "Well i ti fynd â fo yn ei ôl," medda fy nhad yn y pnawn. "Mae nhw'n siŵr o fod wedi ei golli o".'

Aeth Tom ymlaen hefo'r holl hanes gan gynnwys y manylion dianghenraid rheiny y bydd hen bobl mor hoff o lethu eu gwrandawyr hefo nhw. Dywedodd fel yr oedd yr hen sgweiar yn digwydd bod ar y lawnt, ac mor falch yr oedd o weld y ci a oedd yn ffefryn ganddo.'

'Wyt ti wedi cael te, sergeant?' gofynnodd. 'Dos at y genethod a dywed wrthyn nhw am edrych ar dy ôl di. *A fighting man needs fighting fare*.'

Y canlyniad oedd fod Sergeant Tom Roberts wedi canfod ei hun yn rhannu bwrdd te hefo chwech o forwynion, ac yn eu mysg yr oedd Ellen. Cofiai, meddai, fel yr oedd pob un wedi pwyso cynnwys ei phot jam personol a'i chacennau arno, a'i fod wedi stwffio ei hun yn afresymol. Yr oedd llygaid Ellen a'i rai yntau yn cyfarfod yn aml tros y bwrdd, ac mae'n rhaid fod sylw wedi cael ei wneud o'r ffaith honno, gan i rai o'r lleill annog Ellen i'w ddanfon i lawr y dreif yn y gwyll.

'Ac wedyn?' gofynnodd Yn Wir.

'O roeddwn yn mynd yn ôl i gario ffrwydron yn y nos. Ond sgrifennais ati ac atebodd hithau. Roedd o'n foddion i'm cadw i fynd. Daeth llythyr rhyw ddiwrnod yn dweud ei bod wedi ei gorfodi i ymuno â Byddin y Tir.'

'Beth yw hwn?'

'*Land Army*. Mi rwyt ti isio dysgu Cymraeg yn does?'

'Mae arnaf.'

'Roedd hi wedi cael y dewis o fynd i'r fan honno neu i ffatri gwneud arfau.'

'Buaswn wedi dewis felly hefyd. Ond beth wedyn?'

'Chlywais i ddim amdani.'

'Ble roedd hi wedi mynd?'

Anwybyddodd Tom y cwestiwn.

'Ond ar ôl y Rhyfel, roeddwn i yn y dre hefo cyfaill, a dyna lle'r oedd hi ar y sgwâr hefo rhyw hogan arall.'

'Chi priodi wedyn?'

'Ddim am dair blynedd.'

'Tair blynedd! Chi ddim ofn i rhywun ei dwyn hi?'

'Dim siawns. Mi ddaethon i fyw yma at fy mam a nhad. Roedd fy mrawd wedi gadael yr adeg honno.'

'Chi'n byw yn *happy ever after*?'

'Cystal â neb.'

'Ond hi'n marw.'

Trodd Tom ei olwg tua'r ffenest. Pan sylweddolodd hi fod yr ateb yn hir yn dod, gofynnodd:

'Beth oedd?'

'Syrthio yn farw wnaeth hi. Gwaedlyn ar y 'mennydd.'

'Sori?'

'*Haemorrhage on the brain*.'

'O, drwg.'

Ddywedwyd dim am blwc. Yna meddai hi:

'Eich mab yn hen erbyn hyn?'

'Roedd o'n gweithio yma hefo ni. Ond dyna i ti enghraifft o sut y gall digwyddiad bach newid cwrs dy fywyd ti.'

'Ellen yn marw?'

'Na, y ci,' meddai Tom yn syn fel pe bai yn falch o gael gwared â'r pwnc.

'I beth yn dda — y ci?'

'I nôl adar marw.'

'Nhw yn saethu adar? Creulon yn wir.'

'Roeddan nhw yn magu ffesantod yr adag honno i'w saethu erbyn y Dolig.

'Dim yn iawn,' meddai hi dan godi.

'Fuost ti'n bwyta tyrci Dolig?' gofynnodd Tom.

'O iawn mi wnes.'

'Dim ond yr un peth. Mae rheiny yn cael eu magu mewn caethiwed wrth y miloedd i gael eu lladd.'

'Ond ddim i roi pleser.'

'Pleser i wneud arian. A chofia di ar yr un pryd, roedd y coed a'r llwybrau a chefn gwlad yn cael eu cadw yn daclus. Edrych arnyn nhw heddiw, dim ond tir marw. Dim bywyd gwyllt. Coedwig bîn a pheilons.'

'Mae hi'n dlws yna.'

'I ti o ryw stryd gefn.'

'Fi ddim o stryd cefn.'

'Ista i lawr. Paid â fy ngwneud i'n salach.'

'Fi ddim yn hoffi lladd pethau gwyllt.'

'Rhai 'run fath â chdi sydd wedi gwneud.'

'Sut hyn?'

'Cyn y coed, roedd yna gorsdir a phob math o fywyd arno fo, o gŵn dŵr i hedyddod. Roeddan nhw yn byw yn llwyddiannus heb i neb eu gwylio nhw na rhoi modrwya am eu coesa nhw. Mae dy griw di yn meddwl mai fel hyn yr oedd petha ers adag Adda ac Efa. Doedd y rhai oedd yn saethu yn amharu dim ar gydbwysedd y lle, nhw oedd y bobl 'wyrdd' os mai dyna wyt ti isio eu galw nhw. Roedd yna waith i bawb yn ei fro. Taswn i'n deud wrth

Blaid Cymru mai y palasau a'r sgweiars ddarfu gadw'r gymdeithas a'r iaith, mi fasan yn fy saethu i. Ond dyna'r gwir.'

Trodd ei hun ar ei benelin ac yr oedd ei ben yn boeth. Faint tybed o hynna ddeallodd hi?

'Dyna i ti ddigon o bregath gan ddyn sâl,' ychwanegodd. 'Wyt ti isio panad o de, neu isio mynd?'

'Iawn, fi'n gwneud te.'

'Fedri di?'

Yn lle ateb, aeth i'r gongl lle bu Dilys ynghynt, ond doedd hi ddim mor gyfarwydd â'r ddaearyddiaeth. Yr oedd yn gofyn ble'r oedd y peth yma a'r peth arall, ond yn y diwedd llwyddodd i gynhyrchu dwy gwpanaid o de merfaidd. Wedi iddi aileistedd, gofynnodd:

'Pam mae Iorwen yn gorffen?'

'Y chwyldro Sosialaidd. Roedd yn rhaid iddo fo ddigwydd.'

'Ble mae'r bobl?'

'Wedi marw. Roedd gan y sgweiar frawd oedd yn ddoctor. Roedd o yn byw mewn darn o'r tŷ nes iddo fo farw.'

'Lle wedi claddu?'

'Yn y fynwent. Y folt yna ar ochr y llwybr.'

'Fi ddim yn gwybod am hwn.'

'Gyda llaw, wyt ti wedi sylwi ar rywun yn crwydro o gwmpas y fan yna yn ddiweddar?'

'Na dim ond chi a Richie,' a gwenodd. 'Pam yn gofyn?'

'Mae 'na rywun wedi bod yn trio mynd i mewn i'r folt.'

'*How awful!*' Pan oedd hi wedi ei synnu roedd yn hawdd ganddi droi at ei hiaith ei hun. 'Beth oeddan nhw eisiau yno?'

'Gemau efallai,' meddai Tom. 'Beth mae lladron beddau isio ran amla. Chafodd King Tut ddim llonydd.'

'Oes gemau?' gofynnodd yn sydyn.

'Ddoi di hefo fi i edrach?'

'*Not on your sweet old life.*'

'Roedd y Glyniaid yn deulu arbennig wyddost ti. Yn ôl y gred roedden nhw'n ddisgynyddion i Glyndŵr.'

'*Oh, the Prince?*'

'Neb llai.'

'Yn wir? Oes rhywun wedi profi?'

'Nac oes am wn i ar ôl yr holl amsar yna.'

'Faint o bobl i mewn yna?'

'Wn i ddim — dwsin efallai.'

'Sut mae nhw?'

'O ran eu hiechyd felly?'

'Nhw yn llwch?'

'Wel mi rydw i wedi cynnig mynd â chdi i weld.'

Cododd hithau ar hynny a gwelodd Tom ei llygaid yn crwydro ar hyd y llyfrau ond ddwedodd hi ddim amdanynt. Serch hynny roedd hi'n amlwg yn graff. Gwelodd y twll cainc yn y llawr.

'Llygod?' gofynnodd.

'Na,' meddai Tom. 'Twll siglo crud.'

'*Cradle* i babi?'

'O dan y fan yma roedd yna dŷ llaeth i wneud menyn. Pan fyddai'r ddynas yn gweithio yno, roedd hi'n rhoi'r crud i fyny yn y llofft, ac yr oedd ganddi hi gortyn wedi ei rwymo wrtho fo yn dod i lawr drwy'r twll yna. Hefo hwnnw roedd hi'n medru siglo'r crud pan oedd y babi'n crio.'

'O diddorol yn wir. Chi yn gwybod llawer o bethau. '*You should*' — dylech chi sgrifennu y pethau hyn.'

'Wyt ti'n meddwl?'

'Yn siŵr, neu pob dim yn colli. Mae'n peth mewn ffasiwn hefyd. Pawb yn sgrifennu ei hanes — gwneud eich ffortiwn.'

'Rhy hwyr i mi.'

'O na, byth yn hwyr. Ond af yn awr. Dof eto rhyw ddiwrnod am y blodau.' A symudodd at ben y grisiau.

'Ia tyrd, neu mi ddo' i i dy nôl di.'

'O na, do' i yma.'

'Fel fynnot ti,' meddai Tom wedi ei siomi gan ei gwrthodiad.

'Gwelaf chi,' meddai hi, a diflannodd ei phen anniben rhwng ffyn y canllaw.

Ymhen ychydig funudau clywodd Tom drwst yn y buarth islaw. Roedd wedi llwyr anghofio am fodolaeth pawb oddi allan dros dro. Hari oedd yno yn ei dractor wedi bod yn gweithio hefo'i sgriw dyllu, ac yr oedd Tom yn gobeithio bod yr hogan wedi diflannu cyn iddo ei gweld yn dod o'r llofft. Roedd y dywediad yn hollol gywir: 'Beth na wêl y llygad . . . ' A chyn belled ag yr oedd Glenys yn y cwestiwn — yn gywirach fyth.

Ddarfu yr hen ŵr fodd bynnag ddim sylweddoli hyd yn hwyrach yn y dydd ei fod wedi bod mor difeddwl ag ychwanegu at ei bryder personol drwy ddadlennu cyfrinach folt Plas Iorwen i'r hogan hipi.

8.

Roedd y meddwl yn crisialu pan oedd y corff mewn gwendid — dyna oedd profiad Tom wrth geisio taflu effeithiau'r aflwydd heibio. Ond brwydr araf oedd hi, i fyny allt bob cam. Gwnaeth y profiad iddo sylweddoli bod ei ddennyn yn dirwyn tua'r pen, ac mai felly mae'n debyg y teimlodd ei dad o'i flaen.

Yn ei lofft unig deuai'r amser gynt a'i bobl yn ddelwau clir iddo, fel lluniau ar y teledu. Roedd y lleisiau hefyd yn wahanadwy ac unigol, ac yn sydyn daeth iddo awydd gweithredu ar argymhellion Katie Davies. Er ei choffâd hi yn arbennig roedd yn ddyletswydd arno groniclo yr hyn a wyddai am ei fro.

Aeth at ei fwrdd un prynhawn a dechreuodd gyfansoddi darn ar gyfer *Drych y Drochwen*, a synnwyd ef pa mor hawdd y deuai'r brawddegau llafar gwladaidd. Doedd o ddim ond wedi bwriadu rhoi hanes y Llan a'r fynwent am y tro, ond moriodd ymlaen i sôn am y gaer Geltaidd a'i gwneuthuriad, a Phlas Iorwen a Ffynnon Rhagnell, a hyd yn oed y chwedl a oedd yn gysylltiedig â hi. Roedd y cwbl fel pe bai yn llifo i lawr ei fraich fel ffrwd ddiatal, ac yn cael ei draddodi iddo gan ryw lais cudd.

Ymhen diwrnod neu ddau mentrodd i lawr y grisiau i'r buarth, ac yno yr oedd yn eistedd ar yr hen fainc laeth gadw, pan ddaeth Dilys ar draws o'r tŷ.

'Does dim raid gofyn sut ydach chi,' meddai hi.

'Mi rydw i'n ddigon ffaglyd, coelia fi. Mae rhyw hen bwl fel 'na yn gadael ei ôl.'

'O mi ddowch hefo'r haul cynnas 'ma.'

'Mi fydda' i'n meddwl bod rhyw hen salwch fel 'na yn anoddach ei ddiodda yn yr ha' na'r gaea'.'

'Mae gynnoch chi ryw syniada.'

'D'wad i mi — ydi hi'n rhy hwyr i roi rhywbath yn y *Drych* mis yma?'

'Nag ydi. Mi fydda' i'n pasio'r argraffdy pnawn 'ma. Beth sy' gynnoch chi?'

'Dipyn o hanas y lle 'ma, fel roedd o felly.'

'Iawn, gadwch i mi ei gael o cyn mynd. Mwy o betha fel yna sydd isio, er mwyn i'r bobol ifanc 'ma gael gwybod nad yn y chwedegau y crewyd y byd 'ma er eu mwyn nhw yn arbennig. Mi fasa'n gwncud llcs iddyn nhw weld pa mor hawdd maen nhw wedi ei chael hi.'

'Bychan iawn ydi'r arwydd,' meddai Tom, gan feddwl ar yr un pryd mai dipyn o hwyrddyfodiad oedd Dilys hefyd i fod yn gwybod llawer am 'bobl y graith', ond yn dueddol i ochri hefo'r hen griw pan oedd hynny yn fuddiol iddi. Ac fel pe am brofi hynny iddi, aeth yn ei flaen:

'Wyddost ti be', mi ddaeth yna rhyw lafnas o'r ysgol fawr 'na yma unwaith, a gofyn i mi am dipyn o hen hanas yr ardal ar gyfar rhyw waith ysgol oedd hi'n wneud, ac mi ddeudis i hynny fedrwn i wrthi am y llefydd. Mi af â chdi i'w gweld nhw os leci di, medda fi, ond fynnai hi ddim o hynny. Dim diddordab pellach mewn traddodiad, dim ond isio resêt i basio arholiad.'

'Ia mi clywais chi'n deud,' meddai Dilys er mwyn ei atgoffa nad oedd ei chof hi mor ddrwg â hynny. 'Ella ei bod hi'n meddwl y basach chi yn ei rheibio hi.'

'Ar fy mhension?'

'Fedrwch chi ddim deud. Yn y papur y diwrnod o'r blaen roedd yna ddyn pedwar ugain wedi priodi hogan *thirty*. Mae gynnoch chi tua deng mlynadd mewn llaw. Mae'r genod ifanc 'ma o'ch cwmpas chi o hyd, ac yn y llofft 'na yn chwilio amdanach chi yn neno'r nef. Rosodd hi'n hir?'

'Drwy'r pnawn a darn o'r nos.' Roedd o'n mwynhau gadael Dilys yn y tywyllwch weithiau. 'Rho gyfla i mi ddŵad tros hwn i ddechra wnei di. Mi a' i i nôl y papura 'na i ti. Ydi o wahaniaeth nad ydyn nhw wedi eu teipio?'

'Na, dim o gwbl. Mi fasa'n werth i chi weld y petha fydda' i'n gael weithia. Mae rhai yn sgwennu ar bapur pawb.'

'Be ydi'r niwsys hyd y fan 'ma? Mi rydw i wedi bod allan ohoni yn ddiweddar.'

'Mae gynnoch chi deli.'

'Yr Es Pedwar Cec 'na?'

'Be ydi'r matar ar hwnnw?'

'Roedd yna fwy o ddiwylliant yn llofft stabal, a does 'na byth newyddion am y ffordd yma, dim ond rhyw betha o'r Sowth 'na wedi lladd ei gilydd. Peth rhyfadd fod 'na gymaint ohonyn nhw yn sbâr.'

'Peth rhyfadd na fasa nhw wedi sôn y'ch bod chi'n sâl,' meddai Dilys dan wneud cern. 'Mae Randal Siop Sinc wedi cael lladron eto, ac mi roeddan nhw wedi codi'r to cofiwch i fynd i mewn. Mae o'n gorfod mynd â'i sigaréts a'i dda-da adra hefo fo bob nos. Biti tros yr hen greadur.'

'Roeddwn i'n meddwl nad oedd gen ti drugaradd at Saeson?'

'Wel nac oes, ond mae Randal wedi bod yma erioed a . . . '

'Wedi cael digon o amsar i ddysgu Cymraeg yn un peth, yr hen grafwr. Ond mae o'n saff rhag y Meibion beth bynnag.'

'Sut felly?'

'Dydi sinc ddim yn beth sy'n cipio yn hawdd.'

'Dydw i ddim yn gweld fawr o sens yn y llosgi 'ma chwaith.'

'Mae'n o'n creu ofn, a thrwy ofn rwyt ti'n llywodraethu. Sut wyt ti'n meddwl y darfu i'r rhain ddal gafael ar India mor hir? Ond p'run bynnag, mae'n rhaid i ti edmygu'r Meibion.'

'Sut felly?'

'Mae ganddyn nhw'r cwbl i'w golli. Os ydi Aelod yn colli dadl ar ryw fesur yn y Senedd, mae o'n rhydd i ddŵad adra at ei deulu. Un camgymeriad sydd yn rhaid i'r rhain wneud a welan nhw mo'u cartrefi am flynyddoedd.'

'Mi rydach chi o'u plaid nhw felly?'

'Ydw.'

Taflodd Dilys rhyw drem awgrymiadol tros ei hysgwydd.

'Byddwch yn ofalus wrth bwy ydach chi'n deud hynna wir Dduw. Wyddoch chi ddim pwy ydi neb. Dyna i chi'r hogyn yna gafodd ei gyhuddo ar gam am osod ffrwydron adag y Prins yng

Nghaernarfon. Roedd o yn y papur. Roedd 'na rai wedi eu rhoi yn bwrpasol i'w gynjio fo i wneud drwg.'

Ar hynny clywyd llais o gyfeiriad y tŷ.

'Dilys, ddowch chi i wneud y bedrwm fawr?'

'Mi fydd yn well i ti fynd,' meddai Tom, 'rhag ofn i ti gael dy gardia.' Ac wedyn yn uwch. 'Ydi wahaniaeth os y bydd y papura 'na dipyn yn flêr — y sbelio felly?'

'Na dydw i ddim yn meddwl. Maen nhw wedi arfar darllan y *Daily Post*.'

9.

'Sut hwyl sydd arnach chi? Dydw i ddim wedi y'ch gweld chi ers pobiad neu ddau,' meddai Wil Griffith oddi ar ei eistedd ar y fainc o flaen cartre'r hen bobl.

'Mi rydw i wedi bod yn gwla,' meddai Tom gan ollwng ei hun yn glec wrth ei ochr. 'Sut wyt ti?'

'Nes adra nag oeddwn i ddoe.'

Sir Fonsiach chwedl nhwtha oedd Wil, ac wedi dod â'i ddywediadau hefo fo o'r ynys fedrus honno; yn ôl rhai o breswylwyr y cartref, doedd o 'ddim i fod yno o gwbl'. Ond nid arno fo oedd y bai am hynny.

Roedd ei ferch wedi priodi â dyn o'r tir mawr ac wedi croesi ato i drigo. Pan aeth Wil i oed, rhoddodd ben ar ei dyddyn yn y Garreglefn a dilynodd ei ferch drwy wahoddiad. Cyn hir fodd bynnag darganfuwyd nad oedd yn drefniant delfrydol o gwbl, yn enwedig o safbwynt ei fab-yng-nghyfraith. Canfyddodd yr hen ŵr ei hun o dan do arall heb unrhyw lais yn y mater. Roedd gan Tom ac yntau un peth neu ddau yn gyffredin yn y cyswllt hwnnw.

'Mi fu'n rhaid i mi gael doctor,' meddai Tom wedyn, ond thalodd Wil fawr sylw.

'Felly wir. Mi rydw inna wedi bod mewn helynt hefyd.'

Roeddent fel dau blentyn yn ymryson am sylw yn eu hunanoldeb oedrannus eu hunain.

'Mae'r metron wedi mynd wyddoch chi,' meddai Wil fel pe bai yn rhoi tystiolaeth mewn llys.

'Duw, i lle?'

'I'r jêl am wn i. Mi fu yna dwrw, ac mi ge's inna fy nhynnu i mewn ar fy ngwaetha.'

Roedd Tom yn ddigon doeth i wybod bod bywyd mor

undonog mewn sefydliad felly i wneud i lygoden fach o dan wely fod yn ddigwyddiad o fawr arwyddocâd. Ond gadawodd i Wil fynd yn ei flaen.

'Mi fu rhyw hen wreigan farw yma ers tro rŵan, ac mi ddaeth ei mab hi i nôl ei mymryn eiddo hi. Roedd ganddi ddwy o'r fasus gwydr rheiny fydda mewn ffasiwn hefo jingyls yn hongian arnyn nhw. Mi gwelsoch nhw mewn amal i dŷ. Gwerth rhywbath erbyn hyn gan yr hen ddîlars 'ma. Wel, roeddan nhw wedi diflannu, wydda' neb i ble ydach chi'n gweld. Ond mi cafwyd nhw ymhen amsar mewn siop hen ddodrefn ym Mangor, ac nid y nhw ydi'r unig betha, ddyliwn, i ddŵad o'r fan yma. Mae pawb wedi gwaredu at y ddynas.'

'Raid iddyn nhw ddim.'

'Pam? Oeddach chi wedi ei hama hi?'

'Nac oeddwn i. Ond mae twyll yn mynd ymlaen ym mhob man heddiw: teulu Twm Potiwr chwadal fy nhad ers talwm. Rheiny sy' wedi codi erbyn heddiw wyt ti'n gweld Wil, a dŵad i'n mysg ni yn toffs i gyd a dŵad â'u harferion hefo nhw. Fedri di ddim o'u nabod nhw, mae nhw i gyd yn gymaint o swels. Oes 'na rywun wedi dod yn ei lle hi — y metron?'

'Ddim yn swyddogol welwch chi. Ond mae 'na rhyw ddynas arall wedi dod tros dro i gymryd gofal.'

'Seusnas debyg?'

'Ia, sut gwyddach chi?'

'Does raid i ti ddim gofyn. Dydyn nhw ddim ond yma am bum munud ar hugain nad ydyn nhw yn cael swyddi uchal. Does dim rhyfadd fod y wlad 'ma yn mynd â'i phen iddi.'

'O, dydi hon ddim yn ddrwg raid deud. Mae rhai yn meddwl mai angylion ydi pawb sy'n siarad Cymraeg. Plaid Cymru rhonc oedd y llall. Biti garw. Ddaw yna ddim llwyddiant o'u hachos nhw fel yna. Mae o'n lleihau ffydd rhywun yn y bobol 'ma sy'n gweiddi am *home rule* ac ati. Waeth i chi ladron Llundan mwy na chael y'ch blingo gan y'ch pobol chi'ch hun. Mae'n siŵr mai'r diwylliant Cymraeg 'ma mae 'na gymaint o sôn amdano fo ydi o, 'run fath â'r het gorun uchal a sponcio gwerin. Ond unwaith mae'r siort yna yn cael dipyn bach o awdurdod, fedran nhw ddim cadw eu bacha o'r cafna pres.'

Doedd gan Tom ddim dadl i'w chynnig yn erbyn hynny, ond yr oedd yn rhaid iddo gyfaddef yn ddistaw nad oedd meddwl yr hen Wil wedi segura tra oedd o'n chwynnu rwdins yn Sir Fôn.

'Mi fydd yn rhaid i mi fynd i'w gweld hi ar gownt yr ardd beth bynnag,' meddai Tom. 'Dydw i ddim yn teimlo fel gwneud y gwair yr wythnos yma. Roeddwn i wedi meddwl gofyn i ti fasat ti'n malio taro'r injan arno fo i mi am dro.'

'Gwna' i yn tad.'

'D'wad i mi, beth oedd a wnelo chdi â busnas y gwydra 'na?'

'Wel, fel yr oedd petha yn mynnu bod, roeddwn i yn digwydd bod yn rŵm yr hen garpan pan ddaeth y mab â nhw iddi hi — tystiolaeth ydach chi'n gweld.'

'Dyna beth wyt ti'n gael am hel merchad,' meddai Tom wrth godi. 'Mi af draw i weld y ddynas i ddeud wrthi hi dy fod ti am wneud y gwair yr wythnos yma.'

'Ia cerwch. Mae hi'n beth ddigon hawdd tynnu drwyddi hi. Sut mae'ch Saesnag chi?'

'Beth ydi injan lladd gwair hefyd d'wad?'

Ac i ffwrdd â fo, ond yr oedd yn ei ôl wedyn ar drawiad ac wedi newid ei dymer er gwaeth.

'Y sguthan ddiawl,' meddai.

'Be ydi'r matar?' gofynnodd Wil.

'Wneith hi ddim gadael i ti dorri gwair.'

'Duw, pam?'

'*Against the rules*,' medda hi. '*Residents are not allowed to work*.'

'Ydw i yn dŵad dan hynna? Roeddwn i'n meddwl mai pobol seilam oedd rheiny.'

'Ella mai rhai felly mae hi'n feddwl ydach chi i gyd yma. Fasa ddim gwell i ti drio cael mynd yn dy ôl at dy ferch?'

'Na dydw i ddim yn meddwl. Mae 'na gagendor rhyngddaf fi a nhw. Mae o'n gweithio nos wyddoch chi ac isio llonydd yn y dydd, a'r plant wedyn, petha bach digon annwyl ond yn ddireol a . . .'

'Ia mi clywis di'n deud,' meddai Tom gan geisio torri'r llith gyfarwydd yn fer, a chael sgorio ar Wil fel un â chof da, ac ar yr un pryd cael cysuro ei hun nad y fo oedd yn dal pencampwriaeth yr hen bobl fel ailadroddwr pregethau diflas. Ond doedd yna ddim ffrwyno ar Wil. Wrth gwrs roedd y manylion yn amrywio o un adroddiad i'r llall, ond yr un oedd y byrdwn.

'Mae hi'n iawn arnoch chi yn y'ch cartra hefo'ch mab.'

Dwyt titha ddim yn gwybod y cwbwl, fyddai Tom yn ddweud wrtho'i hun. Ond wrth fynd adref ar draws y caeau y diwrnod hwnnw gan ddal i arogli'r archwa finegr wedi egru a oedd bob amser yn rhan o awyrgylch y cartra, roedd yn rhaid iddo gyfaddef yn gyndyn nad oedd Wil ymhell o'i le.

Roedd Glenys yn cadw dau fath o ieir; caeth a rhydd, (neu 'ieir crafu' yn ôl y dywediad lleol). Roedd wyau'r lleiafrif yma yn cael eu cadw ar gyfer y tŷ.

Ar ôl diflaniad y ciperiaid, roedd poblogaeth y pïod wedi cynyddu, ac yr oeddent beunydd o gwmpas libart yr ieir, yn cipio bwyd a wyau hefyd ar y cyfle cyntaf. Adar Saeson oedd Tom wedi mynd i'w galw, gan fod yna ddwy hen ferch yn cadw cando ger y pentref, ac yn eu bwydo. Roedd y rhain wedi dod o ganol rhyw ddinas ac yn awdurdodau hunan-benodedig ar fywyd gwyllt y fro.

Arferai Tom wthio ffroen y *Mauser* drwy gil ffenest dalcen y sgubor a oedd yn wynebu cae'r ieir. Roedd o'n ddi-fai erfyn ar gyfer aderyn sefydlog ac yn lladdwr da. Roedd ei faril yn llaesach na gwn hela, ac o ganlyniad roedd yr ergyd yn cymryd cymaint â hynny yn hwy i adael. Os oedd y gwn fymryn yn fudr, roedd yn tueddu i daro yn ei ôl, ac aml i waith cafodd Tom wefl waedlyd. Ond hen wn ei dad ydoedd ac yn haeddu ei barch.

Fel cyferbyniad doedd o ddim yn yr un cae â'r *Purdey* o ran cydbwysedd ac ysgafndra at ehediad. Roedd i'r *Purdey* ddau faril, ond ymorchesai Tom nad oedd arno angen ond un. A hynny fu wir. Ond yn ddiweddar roedd yn methu yn amlach, a cheisiai gelu'r ffaith. Os byddai Glenys yn gofyn iddo ar ôl clywed ergyd: 'Gawsoch chi hi?', byddai yn dweud, os yr oedd wedi saethu'r awyr: 'Hen bowdwr gwael', neu, 'mae hi wedi mynd i lawr yn y coed.'

Hefo adar byddai'n llwyddo yn well hefo *swing shot*, tebyg i'w ddull hefo'r *Brownings*; tanio ar y *Messerschmit* wrth iddi droi i ffwrdd. Yn y sefyllfa honno roedd yn cynnig ei bol i gyd i'r *deflection*. Wrth gwrs mae'n ffaith, ond yn anodd i'w chredu fel pob gwir, ei bod yn haws lladd aderyn ar ei adain nag un yn sefyll.

Roedd Tom yn teimlo yn well nag y bu ers diwrnodau ar ôl cyrraedd yn ei ôl o'r cartref. Aeth i'r cae cefn hefo'r *Purdey*, a doedd o ond prin wedi cau'r giât pan ddaeth pioden yn union amdano. Roedd yr aderyn fel pe bai'n sylweddoli yn reddfol ei gamgymeriad. Safodd bron ar ei gynffon i droi draw, ond roedd yr haels yn suddo iddo cyn iddo glywed yr ergyd, a disgynnodd fel bwndel o hen ddillad bron wrth draed Tom. Crogodd yntau'r corpws wrth bostyn, ac ar hynny daeth Glenys o'r tŷ, ond nid i ofyn ei chwestiwn arferol.

'Mi ge's biodan,' meddai Tom â thinc yn ei lais.

'O,' meddai Glenys. 'Mi rydach chi'n un garw am bïod. Roeddwn i'n clywad bod yna un arall hefo chi yn y llofft y diwrnod o'r blaen.'

10.

Roedd mwy nag un o'r farn bod Glenys yn ddynes oriog. Sut bynnag am hynny, wnaeth hi fawr o les iddi ei hun na neb arall yn y modd y bu iddi ymddwyn tuag at ei thad-yng-nghyfraith yng nghae'r ieir y diwrnod hwnnw. Yn ôl Dilys, a oedd wedi bod mewn clyw drwy un o ffenestri agored y llofftydd, dylai Glenys fod wedi atal mymryn ar ei cheg, a hithau'n gwybod yn iawn mai newydd ddod dros ei salwch oedd yr hen ŵr.

Fel yr oedd pethau, roedd Glenys wedi sefydlu'r gyfraith nad oedd Yn Wir i ddod ar ei gyfyl byth wedyn am amryw o resymau cymdeithasol ac iechydol, ond yn bennaf un rhag achosi iddi hi, Glenys, beidio â gallu codi ei phen yn ei chylch dewisedig ei hun.

Buasai'r gwaharddiad hwnnw wedi bod yn llawn digon ynddo ei hun ar y pryd, yn ôl Dilys — a oedd yn digwydd bod yn un o'r llofftydd mewn clyw — ond roedd Glenys wedi troi yn amrwd, ac wedi sgubo'r llawr â'r hen ddyn, a chlywyd erioed y fath ddarlith. Roedd hi wedi ei atgoffa fel yr oedd mor hoff o ymyrryd ym musnes pobl eraill, ac mor anniolchgar yr oedd am yr hyn yr oedd pawb yn geisio ei wneud er ei les, ac y dylai sylweddoli pa mor dda oedd hi arno chwedl nag ugeiniau o'i oed, tasa dim ond y rhai a oedd yn byw ar draws y caeau. Ond dim gair am y ffaith na fuasai yr un o'i thraed hi yno, chwedl Dilys, oni bai am garedigrwydd yr hen Dom.

Ar hynny roedd Glenys wedi mynd i weiddi.

'Ydach chi'n gwybod pwy ydi hi a pha gwmni mae hi'n gadw? Nac ydach mi wn. Wyddach chi ei bod hi hefo'r hipis yna yng Nghapal Bryn Banog yn byw a bod. Y criw drewllyd 'na sydd ar gyffuria a Duw a ŵyr beth arall. Mae hynna yn newydd i chi yn tydi? Ddaru chi ddim meddwl am funud beth ydi amcan peth fel yna yn stwffio ei hun at hen ddyn 'run fath â chi?'

Roedd Tom wedi ceisio torri ar ei thraws yn y fan honno, meddai Dilys, ond roddwyd mo'r cyfle iddo. Roedd y ddynes fel cyfrifiadur wedi cael ei raglennu, ac yr oedd Dilys erbyn hyn wedi dod at y ffenest ac yn dal ei gwynt, gan fod yr hen ŵr yn cydio yn dynn yn ei wn ac wedi mynd yn wyn fel y galchen.

'Mi rydach chi'n clywad gymaint am betha fel yna,' chwedl Dilys. 'Meddyliau pobol yn snapio a gynnau yn eu dwylo nhw.

Mi fu dest i mi weiddi arni hi, ond ar hynny mi drodd yr hen ddyn a mynd am ei le ei hun, a fûm i rioed yn fwy diolchgar, ac erbyn hynny roeddwn i'n poeni hefyd, ofn iddo fo gael y syniad mai fi oedd wedi deud wrth Glenys am yr hogan yn y llofft. Ond mae'n siŵr fod y peth wedi mynd iddo fo, yr hen greadur.'

Roedd Dilys yn iawn, 'iddo fo' yr aeth o hefyd. Roedd Tom wedi llusgo yn ôl i'w lofft ac eistedd ar ei wely, ac fel mewn pob sefyllfa ansicr a ddeuai ar draws ei lwybr, roedd yn gofyn iddo fo'i hun beth a ddywedai Ellen. Ei safonau hi oedd ei faen cyffwrdd yn dal i fod, a daeth iddo rhyw deimlad o anallu i ymdopi â'r byd ansicr oedd o'i gwmpas. Mater hawdd oedd datrys y sefyllfa honno. Edrychodd ar y gwn a oedd wedi ei daflu ar y gwely wrth ei ochr. Doedd dim ond angen ei ddal yn groes: 'Yr hwn a fu fyw drwy ynnau, a fydd farw hefyd . . . ' Ond tagodd y syniad yn y fan honno. Penderfynodd fynd yn ei gar i weld Richie Malan am sgwrs.

Doedd o ond bron wedi cyrraedd cyrion y pentre pan welodd Albyt yn sefyll ar yr ochr a'i law i fyny mewn ystum awdurdodol. Yn ôl ei wisg yr oedd hefo'r heddlu y diwrnod hwnnw.

'Mae golwg bwysig arnat ti,' meddai Tom drwy'r ffenest.

'Mi rydw i ar gês heddiw,' meddai Albyt.

'O, be sy'?'

'Mae — mae byrglars wedi torri i Siop Sinc.'

'Taw!' Cymerodd Tom y peth yn newydd rhag tarfu dim ar bwysigrwydd Albyt.

'A ma' arna' i isio mynd yno i chwilio am *fingerprints*. A — a mi rydw i isio y'ch gweld chi hefyd a deu-deud y gwir.'

'Wyt ti rioed yn meddwl mai fi aeth i siop Randal?'

''Uw na — 'Uw na. Mae gynnoch chi ddigon o bres yn barod.'

'Wneith o ddim drwg i ti feddwl hynny yr hen Albyt.'

Roedd y cyfarfyddiad, er mor ynfyd ei natur, wedi symud meddwl Tom oddi ar anfelystra'r achlysur yn y cae ieir.

'I be wyt ti isio fy ngweld i?' gofynnodd.

'Yr hen go sy' isio i chi fynd i weld o.'

'I'r Plas?'

'Mae 'na ryw ddynas isio y'ch gweld chi. Mae'ch stori chi yn y papur. Mae hi wedi ei darllen hi, ac mac hi isio y'ch gweld chi medda'r hen go.'

'Yn y papur?' meddai Tom. Roedd wedi llwyr anghofio am *Y Drych*. Wrth gwrs roedd o allan ers diwrnod neu ddau, a daeth arno awydd mawr i'w weld.

'Wyt ti isio pàs i Siop Sinc?'

''Uw oes,' ac yr oedd Albyt wrth ei ochr mewn dau funud.

Cychwynnodd y car gyda sbonc. 'Stopiwch!' gwaeddodd Albyt. 'Dydach chi ddim wedi rho-rhoi y'ch belt.'

'Lwcus i ti sylwi.'

'Mi faswn i wedi medru y'ch riportio chi.'

'Wel basat. Ond d'wad i mi, pwy ydi'r ddynas 'ma? Aros yn y Plas mae hi?'

Ond fyddai Albyt byth yn ateb cwestiwn yn uniongyrchol.

'Mae hi'n ledi w'ch chi. Ew 'sach chi'n gweld car sy' gynni hi.'

'Cymraes ydi hi?'

'Na mae hi'n ormod o swancan,' meddai Albyt gan ddefnyddio ei safonau ei hun. 'Mae hi'n tynnu llun creigia a cerrig. Dyna pam mae hi isio y'ch gweld chi.'

'Ydi hi'n meddwl mai chwarelwr ydw i?' meddai Tom wedyn, ond rhoddodd y gorau i holi am y tro. Gwyddai na allai fod fawr doethach. Arbedodd Albyt y drafferth iddo fodd bynnag. Newidiodd y pwnc.

''Uwch w'ch chi be — mae 'na gath fawr ddu yn y fynwant.'

'Cath ddu?'

'Uff-uffarn o un fawr.'

'Lle gwelis di honno?'

'Ddim fi gwelodd hi — hogan tŷ nesa — Alis tŷ nesa yn dŵad adra o disgo'n dre yn y nos. Gweld ei llygada hi yn sgleinio ar lôn yn gola car tu allan i fynwant. Uffarn o un fawr ddu yn neidio tros wal i lôn.'

'Oedd hi wedi meddwi?'

'Nac oedd siŵr.' Chwarddodd Albyt fel y gall un diofal nes yr oedd yn ysgwyd, a dal ati wnaeth o nes iddynt gyrraedd Siop Sinc. 'Dydi cathod ddim yn yfad,' meddai rhwng pwffiadau.

Os oedd Albyt â'i fryd ar ddal lladron Siop Sinc, buan iawn y tynnwyd ei ddiddordeb oddi arnynt pan welodd y da-da. Prynodd Tom *Y Drych* a siocled i'w gydymaith di-golli-cyfle, ac wedyn roedd Albyt yn cymryd yn ganiataol ei fod am gael ei gludo adref, ac felly y bu. Ar ôl ei ollwng wrth y tai cyngor, cafodd Tom ei drechu gan chwilfrydedd i weld ei waith yn *Y Drych*. Yn lle mynd am dŷ Richie trodd yn ei ôl am yr Hendre Ddidol. Roedd y *Purdey* o hyd ar y gwely yn y llofft — darganfyddiad delfrydol i unrhyw un a fynnai fynd i ysbeilio.

Trodd yr hen ŵr dudalennau'r *Drych* yn eiddgar, a dyna lle'r oedd ei gyfraniad o dan y pennawd 'Gwaith a Gorffwys'. Ond yn amlwg doedd o ddim yno i gyd a chafodd ias o siom, ond siriolodd wedyn wrth sylwi ar y cromfachau ar y gwaelod — '(I'w barhau)'. Roedden nhw yn gweld digon o werth ynddo felly i ddal ymlaen. Darllenodd y darn ddwywaith a chafodd wefr. Yna cofiodd am y ddynes oedd yn awyddus i'w weld — hynny yw — os oedd yna unrhyw goel ar stori Albyt.

Aeth i'w wely cyn y machlud, ond nid i gysgu. Roedd pelydrau olaf yr haul yn taflu rhyw lewyrch hiraethus ar y bwrdd bach a llun Ellen. Roeddent yn gweddu rhywsut i ddigwyddiadau chwerw-felys y diwrnod a aeth heibio, ac yr oedd iddynt ryw dristwch hefyd ynglŷn â'r wybodaeth a roddwyd iddo gan Glenys fod Yn Wir yn ymhél â thrigolion Capel Bryn Banog. Doedd arno ddim awydd yn y byd cael cysylltiad â'r rheiny. Ond yr oedd dirgelwch y ddynes ym Mhlas Iorwen a'i lith yn *Y Drych* yn gor-doi'r holl anhyfrydwch ac yn gweithredu fel moddion gwrthwenwynig. Roeddent yn ddigon cryf hyd yn oed i dagu'r foment o edifeirwch a ddaeth iddo am drosglwyddo'r Hendre

Ddidol mor rhwydd i Hari a Glenys yn swyddfa Lloyd-Davies a'i fab yn y dref. Er bod Sam Lloyd, chwedl hwythau dros oedran ymddeol yr adeg honno, roedd yn dal wrth ei ddesg o hyd y tu ôl i'r pentyrrau papurau llychlyd rheiny, rhag ofn i ryw chwechyn fynd heibio heb iddo gael cyfle arno. Roedd yn dueddol o fod wedi mynd yn anghofus hefyd meddai rhai, er na welodd Tom ddim o'r diffyg hwnnw ynddo. Yr oedd wedi dweud yr adeg honno fod Tom yn gwneud peth doeth i arbed arian a thrafferthion ymhellach ymlaen. Ond wrth gwrs, edifarhau neu beidio, roedd y weithred wedi ei gwneud ar ddu a gwyn. Roedd hi'n rhy hwyr i newid dim erbyn hyn.

11.

Trannoeth, fel plentyn yn mynd ar wibdaith, roedd Tom ar dân eisiau mynd i Blas Iorwen. Bu'n mwydo dipyn o dan y gawod, a rhoddodd fwy o sylw i'w ymddangosiad nag arfer, er ei fod ers ei ymddeoliad o'r gwaith ar y tir yn symol drwsiadus ar y cyfan; nid oedd angen iddo mwyach ddiosg y dillad parch ar ôl dychwel o lan neu ffair neu farchnad, a neidio i ryw hen ffaga i odro a phorthi. Gwnaeth yn siŵr hefyd nad oedd blew yn tyfu o'i ffroenau fel baedd gwyllt o'r coed.

Ond torrwyd ar y gweithgareddau cain pan ddaeth Hari i fyny'r grisiau yn drwm ei droed. Pan ymddangosodd tros y canllaw yr oedd golwg dwym lafurus arno. Serch hynny roedd ganddo gadach am ei wddf a wisgai o ganlyniad i anaf a gafodd pan yn fachgen, ac a achosai iddo ddolur cyfnodol a chrygni. Yn y gaeaf gwisgai grafat trwchus yn gyson.

'Ar gychwyn i rywla ydach chi?' gofynnodd.

'Ia,' meddai Tom, mor llawn o'i amcan fel yr ychwanegodd, 'Mi rydw i'n mynd i'r Plas drwy wahoddiad,' fel pe bai hynny rhywfaint gwell braint na chael gwahoddiad i'r tai cyngor.

'Gan y Sais 'na? Be mae hwnna isio gynnoch chi?'

'Mynd i weld rhyw ddynas ydw i.'

'Un arall?'

'Be wyt ti'n feddwl?'

'Roedd gynnoch chi un yn y fan yma y diwrnod o'r blaen.'

'Sut y gwyddat ti? Mi es i helynt ar ei chownt hi hefyd.'

'Mi glywais. Ond beth oeddach chi'n ddisgwyl?'

'Dim mwy na chael byw fy mywyd fy hun. Dydi hynny ddim gormod i ddisgwyl yn fy nghartra debyg?'

'Nid hynny mohono fo yn naci.'

'Be 'ta. Oes 'na waharddiad ar bwy ga' i'n gwmpeini yn y mymryn llofft 'ma?'

Ochneidiodd Hari yn ddiamynedd.

'Mae 'na bobol a phobol yn does.'

'Rwyt ti'n iawn, ac mae fy mhobol i wedi mynd o dan y ddaear, a gora yn y byd po gynta yr a' inna ar eu hola nhw hefyd yn lle 'mod i dan draed.'

Dyna oedd ei ddadl olaf ym mhob anghydfod.

'Cenwch im yr hen ganiadau,' meddai Hari. 'Ond mae 'na wahaniaeth mewn cael cwmpeini a gwneud sôn amdanoch.'

'Wyddwn i ddim dy fod *di* yn malio gwneud sôn amdanat. Pa ddrwg wnes i p'run bynnag?'

'Dim — ond yr enw gewch chi.'

'Be ydi hwnnw?'

'Oes raid i mi ddeud wrthach chi?'

'Well i ti wneud gan fy mod i mor anwybodus.'

'Hen ddyn budr.'

Safodd Tom â'i fraich hanner y ffordd i lawes ei gôt frethyn. Doedd o ddim, o draddodiad, wedi cael trafodaethau rhywiol uniongyrchol â'i fab, tu draw i ddweud bod buwch yn gofyn tarw, ac o ganlyniad yn siŵr o ddod â llo yn ddiweddarach. Roedd y frawdoliaeth amaethyddol yn cymryd yn ganiataol fod gwybodaeth o'r natur yna yn dod yn rhad ac am ddim yn ddyddiol i'r rhai a weithiai ar y tir heb lawlyfrau a darlithoedd.

'Rarglwydd,' meddai Tom. 'Ydi hi wedi dŵad i hynny?'

'Mi wnaiff os na fyddwch chi'n ofalus.'

'D'wad i mi,' meddai Tom wedyn wedi eistedd ar ei wely. 'Does 'na ddim dynion *ifanc* budron? Mae 'na ddigon o dystiolaeth hyd y fan 'na beth bynnag; taflu i fyny ar y stryd a mynd â'u cŵn at dai pobol eraill i faeddu, ac mi bisan yn rhywla.'

'Ia, ond mi rydach chi'n gwybod be ydw i'n feddwl?'

'Ydw, ond ddeallais i rioed mohono fo. Ar ôl pa oed mae dyn yn cael y gair budr 'ma — tros ei drigian 'ta be?'

'Does wnelo hynny ddim â fo.'

'Yn hollol. Mae dy angenrheidia di yr un fath ym mhob oed, ac os wyt ti'n bwriadu byw dipyn yn hwy dyna ffendi ditha.'

Doedd Hari ddim yn meddu ar ddeallusrwydd ei dad mewn trafodaeth ddiduedd. Roedd allan o'i ddyfnder a thawodd. Ond doedd Tom ddim wedi llawn orffen.

'Pwy welodd yr hogan p'run bynnag, Dilys debyg?'

'Naci. Nid cael ei gweld wnaeth hi yn gymaint â chael ei chlywad,' meddai Hari.

'Yn y fan yma?'

'Yn Siop Randal. Roedd Glenys yno faswn i'n meddwl, ac mi roedd hon yno hefo dwy neu dair arall o'r un siort, ac mae'n rhaid y'ch bod chi o dan sylw ganddyn nhw. *"I went to see that old cove at the farm,"* meddai hi. *"Quaint old guy and I had some tea,"* a dyma'r un arall yn deud: *"Can't you get us an invite."* Wedyn cymerwch ofal be ydach chi'n wneud hefo honna.'

Roedd Tom wedi ei darfu gan y dadleniad ond ceisiodd gelu'r ffaith. 'Ia, rhai fel'na ydyn nhw,' meddai.

'Rydach chi'n meddwl mai ffyrdd yr hen gymdeithas sy'n dal o'ch cwmpas chi o hyd,' meddai Hari, a phan na chafodd atebiad, dywedodd: 'Dwad wnes i i ofyn fasach chi'n licio dwad am dro i Langefni. Mae arna' i isio mynd i nôl weiran i gau. Ond mi welaf fod gynnoch chi blania er'ill.'

'Mi fedraf eu newid nhw.'

'Hen dro fasa hynny a chitha wedi mynd i gymaint o draffarth i wneud y'ch hun yn swel.' Ac ar hynny gadawyd y peth.

Doedd Tom ddim wedi bod ym Mhlas Iorwen ers blynyddoedd, ac yr oedd yn edifar ganddo fod wedi torri'r arferiad gynted ag y cyrhaeddodd yn ei gar at ymyl beth a oedd yn weddill o'r lawnt fawr. Roedd wedi gwaredu at gyflwr y lle. Roedd fel pe bai wedi bod ar lwybr rhyfel y Visigoths.

Roedd yr hen ardd suddedig yn edrych fel iard gefn Ifan Jones yr adeiladydd; yn gymysgwyr concrit a bagiau sment a phlanciau a phlastig. Y rhodfeydd graean fel caeau glas chwynllyd, a'r gwrychoedd yw a'u ffigyrau topiari, peunod a chŵn, wedi gordyfu yn anghenfilod cynoesol.

Nefoedd, meddai Tom wrtho ei hun, mae *Coronation Street*

wedi cael gafael yn hwn. A gwir oedd hynny. Roedd yna rhyw fewnfudwr, heb wastraffu dim amser, wedi troi y lle i efelychu'r uffern yr oedd wedi dianc mor bell ohono.

Roedd y tŷ ei hun yn edrych fel wyrcws, a chwiliodd Tom am y ffenest gynefin honno a berthynai i'r stafell ar yr ail lawr lle y bu yn gwledda hefo'r genethod y noswaith honno flynyddoedd maith yn ôl. Doedd hi ddim ar gael, a rheswm da pam roedd hi wedi ei chau â brics. Yr unig le a oedd yn dal i edrych yn debyg i hyn oedd o yn wreiddiol oedd y colomendy, ac allan o'r adeilad hwnnw ar hynny y daeth Lewis gydag osgo perchennog.

'Dyn diarth,' meddai heb ragymadrodd. 'Wedi dŵad am *dirty weekend* ydach chi?'

Roedd Lewis yn chwannog i arwain sgwrs i rigolau di-chwaeth, ond fyddai Tom ddim yn rhoi lle iddo.

'Faswn i ddim ond yn dŵad yma i mochal cafod. Be sy' wedi ei daro fo d'wad?'

'Wel mi fydd yn iawn wedi cael ei wneud wyddoch chi. Mae pob dim yn cymryd amsar yn tydi?'

'Rhyw *ten year plan* wyt ti'n feddwl. Be maen nhw'n fwriadu wneud lawr yn y fan yna?'

'O — yr hen ardd? Pwll nofio a chaffi. Dowch draw i chi gael gweld.'

'Mi rydw i'n gweld llawn digon o'r fan yma,' meddai Tom. 'Mi rydw i'n deall rŵan pam y cynghorodd y dyn hwnnw i rywun beidio â byth mynd yn ei ôl.'

'Wel mae'n rhaid i chi *move with the times* wyddoch chi sgweiar. *Progress* dyna maen nhw'n ei alw fo.'

'Methu deall ydw i pam mae'n rhaid iddo fo fod mor debyg i ddinistr. Ond nid i weld y lle y dois i. Roedd Albyt yn deud . . . '

'O. Gofiodd o. Roeddwn i wedi deud wrth y genod hefyd rhag ofn i un ohonyn nhw ddigwydd y'ch gweld chi.'

'Rhyw ddynas sydd . . . ?'

'Dyna chi.' Roedd Lewis yn un drwg am dorri ar draws. 'Mae hi'n aros yma am dipyn. Rhyw Ffrances ydi hi, yn siarad dipyn yn chwithig. Mae hi'n stydio hen betha hyd y fan 'na. Be maen nhw'n ei galw nhw — y bobl yna?'

'*Archaeologists*,' meddai Tom.

'Ia, dyna chi. Roeddwn i'n meddwl mai rhyw air *French* oedd o. Ac mi ofynnodd i mi wyddwn i am rhywun oedd yn gwybod rhywbath am yr ardal — fel yr oedd hi yn yr hen amsar, a dyma fi'n meddwl amdanoch chi yn strêt awê.'

Roedd Lewis yn swnio fel pe buasai Tom yn un o weddillion yr Hen Frythoniaid.

'Ac ar ben hynny wedyn,' meddai Lewis i ymestyn ei bwysigrwydd, 'mi welais Beryl Richie Malan yn Siop Sinc, ac yr oedd hi wedi darllan rhyw *speech* oedd gynnoch chi yn y papur. Da meddai hi; agoriad llygad. Wedyn dyma fi yn y'ch recomendio chi. Fedrwch chi ddim mynd yn rong yn y fan yna. Dynas smart, *educated*, mae'n ddigon hawdd i chi ddeud. *Money no object*, Tom Robaits; un o'r rheiny. Tasach chi'n gweld car sy' gynni hi.'

'Wela' i,' meddai Tom, ond doedd manionach arwynebol fel yna yn gwneud dim argraff arno. 'Lle mae hi felly? Ydi hi yn y tŷ?'

'Na, mae hi wedi mynd i rywla ers meityn. Wn i ddim pa bryd y daw hi yn ei hôl. Mae hi'n cadw pob oria. Mae ganddi hi fflat ei hun yn y fan acw,' a phwyntiodd at ddwy ffenest a gwell graen arnynt na'r lleill. 'Wedyn mae hi'n cael mynd a dŵad fel fynno hi.'

'Taw di,' meddai Tom, gan fawr ddyfalu ar yr un pryd pam yr oedd merch o'r fath safon wedi dewis dod i farics felly i aros, a digon o gyfleusterau eraill ar gael ar hyd a lled. 'Fawr ddiban i mi aros, felly.' Ac yr oedd yn siomedig ei fod wedi mynd i'r holl drafferth o dwtio ei hun ar gyfer yr ymweliad.

'Ddeuda' i beth wna' i,' meddai Lewis, gyda pharodrwydd un yn hael ei awgrymiadau. 'Mi gyrra' i hi acw.'

'Dyna chdi 'ta,' meddai Tom. 'Gwranda, dyna i ti un peth faswn i'n licio weld cyn mynd ydi tu mewn i'r cwt colomennod 'na.'

'*No problem*,' meddai Lewis mewn llais un oedd wedi ei lawn hyfforddi i fod yn dywysydd swyddogol mewn amgueddfa.

Doedd y tu mewn i'r colomendy ddim wedi newid chwaith —

hynny yw — cyn belled ag yr oedd modd darganfod yn yr hanner gwyll hwnnw. Roedd y piler mawr derw yn dal i fod yn y canol ac yn cyrraedd y to cromennog. Roedd Tom yn cofio cael mynd yno unwaith hefo un o'r hen arddwyr i weld y dylluan wen â'i llygaid gwyrdd a oedd yn drigiannydd anghyfreithlon ond hoffus. Cofiai yn arbennig y llygaid rheiny yn rhythu arno o'r entrychion.

'Mae 'na saith gant ac ugain o dylla o'i rownd o i gyd,' meddai Lewis. 'Ac mi fydda yna gloman yn y rhan fwya', yn dodwy neu yn barod i'r popty. Roeddan nhw yn gwybod sut i fyw yr adag honno.'

Ar hynny clywodd Tom rhyw siffrwd o'r ochr bellaf, ac yn union daeth rhyw lanc i'r golwg a'i wallt llaes wedi ei rwymo fel cynffon ceffyl. Aeth heibio heb ddweud gair, ac ni wnaeth Lewis unrhyw sylw ohono. Ymhen munud, dywedodd Tom, i dorri ar y distawrwydd yn fwy na dim:

'Oeddan, yr oeddan nhw yn gwybod sut i fyw. Gorfod gwybod yntê Lewis.'

Camodd y ddau i olau dydd, ond doedd yna ddim golwg o'r llanc, ac am funud roedd Lewis fel pe bai wedi colli ei leferydd.

12.

Ar ôl ei ymweliad â'r Plas roedd chwilfrydedd Tom ynghylch y ddynes o Ffrainc yn cynyddu yn ddyddiol. Roedd fel pe bai'n disgwyl ei dyfodiad bob awr o'r dydd — a'r nos hefyd, a phan na ddaeth, aeth i amau nad oedd Lewis wedi rhoi y neges iddi wedi'r cwbl. Weithiau bu ar gyfyng gyngor fynd i chwilio amdani eilwaith, ac yr oedd yn edifar ganddo na fuasai wedi cofio gofyn ai hen ynteu ieuanc ydoedd. Fodd bynnag, gwnaeth yn siŵr nad elai ymhell oddi cartref rhag ofn. Ond fe ddaeth ar adeg pan nad oedd Tom yn ei disgwyl o gwbl.

Roedd y ci wedi mynd i grwydro y bore hwnnw ac fe aeth Tom i fyny'r weirglodd dan chwibanu. Roedd y *Purdey* o dan ei fraich, ac o fyrraeth roedd wedi mynd â'r *Smith and Wesson* yn ei boced. Doedd o ddim wedi ei danio ers tro am ei fod yn cynilo'r ergydion. Rhoddodd un rownd yn y silindar a'i thanio at bostyn. Suddodd y bwled i'r coedyn a'i hollti, a sylweddolodd yntau gyda phleser nad oedd wedi colli'r grefft.

Ffieiddiai wrth wylio aelodau o'r heddlu yn cael eu hyfforddi i danio pistolau ar y teledu. Roeddent yn dal gafael ynddynt â dwy law, fel pe bai'r arfau yn mynd i'w hachub rhag boddi, ac yn sefyll yn sgwâr i gynnig yr holl gorff i gael ei daro.

Rhyw rhingyll o'r USAAF a'i dysgodd i drin y gwn. Gallai hwnnw ridyllu tuniau hefo'r naill law neu'r llall. Ei gyfrinach oedd eistedd mewn pentwr o gerrig mân ar y traeth, a thaflu un garreg ar ôl y llall hefo bys a bawd at ddarn o bric. Roedd hynny meddai yn ailddeffro'r reddf o gyfeirio nas collwyd mohoni gan ddynion bach y fforestydd tywyll â'u pibau chwyth.

Doedd Tom ond prin wedi torri'r llawddryll pan welodd ferch yn cerdded tuag ato. Rhoddodd y *Purdey* o dan ei fraich a cherddodd i'w chyfarfod. Roedd hi'n cario ei hun yn osgeiddig ar draws y tir anwastad, ei gwallt wedi ei chwipio am ei phen ac yr oedd hi'n dywyll fel cwadrŵn.

'Bore da,' meddai hi gyda'r 'r' yddfol dew dafod. 'Gobeithio nad ydw i'n tresmasu? Monique Larores ydw i. Dwi'n chwilio am Mr Tom Roberts.' Doedd dim angen gofyn pwy oedd hi, hyd yn oed o ddisgrifiad Lewis.

'Rydach chi wedi ei ganfod o,' meddai Tom, ac estynnodd hithau ei llaw.

'Rydach chi yn f'atgoffa o'm tad,' meddai hi. 'Mae yntau yn heliwr.'

'Be mae o'n hela?'

'Llwynogod gan mwyaf.'

'Oes gynnoch chi bla?'

'Maen nhw yn lluosog yn Quebec.'

'Quebec!' meddai Tom, gan ei hannog i'w ddilyn at y tŷ. 'Gwlad Marie Chapdelaine.'

'Ydych wedi darllen Louis Hemon felly?'

'Do, ac yn Gymraeg.'

Ei thro hi oedd synnu. 'Fel mater o ffaith wyddwn i ddim fod yr iaith yn dal i gael ei defnyddio.'

'Ia, yr ydan ni yn tueddu i gael ein cadw dan orchudd nes y bydd angan trethi neu filwyr.'

'Felly yr oedden ninnau,' meddai hithau gydag afiaith. A thra yr oedd Tom yn cael trafferth gyda chliced giât y buarth, cymerodd y *Purdey* oddi arno a'i daro o dan ei braich yn y modd mwyaf naturiol.

Doedd Lewis na'i fab ddim wedi gor-ddweud wrth ddisgrifio'r car mawr Jensen du a safai yn y buarth.

'Mae gynnoch chi gerbyd cyflym,' meddai Tom.

'Wedi ei logi o ydw i, tra bydda' i yma. Dod wnes i heddiw i ofyn am eich cymorth chi ynglŷn â gwaith sydd gen i ar y gweill ar hyn o bryd, ac yr oedd ei llygaid duon treiddgar gyda'u hamrannau diog yn edrych ym myw y rhai glas, a daeth rhyw awch tros Tom nad oedd wedi ei deimlo ers hir amser.

'Iawn,' meddai o'r diwedd. 'Mi awn ni i fyny'r grisiau am

sgwrs.'

Roedd hi wedi ei chyfareddu hefo'r *cosy little den* chwedl hithau. Eisteddodd yn gartrefol yn yr unig gadair esmwyth ac edrychodd drwy'r ffenest ar y pîn.

'Tebyg i'n golygfa ni yn *Lac de L'eau Clair*,' meddai.

'Llyn y dŵr glân,' meddai Tom.

'Ble wnaethoch chi ddysgu Ffrangeg?'

'Yn Ffrainc, ond nid o fy ngwirfodd.'

'Sut felly?'

'Adeg y rhyfel. Ond chi sydd yn bwysig heddiw.'

Roedd yn falch nad oedd hi'n awyddus i olrhain yr hanes.

'Wel,' meddai hi o'r diwedd, 'ynglŷn â'r busnes yma sydd gen i. Yn fyr, mae gennym gwmni teledu ym Montreal, ac yr ydym wrthi'n cynllunio cyfres sydd yn ymwneud â'r Hen Fyd a'r Newydd — gwrthgyferbyniad felly — hynny yw, o fewn cyfnod o tua pymtheg cant o flynyddoedd.'

'Tipyn o gontract.'

'Mae hi yn gontract fel y gwelwch chi. Rydan ni eisoes wedi gwneud y rhan fwyaf o'r darn o'n hochr ni; yr Indiaid ac yn y blaen. Wedyn, pan oedden nhw yn meddiannu'r Cyfandir, roedd yna ar yr un adeg bobl yn goroesi yma hefyd, y Celtiaid, dyna'r cyferbyniad rydan ni ar ei drywydd.'

Gwenodd Tom, a gofynnodd hithau pam. 'Ydych chi'n meddwl ei fod yn syniad hurt?'

'Ddim o gwbl,' meddai yntau. 'Ond pam dŵad i ofyn i un anwybodus fel fi. Pobol o'r colega sydd arnoch chi angan.'

'Mae yna ddigon o rheiny i'w cael yn syrthio ar draws ei gilydd i fynd ar y bocs. Mae'r gwaith yma yn ymwneud â'r dilyniant i'r oes bresennol; rhai sydd wedi byw yn eu bro am gyfnod sylweddol.' Pwyntiodd at y llyfrau. 'Ond wedi dweud hynny, beth mae rheina yn dda, nid addurn yn unig, debyg?'

'Mae yna un neu ddau ar y Celtiaid yn eu mysg nhw,' meddai Tom. Roedd yn dechrau taflu ei ddiddordeb i mewn i ysbryd y peth. 'Mae 'na hen gaer Oes yr Haearn yn y cefn yna, yr unig un unffos ym Mhrydain yn ôl yr arbenigwyr.'

'Efallai y cawn fynd i'w gweld rhyw ddiwrnod gyda hyn?'

'Iawn.'

'Wrth gwrs, yr hyn rydan ni'n geisio ei osgoi ydi rhamant. Mae hwnnw yn beth peryglus i'w gymysgu â ffeithiau.'

'Gwir, ond mae yna le i hwnnw hefyd ym mhob hanes.'

'Ydych chi'n rhamantus?'

'Wedi bod.'

Chwarddodd hithau. 'Dyna fy maen tramgwydd innau hefyd mewn gwaith fel hyn. Mae'r peth yn gynhenid, debyg.'

'Yn enwedig os ydach chi o waed felly.'

'O Lydaw y daeth fy mhobl i; Hen Gorsairs San Malo, neb llai. Wn i ddim ai balchder ynteu cywilydd y dylai rhywun ei deimlo gyda'r achau yna.'

Yna dangosodd Tom un neu ddau o'i lyfrau iddi, ac mewn amrantiad roeddent ynghanol trafodaeth ddofn. Ond yn sydyn cawsant blwc o'r ynys honno yr oeddent wedi ymneilltuo iddi mor hawdd. Clywyd llais o waelod y grisiau.

'Ydach chi yna, Dad?'

Buasai Tom wedi gallu saethu Glenys yn llawen am ddarfu ar ei gwmnïaeth ddifyr.

'Mi rydw i'n mynd hefo'r wya',' meddai Glenys wedyn.

'Iawn,' gwaeddodd Tom, ond ni fodlonodd Glenys ar atebiad mor swta. Daeth i fyny. Pam yr oedd yn rhaid iddi alw arno y tro hwnnw mwy na rhyw adeg arall pan oedd hi'n mynd hefo'i blydi wya', meddyliodd Tom. Ond pan ymddangosodd hi tros y canllaw bu raid iddo sipian ei anniddigrwydd ac ymroi i gwrteisi cymdeithasol.

'Dyma Monique Larores, a dyma Glenys Roberts fy merch-yng-nghyfraith.'

Roedd Glenys yn llawn o gysh. 'Mae'n ddrwg gen i. Wyddwn i ddim fod gynnoch chi gwmni,' er na fedrai hi ddim llai na bod wedi baglu tros y Jensen yn y buarth.

'Dim o gwbl,' meddai Monique gan addasu i'r sefyllfa ar drawiad. 'Roeddwn i ar fin gadael p'run bynnag.'

Ond nid oedd Glenys am ei gollwng mor hawdd. 'Gawsoch chi lymaid?' gofynnodd. A chyn i'r llall gael cyfle i ateb ychwanegodd: 'Dowch i lawr i'r tŷ, mae'n fwy cyfforddus.'

'Does arna' i ddim eisiau tarfu arnoch.'

'Wnewch chi ddim.' Ac wrth Tom. 'Dowch chitha, Dad,' fel pe bai hynny yn fraint o'r mwyaf.

Wrth iddynt fynd am y tŷ roedd Glenys eisoes wedi meddiannu Monique. Roedd y sgwrs yn unochrog ac arwynebol, ac yr oedd yn amlwg i Tom hyd yn oed ar hynny o adnabyddiaeth, mor wahanol eu dosbarthiad yr oedd y ddwy, ac ni allai o ond braidd gywilyddio nad oedd gan Glenys ddigon yn ei chorun i beidio dyrchafu ei hun i lefel anghyraeddadwy y llall.

Ond i'r tŷ yr aethant, ac i'r parlwr ffrynt a oedd wedi ei ymneilltuo ar gyfer y bobl ddiarth, ond drwy drugaredd doedd yr un o'r rheiny ar ei gyfyl y bore hwnnw.

Mynnai Glenys bod Monique yn cymryd coffi, a thra oedd hi yn y gegin yn ei baratoi, ceisiodd Tom ailafael yn y sgwrs a adawyd ar ei hanner yn y llofft, ond doedd dim modd ailgynnau'r awyrgylch. Bodlonodd ar wneud sylwadau dibwys am ansawdd y tŷ a'r newidiadau pensaernïol. Gwyddai beth oedd y tu ôl i goffi Glenys, ac ni chafodd ei siomi pan ddaeth honno â'r llestri drwodd o'r diwedd.

'Cael tipyn o wyliau ydach chi?' gofynnodd i Monique.

'A gwaith,' ac wrth gwrs fedrai'r ferch erbyn hynny ddim llai nag egluro pam y daeth hi i weld Tom yn hytrach na rhywun arall, ond yr oedd ansawdd y cynllun wedi ei golli ar Glenys. Ei phrif ddiddordeb hi oedd:

'Fyddwch chi'n ffilmio yma?'

'Mae'n dibynnu ar ganlyniadau'r ymchwil,' meddai Monique, ac yr oedd Tom yn gwingo ynddo'i hun.

Ond daeth gwaredigaeth o le annisgwyl. Canodd cloch y drws ac aeth Glenys i ateb. Clywodd Tom hi'n siarad â rhywun ac yr oedd tinc uchel i'w llais. Pan ddaeth hi yn ei hôl, roedd gan Tom rhyw deimlad ym mêr ei esgyrn fod Monique wedi cael boliad braidd ar yr holl holi ac ateb ond ei bod yn meddu ar y gosodiad prin hwnnw i allu peidio â'i ddangos.

Beth bynnag, ar ôl y coffi cafodd yr afael rydd, ond ar amodau. Roedd hi i ddod yno wedyn yn fuan, ac yr oedd hi i gofio os y buasai yn cael boliad ar annibendod Plas Iorwen, y buasai croeso iddi ddod ar fyr rybudd i'r Hendre Ddidol i aros am gyfnod amhenodol.

Roedd Tom wedi disgwyl cael egwyl fechan yn y buarth ar ei ben ei hun hefo Monique i drefnu ailgyfarfyddiad, ond roedd Glenys am fynnu dod i wneud y trymwaith i'r diwedd. Serch hynny, cafodd Monique gyfle i ofyn iddo roi caniad ffôn i *Beechwood* chwedl hithau, a doedd hi ddim am ei hamddifadu o'r ergyd olaf ferch at ferch. Cyn i'r car chwyrnellu am y ffordd, ac fel estyniad i'r diolchiadau, meddai wrth Glenys:

'Mae arna' i ofn y bydd eich wyau chi wedi deor erbyn hyn!'

13.

Roedd gan Glenys drefniant parhaol i werthu wyau i dŷ bwyta yn y dref o'r enw *Miramar* neu Gwêl y Môr chwedl Dilys, a oedd yn meddu ar rhyw ddeisyfiad i Gymreigio popeth.

Yr oedd hi hefyd wedi bod yn rhan o'r ddirprwyaeth a ymgasglodd y tu allan i'r bwyty i ddangos eu gwrthwynebiad pan waharddodd y perchennog o Sais un o'r gweinyddesau rhag siarad Cymraeg wrth ei gorchwyl. Roedd y dyn, yn rhinwedd ei fusnes, wedi bod yn yr Hendre Ddidol unwaith, a bu hynny yn achos anghydfod rhwng Glenys a'i dynes lanhau, a wnaeth ati i ymddwyn yn anfoesgar yn ei gwmni. Dygwyd y ddadl i ben gyda datganiad Glenys: 'Be ddiawl ydi'r ots ym mha iaith ydach chi'n berwi wya'?'

Wedi i Monique ymadael y diwrnod hwnnw, roedd Glenys ar dân eisiau mynd â'r wyau, ond rhedodd i'r tŷ ar y funud olaf a daeth yn ei hôl â pharsel papur llwyd yn ei llaw gan ei roi i Tom.

'Dyna chi,' meddai. 'I chi mae hwnna. Yr hen hogan 'na a'i gadawodd o. Roedd hi yn y drws yma hefo un arall, ond mi ddeudais i wrthi am beidio â dŵad yma eto. Ydach chi ddim am ei agor o?' Doedd ei brys hi ddim yn drech na'i hawydd i gael gwybod beth oedd ei gynnwys.

Pan agorodd Tom y cwd papur gwelodd mai teisen oedd ynddo. Cymerodd Glenys un cip arni a dywedodd yn wawdlyd:

'Bwyd ieir. Dydach chi rioed am ei bwyta hi?'

Pan aeth Tom yn ei ôl i'w lofft a chael gwell golwg ar ei anrheg gan Yn Wir, ni fedrai ond cydweld â'i ferch-yng-nghyfraith am unwaith. Roedd y deisen yn rhyw groesiad o spwng a phwdin Nadolig, ac un ochr iddi fel pe bai wedi ei chipio o gyrraedd y ffwrn rhyw eiliad neu ddwy cyn iddi droi yn boeth offrwm. A rhedodd ei feddwl ar ei union at y deisen honno yn llawn gwenwyn a anfonodd Mrs Herne yr hen Sipsi i Borrow gyda'i wyres Bebe. Ond i beth y buasai Yn Wir, neu Ellen, roedd yn bryd iddi gael ei henw — eisiau ei wenwyno. Doedd y greadures fach ddim ond eisiau bod yn gyfeillgar. Doedd dim angen i Glenys ymddwyn mor filain tuag ati. Byddai'n rhaid iddo fynd i ymddiheuro trosti a gorau yn y byd po gyntaf.

Roedd hi'n brynhawn braf a phenderfynodd Tom fynd i'r Beudy Bach doed â ddêl. Pan gurodd ar y drws ddaeth neb i'w ateb, ond clywodd sŵn o gyfeiriad yr hen dŷ gwair. Roedd drws y fan honno ar hanner agor ac aeth i mewn a gwelodd fod yr adeilad erbyn hyn yn ddeulawr, gyda grisiau yn mynd i fyny wrth y pared. Gwaeddodd 'Helo', ac ar unwaith ymddangosodd Yn Wir ar ben y grisiau.

'O chi,' meddai hi. 'Nid oeddwn yn disgwyl. Am ddod i fyny?'

Derbyniodd Tom y gwahoddiad a chanfu lofft o faint gyda byrddau llydan a ffenestri helaeth. Ar y byrddau roedd amrywiaeth o flodau a llysiau gwyllt wedi eu taenu.

'Wyt ti'n brysur?' gofynnodd Tom.

'Dipyn bach. Heddiw yn casglu rhain.' Cyfeiriodd at fwndel o daglys.

'Dŵad wnes i i ddiolch am y deisan,' meddai Tom.

'O — dim yn *cordon bleu*,' meddai hithau.

'Mae hi'n dda,' meddai Tom ar unwaith gan na welodd erioed fawr dramgwydd yn y celwyddau bychain. 'Mae gen ti le da yn y fan yma.'

'Pobl o blaen fi yn defnyddio fel *workshop*. Ond da i blodau, dim rhy boeth ond sych.'

Symudodd Tom at y ffenest. 'A golygfa,' meddai. 'Rwyt ti'n gweld pob dim sydd yn digwydd i lawr yn y pentra a phob man.'

'Fi dim llawer o amser i wylio.'

'Gwranda,' meddai Tom gyda pheth anesmwythyd. 'Mi ddois i ddeud peth arall.'

'Beth yw hwn?'

'Mae'n ddrwg gen i am beth ddigwyddodd y bora 'ma — acw.'

'*Not to worry*, hyn yn digwydd o hyd.'

'I ti?'

'O pobl yn meddwl bod fi yn ddynes ddrwg — *witch*.'

'Pam hynny?'

'Byw yn wahanol efallai.'

'Dwyt ti ddim yn gneud drwg i neb.'

'Na. Ond mae pawb sydd yn wahanol yn ddrwg.'

'Dwyt ti ddim gen i.'

'*How pleased I am to hear it.*'

'Beth bynnag, licio gwybod faswn i be ydi dy amcan di yn byw fel hyn. Fyddi di ddim yn teimlo'n unig weithia?'

Roedd Tom yn meddwl y buasai hi'n sôn am hipis y capel, ond y cwbl ddywedodd hi oedd: 'Na fi'n hoffi fy hun. Fi yn ceisio achub y ddaear rhag marw.'

'Hen dro na fasat ti wedi dŵad yn ddigon buan i achub y corsydd. Wrth gwrs, milltir sgwâr fechan ydi honna, ond mae hi'n arwyddocaol o'r gweddill.'

'Fel chi'n dweud ychydig bach, ond . . . '

'Wyt ti'n un dda am wynebu ffeithiau?'

'Rhaid gwneud hyn.'

'Mae hi'n rhy ddiweddar.'

'Chi'n meddwl?'

'Mae'r meddylddrych dinesig wedi treiddio i bob gwylltineb. Mae'r anifail deudroed ymhob man, ac nid hefo dannadd a phalfau mae o'n rhwygo ei ysglyfaeth ond hefo arian. Mae gwerthu gynnau yn talu yn well na diogelu'r byd.'

'Dim gynnau yma.'

'Matar o amsar; cam bychan ymlaen o losgi.'

'Chi ddim yn llosgi pethau.'

'Mi fûm, a phobol. Ond dyna ddigon ar hynna. Efallai fod dy daid wedi gwneud yr un peth.'

'*Fighter pilot* oedd o.'

'Ys gwn i ydi o yn teimlo yr un fath â fi, yn falch o fod yn hen.'

'Chi ddim yn hen.'

'Roeddwn i'n meddwl dy fod ti'n un dda am wynebu ffeithiau. A dyna i ti beth newydd yn hanes y ddynoliaeth. O'r blaen deisyfu bod yn ieuanc yr oedd pawb, ond rŵan mae nhw yn ystyried eu hunain yn lwcus o fod mor agos at fynd allan o'r holl alanas. Ond wyddost ti ddim am hynny eto. Edrych, mae Môr Matholwch yn glir.'

'Math . . . pwy yw hwn?'

'Brenin yr Iwerddon. Wyt ti ddim wedi darllan y Mabinogion?'

'Beth yw rhain?'

'Hen Destament y Celtiaid, ac mae ynddo stori fasa yn gweddu i ti — Blodeuwedd.'

'Pwy yw hi?'

'Merch wedi ei gwneud o flodau.'

'Yn wir? Bydd yn rhaid i mi ddarllen.'

'Yn wir,' meddai Tom dan wenu. 'A tasat ti heb dy fedyddio yn barod, mi fasa wedi bod yn eitha enw i ti.'

'Yn wir. O — yn meddwl gofyn, gymerwch chi de?'

'Os wyt ti'n gwneud peth.'

'Gwnaf ond nid yma,' a chychwynnodd i lawr y grisiau. Ond pan sylweddolodd yr hen ŵr nad oedd hi'n bwriadu ei wahodd i'r tŷ, meddai:

'Hidia befo. Paid â thrafferthu,' a doedd yna fawr o waith perswadio arni. Roedd Tom yn dal wrth y ffenest yn edmygu'r olygfa o hyd, a chofiodd yn sydyn. Wrth gwrs, tŷ cipar fu'r Beudy Bach flynyddoedd ynghynt. Roedd o mewn lle delfrydol yr adeg honno i wylio symudiadau'r trigolion a'r herwhelwyr.

14.

Roedd yr ymweliad cyfeillgar hwnnw ag Yn Wir wedi dileu pob amheuaeth a blannwyd ym meddwl Tom yn ei chylch gan adroddiad Hari. Roedd yr hen ŵr hyd yn oed wedi trefnu i'w chyfarfod drannoeth i fynd i le y tyfiant gwyllt.

Wrth iddo fynd i lawr drwy'r cefnau, pwy oedd yn trin car yn y lôn wrth ei dŷ ond Richie Malan. Canodd Tom ei gorn tros y wlad, a chlywodd Richie yn dweud pethau amrwd o dan y bonat, ond pan gododd ei ben newidiodd ei dôn.

'Pwy fasa'n meddwl y baswn i ar y'ch ffordd chi.'

'Cym' dy amsar.'

'Wedi bod yn hel rhenti i fyny 'na ydach chi?'

'Roeddwn i wedi addo mynd â hi i weld y tyfiant gwyllt yn Lôn Clechydd,' meddai Tom.

'Esgus da, ond pam lai. Mae hi'n hen hogan iawn; ddim yn gwneud drwg i neb. Mi rydach chi'n mynd yn boblogaidd hefo'r merchad 'ma. Clywad bod yna un arall wedi bod yn chwilio amdanach chi.'

'Do erbyn i ti ddeud,' meddai Tom gan obeithio y buasai'r peth yn cael ei adael yn y fan honno, ond ymlaen yr aeth Richie.

'Roedd hi yn yr ysgol y diwrnod o'r blaen meddai Beryl, y Ffrancas 'na.' Roedd rhyw sŵn eiddigeddus yn Richie fel pe bai wedi sylweddoli bod Monique Larores allan o'i gyrraedd yn gymdeithasol a diwylliannol. 'Roedd Beryl yn deud ei bod hi wedi cymryd y lle trosodd tra bu hi yno.'

'Sut felly?'

'Roedd hi wedi deud wrth yr hedmastar mai ysgol Gymraeg y dylai hi fod. Dim Saeson medda hi. Os oeddan nhw isio siarad

Seusnag mi ddylan fynd adra yn eu hola. Felly mae nhw'n gwneud yn lle mae hi'n byw yn Canada. Blydi lol. Isio iddi aros yno oedd.'

Hwn oedd y tro cyntaf i Tom glywed Richie yn datgan unrhyw farn wleidyddol. Roedd o bob amser yn rhy ddwfn yn ei fyd mecanyddol, ond os yr oedd yn bwriadu ymhelaethu, roddwyd mo'r cyfle iddo. Daeth Beryl o'r ysgol fel llong â'i hwyliau ar daen.

'Am faint byddi di hefo'r car 'na eto?' gofynnodd. 'Mae arna' i isio i ti fynd â fi i Cwics, ac mi rwyt ti'n dal pobol eraill hefyd.'

'Chwara teg i chi am gymryd fy rhan i,' meddai Tom. ''Chydig sy'n gwneud hynny. Sut mae petha tua'r ysgol? Clywad fod gynnoch chi sgŵl newydd.'

'O mi rydach chitha wedi clywad,' meddai Beryl gan droi ei llygaid tua'r nef. 'Mi gawson ni fisitor y diwrnod o'r blaen hefyd. Dipyn o newid i beth fydd yn arfar dŵad.'

'Felly roeddwn i'n clywad. Gawsoch chi hwyl?'

'Ardderchog. Rhoi dipyn o gic i'r lle. Roedd yr hen blant wrth eu bodda' hefo hi yn deud hanas pobol yn hela yng Nghanada. Hen hogan iawn; dim rhodras o'i chwmpas hi 'run fath â'r petha pwysig er'ill 'na fydd yn dŵad.'

'Be oedd ei hamcan hi yn dŵad?' gofynnodd Tom fel pe bai Monique Larores wedi mynd yno heb ei ganiatâd.

'Wel maen nhw yn mynd i ffilmio,' meddai Beryl.

'Mae o'n gwybod siŵr,' meddai Richie ar draws.

'Ddeudist ti wrtho fo fel y rhoth hi'r sgŵl yn ei le?' Pan na chafodd ateb, moriodd Beryl yn ei blaen. 'Mae hwn yn mynd i godi helynt gewch chi weld, a dydi o ddim wedi bod yma ond ers pum munud ar hugain.'

'Be mae o wedi wneud?' gofynnodd Tom.

'Dim, eto. Ond maen nhw yn ail-wneud y wal yn y neuadd, plastro ac ati hi, ac maen nhw am dynnu'r gofeb a'i rhoi hi y tu allan ar wal y cowt yn nannadd y tywydd a'r fandaliad. Meddyliwch am hynna, yr hogia druan. Ond bai y criw Blaid Bach 'ma ydi o i gyd.'

'Llechan yr hogia?' meddai Tom â'i lais nodyn yn uwch. 'Be

mae honno wedi ei wneud iddyn nhw?'

'Maen nhw'n deud na ddylai rhyfal y Saeson gael ei goffáu mewn lle Cymraeg.'

Roedd Tom yn brin o eiriau am funud.

'Rhyfal y . . . ?' Llwyddodd i gael mynegiant yn y diwedd. 'Rhyfal pwy bynnag oedd hi, fasa gan y diawlad ddim ysgol na chartra oni bai am yr hogia yna. Mi fasan i gyd yn gorfod perthyn i Urdd Gobaith Hitler.'

'Rydach chi'n iawn,' meddai Beryl. 'Roedd 'nhad yn ei chanol hi. Mi gafodd ddŵad adra yn fyw, ond fu 'na fawr o drefn arno fo byth wedyn ar ôl cael ei gamdrin gan yr hen Japs 'na, ond y diawlad yna bia hi heddiw yn agor ffatris hyd y wlad ym mhob man. Ond mi fydd yn rhaid i mi fynd,' meddai gan newid ei phwnc, 'neu fydd yna ddim bwyd iddyn nhw. Tydi hi'n glòs hefyd. Faswn i ddim yn synnu na fasan ni'n cael terfysg,' ac i ffwrdd â hi i'r tŷ.

Fu Richie ddim yn hir yn clirio oddi ar y ffordd, ond doedd yna fawr o dempar sgwrs arno am ryw reswm, ac yr oedd o dan orchymyn pendant hefyd. 'Cymerwch ofal be ydach chi'n neud hyd y fan 'na,' meddai wrtho. Rhoddodd glep ar y bonat a symud y car oddi ar ffordd Tom.

Wrth fynd heibio i'r ysgol wrth fynd adref bu bron i Tom droi i mewn i gael gweld beth oedd yn digwydd ynglŷn â'r gofeb ac i siarad â'r prifathro. Ond yr oedd yn teimlo'n flinedig ar ôl traul y dydd, ac fe geisiodd ymresymu ag ef ei hun a oedd lleoliad y gofeb o ryw wahaniaeth iddo bellach. Oedd wrth gwrs. Roedd yn adnabod y pedwar hogyn yr oedd eu henwau wedi eu torri arni, dau yn arbennig; cyfoedion ei faboed, hogiau Wil Parciau Bach chwedl pobl oedd dau — Bobi wedi mynd i lawr hefo'r *Hood* ac Elfed wedi ei ladd hefo'r *Guards* yn Arras. Wrth gwrs yr oedd a wnelo'r sarhad â fo, ond â phwy arall erbyn hyn? Roedd y rhai a gyfrannodd o'u cyflogau prin yn y chwarel er mwyn cael y llechen goffa i gyd wedi mynd yr un ffordd â'r hogiau. Doedd yna neb erbyn hyn ond Beryl, efallai, yn malio pe bai'r gofeb yn cael ei thaflu i'r drol faw.

Bore wedyn yr oedd Tom yn gwisgo amdano yn y llofft ac yn ceisio cynllunio ei ddiwrnod fel pe bai'n gyfarwyddwr rhyw gwmni anferth. Doedd o ddim wedi cysgu yn rhy dda chwaith. Yn y nos daeth y storm daranau a ddaroganodd Beryl; y glaw yn dyrnu ar do'r llofft a'r mellt llachar yn cael eu tynnu i'r goedwig bîn gan ddŵr durllyd Ffynnon Rhagnell. Cofiodd yn yr oriau mân am y pedair dyniawed a laddwyd ar noson gyffelyb gan un trawiad.

Roedd wedi meddwl ffônio Monique Larores a mynd i'r ysgol, ac wrth gwrs roedd wedi addo cyfarfod Yn Wir, ond tynnwyd ci feddwl oddi ar y cwbl pan glŷwodd Dilys yn gweiddi ar waelod y grisiau. 'Ydach chi wedi codi?'

Tarodd ei gôt a mynd i ben y canllaw. Roedd Dilys hanner y ffordd i fyny ac yn fyr ei gwynt. 'Wedi dŵad i ddeud wrthach chi am Richie Malan,' meddai hi heb ragymadrodd. 'Mae o wedi cael ei gymryd i'r ddalfa ben bora 'ma.'

'Dalfa? — Be wyt ti'n feddwl?' gofynnodd Tom, ei ymennydd ddim wedi llawn afael yn y newydd syfrdanol.

'I'r jêl 'te.'

'Duw be mae o wedi'i wneud?' Ni allai ddirnad am ddim trosedd yn erbyn Richie ond torcyfraith hefo car neu botsio eogiaid.

'Maen nhw wedi cael hyd i ffrwydron mewn wal dyllog wrth y tŷ,' meddai Dilys.

'Powdwr felly?' meddai Tom yn ei ddull ei hun. 'Ond neithiwr ddwetha roeddwn i'n siarad hefo fo?'

'Wel dyna chi.'

'Lle maen nhw wedi mynd â fo?'

'I Gaer, meddan nhw.'

'Be sgin Beryl i ddeud?'

'Mae hi fel dynas wyllt.'

'Richie!' meddai Tom wedyn gan sibrwd bron, fel pe buasai sŵn yr enw yn dileu y drosedd. 'Lle clywaist ti Dilys?'

'Yn Siop Randal. Ond mae o hyd y lle i gyd erbyn hyn.'

'Mêl ar fysadd yr hen gythral hwnnw. Y *krauts* diawl,' meddai wedyn hanner wrtho'i hun.

'Ydach chi'n meddwl fod a wnelo fo rhywbath â Meibion Glyndŵr?' gofynnodd Dilys.

Ni wyddai Tom yn ei hun sut y buasai'n ateb cwestiwn Dilys pe bai pwysau arno i wneud hynny. Ar un olwg, roedd Richie yn ddelfrydol i weithredu yn gudd; roedd wedi arfer bod allan bob awr o'r nos yn potsio eogiaid o'r Drochwen a chipio darnau oddi ar hen geir a oedd wedi cael eu gadael ar y ffriddoedd. Ond ar y llaw arall, doedd o ddim yn gallu cadw ei geg ynghau na chwaith gadw at unrhyw amserlen. Roedd yn amlwg fod y llosgwyr yn meddu ar yr angenrheidiau yma neu buasent wedi eu dal ymhell cyn hyn.

Roedd y newydd yma wedi chwalu cynlluniau Tom am y diwrnod beth bynnag. Y fath fywyd oedd o wedi mynd; doedd ymddeoliad na henaint ddim yn gwarantu bywyd tawel i neb bellach. Cofiai fel y byddai ei dad yn ei oed o, yn cerdded yn ddyddiol at ben llwybr y corsydd ac yn eistedd am fygyn ar gamfa, pum munud chwedl yntau, heb ddim digwyddiadau oddi allan yn tarfu o gwbl ar ei arferion.

Byddai'n rhaid iddo fynd i weld Beryl i gydymdeimlo neu beth bynnag a wnâi dyn ar amgylchiad fel hyn, gan fod Richie wedi'r cwbl yn dal yn fyw.

Roedd gan Beryl lond tŷ o deulu a chymdogion wedi hel yn soled o'i chwmpas, ond cliriwyd congl i Tom ar ei union a daethpwyd â phaned o de iddo, ac yna aeth Beryl drwy holl hanes y plygain a'r bore hwnnw, er ei bod mae'n siŵr wedi ei adrodd lawer gwaith yn barod.

'Roeddwn i yn fy ngwely wyddoch chi, tua dau oedd hi, ac roedd hon yma neithiwr,' gan bwyntio at ei wyres. 'Roedd hi'n tywallt y glaw ac yn taranu, a dyma fi'n clywad rhyw ddyrnu. Roeddwn i'n meddwl mai taran oedd hi, ond y diawlad plismyn 'na, neu beth bynnag ydyn nhw, oedd yn dyrnu'r drws hefo gordd; methu â chael atab. Roedd Richie i lawr yn y fan yma yn gwylio rhyw focsio o'r Mericia, a doedd o ddim am fynd i'r drws gan feddwl mai rhyw griw meddw oedd yno. Wedyn dyma fi'n clywad rhyw leisia uchal, a dyma fi'n taro fy nghôt amdana' a dŵad i lawr, a dyna lle'r oedd rhyw dri dyn yn malu hefo Richie yn Saesnag, ac yr oedd gan un ohonyn nhw rhyw betha ar y bwrdd 'ma, a dyma fo'n gofyn i Richie be oeddan nhw yn da yn ei gowt o. 'Pwy ydach chi?' medda fi. 'Be mae o wedi wneud?' Ond fasa waeth i mi ofyn i'r grât 'na ddim o'r ateb ge's i. Wedyn dyma nhw yn deud wrth Richie am roi ei betha amdano a mynd hefo nhw. Ond roedd o'n dadla fel fflamia hefo nhw erbyn hyn, ac yn gofyn mwya' sobor — os oeddan nhw wedi cael y petha 'ma tu allan, sut oeddan nhw wedi cadw mor sych yn y dilyw hwnnw. A dyma fo'n dangos un ohonyn nhw i mi, ac mi roedd o hefyd yn sych grimp, mi rof fy llw ar hynna. "Sbia Beryl," medda Richie. "Weli di ddiferyn o ddŵr ar rheina?" A doedd 'na ddim chwaith wyddoch chi, Tom Robaits. Ac erbyn hynny roedd y fechan wedi dŵad i lawr ac yn gweiddi tros y lle. "Lle rydach chi'n mynd, Taid?" fel yna ddigon â drysu rhywun, ac wedyn . . . ' A dechreuodd Beryl grio.

Wyddai Tom ddim yn iawn beth i'w ddweud wrthi. 'Y *krauts* diawl,' meddai yn y diwedd. 'Ond fedran nhw ddim o'i gadw fo wyddoch chi Beryl. Mae'r dyn yn hollol ddiniwad.'

Ategwyd hynny gan un neu ddau o leisiau o'r llawr.

'Oedd Preis plisman yma?' gofynnodd Tom. 'Ble'r oedd o?'

'Na, fasan nhw ddim yn gadael iddo fo ddŵad yn agos,' meddai un o'r hogiau. 'Mae'r criw yna a'r plismyn fel hyn,' a chroesodd ei deufys.

Roedd Beryl wedi adfer ei rheolaeth yn ddigon da erbyn hyn i ddweud ei bod hi wedi gofyn i'r 'mawr hwnnw' chwedl hithau i ble'r oedden nhw am fynd â fo. 'Mi gewch wybod yn ddigon buan,' oedd yr ateb gawsai. Daeth galwad ffôn yn ddiweddarach oddi wrth yr heddlu eu hunain yn dweud bod Richie yng Nghaer ac nad oedd diben i neb geisio dod i'w weld.

Ar hynny cododd Tom i ymadael, ac yr oedd diolchiadau Beryl yn ddiffuant. 'Mae ganddo fo feddwl mawr ohonoch chi,' meddai wrth hebrwng Tom i'r drws. "Yr hen deip", chwadal yntau.'

Pan gyrhaeddodd Tom yn ei ôl i'r Hendre Ddidol, roedd Hari a Glenys ar y buarth fel pwyllgor croeso, ond doedd ganddynt ddim ar y pryd i'w ddweud am Richie Malan. Yn hytrach dywedodd Glenys:

'Mi fu yr hen hogan yna ar y ffôn gynna isio siarad hefo chi. Mae hi'n mynd yn rêl niwsans. Mi rydach chi'n dal i bonsio hefo hi ddyliwn, ond peidiwch â dŵad atan ni os cewch chi losgi'ch bysadd, yntê Hari.'

Doedd gan hwnnw ddim dewis ond cytuno.

'Be oedd hi isio?' gofynnodd Tom.

'Fedar hi ddim dŵad heddiw, dyna'r cwbl. I lle oeddach chi wedi meddwl mynd â hi?'

'Oes raid i mi roi cyfri am fy symudiada?'

'Nac oes,' meddai Hari. 'Ond mi rydw i wedi deud wrthach chi sut enw gewch chi.'

'Gen ti y ca' i hwnnw os rhywun. Ond mae gen i rywbath pwysicach ar fy meddwl ar hyn o bryd.'

'Be ydi hwnnw?' gofynnodd Hari.

'Richie Malan 'te.'

'O hwnnw. Mi fedar gymryd gofal ohono ei hun hebddoch chi siawns.'

'Mae o wedi bod yn ffyddlon i mi erioed, ac mi welais adega pan y buost titha yn ddigon balch o'i gael o pan oedd 'na ryw ddiffyg ar y tractor. Mae o wedi arbad dipyn o arian i ti.'

Doedd gan Hari ddim atebiad parod i hynny, a manteisiodd Tom ar lwyddiant yr ergyd.

'Mae arna' i isio ffônio yr hogan yna yn y Plas hefyd.'

'Helpwch y'ch hun,' meddai Glenys. Roedd yn amlwg nad oedd yna wrthwynebiad i hynny.

Aeth yntau ar ei union i'r tŷ gan obeithio y buasai Monique Larores yn gallu dod i weld yr hen gaer y prynhawn hwnnw, nid yn gymaint o'i rhan hi, ond yr oedd yr hen ŵr yn teimlo y gallai gael sgwrs hefo hi am helynt Richie a'r gofeb, a oedd wedi dod â phryder annisgwyl i'w fywyd; roedd Monique tu allan i'r gymdeithas ac yn ddiduedd. Ond siomiant a gafodd.

Atebwyd y ffôn gan ddyn â sŵn diamynedd arno, ond yr oedd yn awyddus iawn i gael gwybod pwy oedd yn galw. Dywedodd fod Monique Larores wedi gadael ers y diwrnod cynt ac na wyddai i sicrwydd pa bryd y deuai yn ei hôl, a bu raid i Tom fodloni ar y wybodaeth honno.

Fel yr âi'r dydd yn ei flaen, cafwyd mwy o fanylion ar radio a theledu am Richie a'i ffrwydron. Richard Malan Jones oedd o i fyny ac i lawr gan bobl y tonfeydd awyrol, ac ni allai Tom lai na chredu nad oedd yna ryw dinc o ddiolchgarwch yn eu lleisiau fod yr helynt wedi dod yn brydlon i dorri ar ddyddiau didramgwydd diwedd haf. Allai yntau chwaith ddim cwyno mwyach nad oedd dim ar S4C ond 'hanas Hwntws yn lladd ei gilydd'. Yr oedd ei bentre arbennig o, Llanedwyn, ymysg y penawdau breision, ac erbyn iddo dreulio'r ffaith honno rocdd yna chwaneg o wybodaeth ar gael. Roedd yna ddau arall hefyd yn y ddalfa, dyn camera gyda chwmni teledu o'r De, a newyddiadurwr o Gaerfaddon. Roedd Richie mewn cwmni da beth bynnag, ac wedi dyrchafu ei ddosbarth, ond fuasai'r ffaith honno o ddim cysur i Beryl.

15.

Hyd yn oed os oedd Richie wedi ei ddyrchafu i blith ei well, doedd o ddim yn cael ei gyfran o'r sylw. Roedd torf o gymdeithion a chefnogwyr y ddau o'r cyfryngau yn lleng y tu allan i'r adeiladau lle'r oeddent wedi eu caethiwo ym Mryste a Chaerdydd, ond doedd dim sôn am neb yn disgwyl tynged Richie yng Nghaer.

Trannoeth, fodd bynnag, sefydlwyd cydbwysedd gyda phenawdau baner yn Nail-y-Post: '*Gwynedd Garage Owner Caught in Possession of Explosives*'. Roedd yr hen gwt a oedd yn cael ei ddal ar ei draed gan ei gynnwys ym mhen draw'r cowt wedi ei ddyrchafu i gynghrair *Texaco*.

Bu Tom mor annoeth â chrybwyll unwaith wrth Hari y dylai rhywun ddangos ochr yn gyhoeddus hefo Richie, ond ni chafodd fawr o gydymdeimlad.

Cadw y'ch pen i lawr ydi gora i chi,' meddai hwnnw, 'neu mi ddaw yna rai yma i chwilio am betha yn nhylla'r cloddia.'

Erbyn hynny, y farn gyffredinol, gan gynnwys un Dilys a oedd yn dueddol o fod â'i chyllell yn Richie am ei fod yn goroesi mor hawdd, oedd fod rhywrai wedi gosod y ffrwydron yn bwrpasol er mwyn cael cocyn hitio, euog neu beidio, am eu bod yn methu â dal y Meibion go iawn. Ond mor fuan y mae un syndod naw niwrnod yn mynd yn angof yng nghysgod un arall. Wedi'r cwbl, rhyfeddodau yw bwyd a diod y cyhoedd. Cafodd yr heddlu achos i roi sylw i'r Hendre Ddidol gyda hynny, am reswm pur wahanol.

Roedd yr haul wedi gadael trofan Canser ers tro. Serch hynny roedd hi'n noson welw pan ddeffrowyd Tom o drwmgwsg yn yr oriau mân gan ddyrnu ar y drws gwaelod a gweiddi. Pan agorodd y ffenest, gwelodd mai Hari oedd yno mewn cynnwrf:

'Dowch â'r gwn i lawr gynta medrwch chi,' meddai. 'Mae 'na rywbath yn lladd yr ieir.'

Tra oedd Tom yn ceisio dadebru a hel ei hun at ei gilydd gallasai beth bynnag a oedd yno fod wedi lladd llond cwt. Pan gyrhaeddodd i lawr o'r diwedd hefo'r *Purdey*, roedd goleuadau'r tŷ a'r rhai oddi allan i gyd ynghynn, a'r rheiny yn dangos galanas na fu ei thebyg erioed yn Hendre Ddidol.

Roedd darn o dalcen cwt yr ieir crafu wedi ei wneud yn goed tân a sglodion, ac yr oedd ieir marw a rhai clwyfedig, a oedd yn dal i ysgwyd eu hadennydd, fel bwndeli o hen ddillad ym mhob man ar y cae, a'r rhai byw yn llechu mewn corneli wedi eu llwyr hurtio gan y braw a'r golau. Roedd darnau o weiren rwyd yn glymau ar lawr, a sylwodd Tom ar y ci ym mhen draw ei gwt yn crynu ac yn udo'n ysgafn.

Yna gwelodd Glenys â'i chefn ar un o'r cytiau yn crio uwchben yr holl olygfa. Roedd yn ymddygiad newydd iddi hi.

'Be gythral sy' wedi bod yma?' gofynnodd Tom i Hari fel yr oedd hwnnw yn hel yr ieir clwyfedig a thynnu eu gyddfau i roi terfyn ar eu dioddefaint.

'Wn i ddim. Bwystfil o beth, beth bynnag oedd o.'

Ac ar hynny cofiodd Tom am stori annhebygol Albyt ac aeth at Glenys.

'Dowch o 'ma i'r tŷ i chi gael llymad o rywbath cynnas,' meddai wrthi. 'Fydd petha ddim yn edrach mor ddrwg wedi iddi 'leuo.'

Aeth Tom â hi i'r tŷ ac aeth Hari ar eu holau yn y man.

'Fedrwn ni wneud fawr ddim tan y bora,' meddai Tom.

'Be ydach chi'n feddwl oedd o?' gofynnodd Glenys wedi ailfeddiannu ei hun. 'Doedd o rioed yn llwynog i wneud y fath lanast.'

Tra oedd y tri yn llymeitian eu te, adroddodd Tom stori Albyt wrthynt. 'Erbyn meddwl,' ychwanegodd, 'mi ddeudodd Richie Malan wrtha' i fod 'na ddefaid wedi eu cnoi yr ochr bella 'na hefyd, gan ryw anifail anghyffredin — amsar claddu Katie Davies oedd hi.'

'Ella mai ryw anifail gwyllt wedi dengid o'r sŵ ydi o,' meddai Hari, 'rhyw lewpart neu rhywbath felly.'

'Mi fasa'n well ffônio'r polîs,' meddai Glenys. 'Beth bynnag ydi o mi fydd yn rhaid ei ddal o.'

'Wnân nhw ddim diolch i ti yr adag yma o'r nos,' meddai Hari.

Roedd trallod Glenys erbyn hyn wedi troi yn gynddaredd ac yr oedd hi am fynnu.

'Waeth i ti heb â thrio cael gafael ar Preis cofia,' meddai Hari wedyn. 'Mae o wedi mynd i fyw i'r dre ar ôl cau tŷ'r plisman. Mi fydd yn rhaid i ti drio cael drwadd i Fae Colwyn i'r lle mawr ei hun.'

'Ella y dôn nhw yn yr helicopter,' meddai Tom gan geisio codi rhywfaint ar ysbryd pawb, ond doedd neb mewn cywair cellweirus. Aeth Glenys at y ffôn a chlywsant hi yn siarad â rhywun yn Saesneg.

'*Yes, yes*,' meddai hi, braidd wedi mynd i weiddi, '*a cat . . . that's it . . . a big cat escaped from somewhere.*'

Rhoddodd y derbynnydd i lawr a chododd ei llygaid tua'r nen.

'Mae 'na waith cael rhai i ddeall. Maen nhw am yrru rhywun.'

Fedrai Tom ddim llai na gwenu wrth ddychmygu rhyw heliwr *big game* yn cyrraedd gyda chynffon o frodorion yn cludo ei ynnau a'i bowdwr. Er mwyn celu ei ddifyrrwch aeth allan i roi tro o gylch y cae, ond siawns wael oedd i'r anifail ddychwelyd i fan ei gyflafan y bore hwnnw.

Buont yn disgwyl yn hir am yr heddlu, ond o'r diwedd daeth cynrychiolaeth ar ffurf rhyw lafnes mewn car gwyn, a'r peth cyntaf a wnaeth ar ôl dod ohono oedd gosod ei het ar osgo briodol a rhedeg ei llaw fanegog i lawr ei llawes fel pe bai yn awyddus i gael madael â llwch y lle yr oedd hi wedi dod ohono.

Roedd y tri yn y tŷ, a phan ddaeth hi i mewn, anwybyddodd y ddau ddyn yn gyfangwbl.

'Mrs Roberts,' meddai. 'Roeddech chi wedi ffônio ynghylch rhyw gath yn mynd ar ôl yr ieir?'

'Oeddwn,' meddai Glenys.

'Ymhle yn hollol?'

'Yn y cae.'

'Oes 'na rai wedi eu lladd?'

'Oes — naw.'

'Naw! Gan un gath?' Roedd hi'n amlwg am ddilyn cyfarwyddyd Moriarity i'r pen. 'Roeddwn i'n meddwl mai dim ond llygod mae cathod yn eu lladd. Eich cath chi oedd hi?'

'Na.'

'Ydi hi yma? Tipyn o gath. Mi faswn i'n hoffi cael golwg arni.'

'Nac ydi,' meddai Hari ar draws.

'Wel, dydan ni ddim yn gwybod yn iawn os mai cath oedd hi 'ta be,' meddai Glenys wedi cloffi ychydig.

'Sut oeddech chi mor siŵr ar y ffôn?'

'Doeddwn i . . . '

'Does raid i mi ddim eich atgoffa debyg mai trosedd ydi gwastraffu amser yr heddlu?'

'Nac oes,' meddai Hari. 'Ond mae yna naw o ieir wedi eu lladd a'r cwt yn yfflon. Roeddan ni yn meddwl mai rhyw gath wyllt neu lewpart fu yno.'

'Pam ydych chi'n amau hynny?'

'Wel mi glywodd fy nhad hanes rywun a oedd wedi gweld yr anifail.'

Roedd Tom wedi cadw ei geg ynghau hyd hynny. Ond trodd y ferch ei sylw arno.

'Ydych chi wedi gweld y gath yma?' meddai hi.

'Naddo, fy hun,' meddai hwnnw. 'Ond mi welodd rhywun hi yn neidio o'r fynwent ryw noson. Cath fawr ddu neu rywbath tebyg.'

'Pwy ydi'r *rhywun* yma?'

'Rhyw hogan o'r pentra yma.'

'Hi ddwedodd wrthoch chi?'

'Na, rhywun oedd yn ei nabod hi.' Teimlodd mai gwell oedd peidio sôn am Albyt rhag mynd i ddyfroedd dyfnach.

'Doedd hi ddim yn digwydd bod yn noson *Halloween* debyg?'

Roedd y ddynes wedi cychwyn y cyfweliad ar droed gwbl chwithig, a wnaeth hi ddim gwella'i hachos drwy fynd i wamalu a'u trin fel plant newydd fod ar wibdaith i dir *Disney*.

'Wel, gan na fedrwn ni fynd fawr pellach yn y cyfeiriad yna,' meddai hi yn derfynol, 'gawn ni fynd i weld yr ieir?'

Ond ar ôl iddi gael un cip ar yr alanas yn y cae a'r pentwr ieir marw, gorfu iddi sipian tipyn o'i anghrediniaeth yn ei ôl.

'Rhyfedd iawn,' meddai hi o'r diwedd, a chyfyngodd weddill ei chwestiynau i amseroedd a lleoliadau yn unig. Cred Tom oedd mai rhyw fflachan o Lerpwl oedd hi, erioed wedi gweld iâr ond yn farw mewn siop.

'Wrth gwrs,' meddai hi wedyn gan wneud nodiadau brysiog, 'alla' i ddim ond rhoi adroddiad. Rhywun arall fydd yn penderfynu wedyn.'

'Megis beth?' gofynnodd Hari.

'Hela'r anifail efallai — os oes yna un wrth gwrs. Does yna ddim tystiolaeth uniongyrchol.'

'Mi fydd yn rhaid cael gynnau at hynny,' meddai Tom.

'Gyda llaw,' meddai hi yn sydyn, 'eiddo pwy yw'r gwn welais i yn y tŷ?'

'Fi,' meddai Tom.

'Oes gynnoch chi drwydded.'

'Oes.'

'Mi garwn ei gweld cyn i mi fynd.'

Wedi tindroi tipyn a chymryd arni ei bod yn archwilio'r difrod ymhellach, dywedodd na allai wneud ychwaneg a pharatodd i fynd, ond ni anghofiodd am y drwydded. Dilynodd Tom i fyny i'w lofft, ac yr oedd yntau yn disgwyl iddi ofyn pam yr oedd yn byw ar wahân i'r tŷ. Pan welodd y drwydded dywedodd:

'Mae gennych chi ddau felly? Ble mae'r llall?'

'Yn y to.'

'Oeddech chi'n gwybod bod angen cael cwpwrdd dur i'w cadw?'

'Oeddwn.'

'Pam nad oes yna un?'

'Dydw i ddim wedi cael cyfla i chwilio am un rhad,' meddai Tom yn gloff.

'Dyw pris ddim yn ffactor pan fo'r gyfraith yn cael ei thrafod,' meddai hithau. 'Pan ddo' i yma eto gofalwch fod yma un. Mi'ch gollyngaf chi ar rybudd y tro yma. Oes gynnoch chi orchudd i'w gario?'

'Oes,' a thrwy fawr drafferth cafodd hyd i fag post a roddwyd iddo at yr union bwrpas gan Ifan y postman, ond doedd hwnnw ddim yn ddigonol meddai'r ddynes. Roedd awydd Tom iddi ymadael â'i lofft mor gryf fel na feiddiai dynnu sgwrs am ddim byd arall. Gwaredodd wrth feddwl nad oedd ei dwylo ond byr droedfeddi oddi wrth y *Smith and Wesson*.

'Mi fydd angen i'r cyfan fod mewn trefn pan fydda' i yma nesa. A pheth arall cyn mynd, cofiwch na ddylech chi gymryd arnoch eich hun i hela'r bwystfil yma os oes un. Mae gynnon ni arbenigwyr wedi eu disgyblu i drin gynnau.'

Allai Tom ddim maddau i'r demtasiwn. 'Mewn *turrets* debyg,' meddai. Ond fe aeth yr ergyd tros ei phen.

'Gwynt teg ar dy ôl di'r sguthan ddiawl,' meddai Tom o dan ei wynt fel yr oedd hi'n mynd i lawr y grisiau. Ond doedd adloniant y bore cynnar ddim drosodd eto.

Newydd fynd yn ei ôl i'w wely yr oedd o pan glywodd sŵn tractor yn croesi'r buarth. Pan edrychodd allan drwy'r ffenest, roedd Hari yn bachu cadwyn oddi wrtho i'r car plisman a'i dynnu ymlaen, cyn i'r ferch fynd i ffwrdd yn y car ar sgri. Pan oedd y tractor ar ei ffordd yn ei ôl, gwaeddodd Tom:

'Be oedd y diffyg?'

'Wedi bagio tros yr ymyl i'r gwtar,' meddai Hari.

Caeodd Tom y ffenest yn glec a dywedodd wrtho ei hun, 'Biti na fasa'r diawl wedi mynd ar ei phen iddi.'

16.

Ni wyddai Tom pryd y buasai'r blismones yn dod yn ei hôl, ac eto yr oedd yn gyndyn i adael i'w bygythiad fod yn foddion iddo ruthro allan i chwilio am gwpwrdd dur. Y gwir oedd, doedd o ddim yn gwybod yn iawn i ble i fynd. Credai mai Ifan Jones yr *ironmonger* fuasai'r lle tebycaf.

Teimlodd golli Richie Malan yn y cyswllt yma. Buasai Richie wedi gallu ei gyfeirio i rywle neu at rywun, neu hyd yn oed wedi gallu cael un ei hun.

Penderfynodd fynd i'r dref ymhen rhyw dridiau. Wrth fynd drwy'r pentre, beth a welodd y tu allan i siop Randal ond car Richie, a phwy oedd yn dod allan o'r siop ar yr union funud ond y dyn ei hun. Pan stopiodd Tom, daeth Richie at y ffenest.

'Sut dempar sydd arnach chi Tom Robaits?' meddai. 'Meddwl llawar amdanoch chi.'

'Dim mwy nag oeddwn inna amdanat titha.'

Buasai yn anodd i'r anghyfarwydd allu dweud pa un a fu yn y ddalfa. Doedd gan Tom ddim i'w ychwanegu am garchariad Richie ar y funud, yn sicr dim cwestiynau. Gwyddai na fyddai Richie byth yn gwneud fawr o'i anffawd ei hun, ac na fuasai'n dda ganddo gael ei holi a'i stilio. Yr oedd wedi cael boliad ar hynny yn barod. Cofiodd Tom hefyd am yr annifyrrwch a'r euogrwydd a brofodd ei hun pan gafodd ei holi mor ddidrugaredd ar ôl iddo ddychwelyd o Ffrainc. Arbedwyd y drafferth iddo p'run bynnag pan ddywedodd Richie:

'Clywad y'ch bod chi wedi cael helynt hefo'r ieir.'

'Wel do fachgan, tipyn o ddirgelwch hefyd.' Ac aeth yn ei flaen i fanylu.

'Mi rydw i'n siŵr fod 'na ryw ddiawl o rywbath yn byw hyd y fan 'ma,' meddai Richie, a denodd y sgwrs i'r cyfeiriad hwnnw, fel pe na bai neb erioed wedi canfod ffrwydron o fewn canllath iddo, ac yr oedd Tom yn falch o adael iddo gael ei ben.

'D'wad i mi,' meddai o'r diwedd. 'Wyddost ti ddim yn lle baswn i'n cael cwpwrdd dur i gadw'r gynna acw?'

'Duw, gwn. Cerwch i'r cae ffwtbol yn y dre. Maen nhw'n gwneud stafelloedd newid newydd ac yn lluchio yr hen locars ar y sgrap. Mi gewch un am ryw bumpunt. Rhywbath fel 'na sgin i.'

'O, reit dda. Mi alwa' i yno tra bydd y rhesel yma gen i ar ben y car. A gwranda beth arall, ga' i ddŵad â hwn acw ryw dro, mae o wedi mynd i fethu weithia wrth newid gêr.'

'Condensar yn dechra mynd. Triwch gael un tra byddwch chi i lawr 'na. Mi fydda' i hyd y fan 'ma yn aml rŵan. Mi rydw i wedi mynd yn gartrefol,' a gwenodd.

'Wela' i ddim bai arnat ti,' meddai Tom wrth droi i fynd.

Doedd o ddim wedi mynd ymhell fodd bynnag pan ddaeth i gyfarfod ag Yn Wir. Roedd hi'n gwthio ei beic ar ochr y ffordd. Pan drodd Tom i'r ochr a chanu ei gorn, daeth yn ei hôl.

'Wyt ti'n mynd ymhell?' gofynnodd Tom.

'Adre, ond mae *tyre* fi yn fflat.'

'Wnei di ddim cyrraedd tan nos. Yli, sodra'r beic ar ben y to, ac mi a' i â chdi adra.'

'Chi'n siŵr. Dim raid gwneud hyn.'

Yn lle ymresymu daeth Tom allan o'r car a'i chynorthwyo i godi'r beic ar y to.

'Chi'n garedig,' meddai hi. 'Yn tad i mi.'

'Taid debycach.'

Pan oeddent ar eu taith cychwynnodd Yn Wir ymddiheuro: 'Fi'n ddrwg gen i. Dim dod gyda chi i hel blodau rhyw ddiwrnod. Cyfaill yn dod heb i mi ddisgwyl.'

'Mi ddaw cyfla eto.'

'Chi yn meddwl i dangos pethau i dynes arall hefyd.'

'O mi glywaist?'

'Pwy yw hon?'

'Rhyw hogan o Quebec sydd â diddordab mewn petha

Celtaidd fel sgin ti mewn bloda.'

'Chi yn adnabod?'

'Nac ydw. Pam wyt ti'n gofyn? Dim gwenwyn debyg?'

'Y — *poison*?'

'*Jealousy.*'

'O ie wrth gwrs. Fi *jealous — oh terribly*,' a chwarddodd.

Aeth Tom â hi bob cam i'r Beudy Bach ac yr oedd hi'n hael ei diolch. Gofynnodd yntau ar fympwy,

'Wyt ti'n brysur y pnawn 'ma?'

'Dim *really*.'

'Fasat ti'n licio mynd rŵan i weld y bloda?'

'Wel — wel *OK*. Awn yn awr.'

A throdd y ddau ar eu sodlau, yn gymysgedd o frwdfrydedd ieuanc a gwiriondeb henaint. Pan oeddent yn mynd heibio i res Richie Malan, meddai Tom:

'Mae Richie wedi dŵad adra. Mi gwelis o bora 'ma.'

'Wedi bod ar *holidays*?' meddai hithau.

'Os mai dyna galwat ti o.'

'Beth?'

'Chlywaist ti ddim?'

'Beth i'w glywed?'

Aeth Tom i fanylu i ddweud hanes Richie, a thrwy gydol yr amser ddwedodd hi yr un gair nes iddo awgrymu bod rhywun wedi gosod y ffrwydron gyda bwriad.

'*How awful*,' meddai hi o'r diwedd. 'Fi ddim yn meddwl bod pethau fel hyn yn digwydd yn y lle yma. Yn y dref efallai, ond nid yma. Yr oeddwn yn meddwl bod y lle hwn yn dawel.'

'Oes 'na rywla yn dawel y dyrnodia yma? Ond mi rydw i wedi synnu na fasat ti wedi clywad.'

'Fi ddim gyda TV na papur. Dim *interest* mewn pethau fel yna. Fi ddim yn hoffi rhyfel a pethau fel yna. Dim ond eisiau byw yn dawel.'

'Lwc dda i ti os medri di ei ganfod o. Mi gawson ni helynt acw heb fynd i chwilio amdano,' a dywedodd wrthi am yr ieir a'r gath wyllt, ond doedd hi ddim wedi clywed am hynny chwaith.

'Rwyt ti'n byw ar ryw blaned arall i fyny yn y fan yna,' meddai

Tom wedyn.

'Fi'n hoffi bod fel yna.'

'Os y medri di, wela' i ddim bai arnat ti. Ond d'wad i mi, sut y clywaist ti am yr hogan Quebec 'na ynta?'

'*Pure accident* oedd hyn. *Actually* mab chi wnaeth dweud.'

'Lle gwelaist ti hwnnw?' gofynnodd Tom yn llawn chwilfrydedd.

'Fi'n mynd gyda fo i Sir Fôn.'

'I Sir Fôn! I be yn neno'r nef?'

'Wel, fel chi heddiw. Fi yn cerdded ar y ffordd. Daeth o a gofyn fi eisiau mynd i Llangefni am trip. Chi'n gwenwyn?'

Ddywedodd Tom yr un gair ond yr oedd ei feddwl yn mynd ar wib, gan ei fod wedi cael yr argraff fod Hari yn casáu'r ferch.

'Ond dywedaf un peth,' meddai hi wedyn. 'Fo dim mor *charming* â chi.'

'O rwyt ti wedi bod yn cymharu, felly?'

'Fel pob merch.'

Erbyn hyn roedden nhw wedi cyrraedd canol cefn gwlad, chwedl y rhai na chyraeddasant mewn pryd i sylweddoli bod ystyr y gosodiad yn llythrennol wedi llwyr ddiflannu. Gadawsant y car ger coedlan a cherdded ymlaen ar hyd ffordd drol laswelltog nad oedd yn amlwg yn gweld fawr drafnidiaeth. Yn y man, daethant at ddarn lle'r oedd muriau pridd uchel wedi eu gordoi â chyll gan roi'r argraff eu bod yn mynd i mewn i dwnel. Tu mewn i'r terfynau yma roedd yna bob mathau o dyfiant gwyllt a blodau. Roedd Yn Wir wedi ei chyfareddu gan yr amrywiaeth.

'Llawer mwy na'r fynwent,' meddai hi.

'Oes,' meddai Tom. 'Ond maen nhw'n dechra darfod. Dipyn yn ddiweddar ydan ni.'

'Ble mae ffordd yn mynd?'

'Hen ffordd haearn yn dŵad o'r chwaral ydi hi pan oedd ceffyla yn tynnu wagenni llechi. Lôn Clechydd mae hi'n cael ei galw.'

Tra oedd hi'n wrthi'n dethol ei blodau roedd Tom yn ymhelaethu am y llecyn.

'Mi fyddan ni yn dŵad i'r fan yma i smocio ers talwm o olwg

pawb. Ac yr oedd hi'n lôn garu hefyd wyddost ti.'

'O — *lovers' lane*,' meddai hi. 'Chi'n dod yma hefyd?'

'Unwaith neu ddwy.'

'Nid hyn pam chi'n dod heddiw?'

'Hefo chdi? Mi fydda i yn lwcus. Dwyt ti rioed yn un o'r rheiny sydd wedi piclo hefo crefydd yr oes?'

'*Pardon*?'

'Y *sex* 'ma?'

'Na, ond mae'n bod. Chi byth yn trafod pethau fel yna?'

'Pan fydd raid. Cofia mae o'n henffasiwn i mi.'

'Sut hyn? Bob amser yn fodern.'

'Pan oeddwn i yn yr ysgol, roeddwn i'n methu deall pam yr oedd plant eraill yn pwnio ei gilydd a phiffian bob tro roedd yna sôn am bethau yn cymharu neu roi genedigaeth.'

'Mae pob plant.'

'Roedd y cwbl yn llyfr agorad i mi. Roedd yna rywbath ar gefnau ei gilydd neu yn geni cyw mewn rhyw gongl adra yn dragywydd. Welais i rioed destun gwawd yn y peth.'

'Ond ry'ch chi'n Piwritan hefyd?'

'Wyt ti'n meddwl?'

'Yn wir. Ond lle iawn yw hwn i fod yn dawel.'

'Cystal ag unman erbyn hyn.'

Roedd hi'n dal i ddethol ei blodau ac yn raddol symud oddi wrth Tom. Yna clywodd hi'n gweiddi.

'Fan yma o hyd yn *lovers' lane*,' ac yr oedd hi'n edrych i lawr ar rywbeth. Pan aeth Tom ati, gwelodd bantle yn y gwair llaes fel pe bai rhywrai wedi bod yn gorwedd yno. Edrychodd arno yn syn ond ddywedodd o ddim. Aeth hithau ymlaen i hel.

'Fyddi di'n hir eto?' gofynnodd Tom o'r diwedd.

'Na, fi'n dod os chi eisiau mynd.'

'Does arna' i ddim isio bod yn rhy hir.'

'Iawn, fe awn,' meddai hi. 'Fi'n bardd,' a chwarddodd yn ei ffordd unigryw ei hun.

Ond prin yr oeddent wedi troi i fynd na chlywsant lais o du draw i'r cyll yn gofyn:

'*What are you doing there?*'

Roedd yn ddigon hawdd dweud oddi wrth yr acen mai Cymro oedd ei berchennog.

'Dim niwad i neb,' meddai Tom. Roedd wedi adnabod y dyn erbyn hyn fel rhyw bell gymydog a fyddai ar un adeg yn mynd i'r ysgol ar unwaith â Hari.

'Does gynnoch chi ddim hawl i fod yn y fan yna,' meddai'r dyn wedyn.

'Mae o'n llwybr cyhoeddus,' meddai Tom.

'Mae o wedi ei gau ers talwm.'

'Gen ti, debyg?'

'Mi ga' i wneud be licia' i ar fy nhir fy hun.'

'Mi roedd yr hen bobol yn llygad eu lle,' meddai Tom gan ddal ato.

'Sut felly?'

'Mae gwas ffarm wedi cael dipyn o dir o dan ei draed yn fwy o lordyn na neb.'

Cythruddodd hyn y dyn. Gwahanodd y cyll a daeth drwodd i'r lôn fach.

'Taswn i ddim yn ofni cael fy nghyhuddo o guro hen bobol,' meddai, 'mi fasach yn ei chael hi.'

'Paid â gadael i hynny dy rwystro di,' meddai Tom.

Edrychodd i gyfeiriad Yn Wir. Roedd hi wedi gollwng ei blodau ac wedi gafael mewn darn o frigyn.

'A pheth arall,' meddai'r dyn, 'i be mae hen ddyn budr 'run fath â chi yn dŵad i'r fan yma hefo rhyw dartan bach 'run fath â hon?'

Ar hynny safodd Yn Wir rhyngddo a Tom. '*You just try and touch him you Welsh boor*,' meddai, ac yr oedd rhyw dinc yn ei llais na chlywodd Tom o'r blaen.

'Mi rwyt ti'n gofyn amdani hi yr hipi diawl,' arthiodd y dyn wedyn, a rhoddodd gam ymlaen at yr hogan fel pe bai am roi cernod iddi. Roedd Tom erbyn hyn yn gweld y peth yn digwydd cyn i Yn Wir godi'r brigyn. Ond ni dderbyniodd y dyn yr ergyd. Gollyngodd Yn Wir y brigyn, ac ar yr un amrantiad camodd i'r ochr gan ddal ei throed o'i blaen. Baglodd yr ymosodwr ac aeth ar ei ben i'r tyfiant, ac ni fuasai'r araith yr oedd yn ei defnyddio yn gweddu i'r Ysgol Sul. Cododd yn drwsgl gan redeg cefn ei law ar draws ei geg a rhuthrodd am Yn Wir. Gadawodd hithau iddo ddod yn ei flaen, ac fel yr oedd yn ei chyrraedd, rhoddodd gam yn ei hôl i gyd-fynd â'i symudiad yntau, ac ar yr un pryd gafaelodd yn ei fraich gan ei dynnu ymlaen a'i hyrddio ar ei ben i ganol y gwreiddiau cyll, ac yno yr arhosodd heb fawr o awydd codi, gan afael yn ei ben-glin a bytheirio melltithion. Aeth Yn Wir i mofyn ei blodau, yna rhoddodd ei braich drwy un Tom.

'Mi awn,' meddai yn ddigyffro.

'Lle dysgaist ti beth fel yna?' gofynnodd Tom.

'*Youth Club.*'

'Defnyddiol iawn.'

'Yn wir. Chi'n iawn?' meddai gyda phryder.

'Ydw'n iawn.' Serch hynny roedd Tom wedi cynhyrfu dipyn yn ddistaw bach a churiad ei galon wedi prysuro. Roedd yn dda ganddo gael cyrraedd y car ac eistedd.

'Chi'n iawn?' gofynnodd hithau wedyn.

'Ydw, ydw.'

'Gwybod beth fi'n feddwl?'

'Mod i'n llwfr.'

'Beth yw hwn?'

'*Coward.*'

'Na, na, dim hynny. Fi'n meddwl *You're a charmer*,' a rhoddodd gusan ysgafn iddo ar ei foch. 'Ni yn mynd yn awr?'

'Aros am funud.' Roedd digwyddiadau'r chwarter awr diwethaf wedi ei ddiarfogi. 'Mae arna' i isio deud rhywbath wrthat ti.'

'Ie?'

'Wnei di addo rhywbath i mi?'

'Dibynnu — ond wrth gwrs. Beth yw hwn?'

'Wnei di beidio mynd yn agos i'r lle yna eto?'

'Wel gwnaf, ond pam. Fi ddim ofn y dyn yna.'

'Nac oes, mi wela'. Ond nid am hynny.'

'Ond beth?'

'Wyddost ti'r lle hwnnw wnest ti ddangos i mi yn y gwair?'

'O — y *love nest*?' a gwenodd.

'Ia os leci di, ond nid dyna ydi o o gwbl.'
'Beth ynte yw hwn?'
'Gwâl.'
'Gwâl? Fi'n cael gwersi Cymraeg heddiw.'
'*Lair.*'
'*Lair*? — o *lair*! Beth yn byw yn hwn?'
Ni atebodd Tom, dim ond syllu arni nes i'w gên syrthio.
'Nid, nid y cath? O yn wir! Chi'n meddwl?'
'Ydw.' Gafaelodd yn ei braich. 'Wyt ti'n addo?'
'*Promise.* Fi ddim yn mynd eto.'
'Dyna hogan iawn.'

17.

Roedd hanes y gath wyllt wedi ymledu drwy'r fro fel tân cyn wyllted â'r anifail ei hun. Daeth merch o'r papur rhanbarthol i fyny i'r fferm hefo dyn camera, a chawsant oedfa o holi ac ateb hefo Glenys, gan roddi yn ei cheg gyflenwad o'r geiriau rheiny sydd yn chwyddo cylchrediad papurau newydd. Tynnwyd ei llun ddwywaith a thair yn erbyn cefndir yr alanas a'r cytiau maluriedig, a rhoddwyd iddi gyfle i dacluso ei gwallt a newid ei gwisg. Gwelwyd mwy o geir nag arfer yn mynd heibio yn y lôn, ac ymddangosodd ambell i ben mewn bylchau yn y gwrych. Cwtogodd eraill eu hymweliadau â mannau anhygyrch gefn dydd golau.

Aeth Tom i gae pêl-droed y dref ac nid oedd funud yn rhy fuan. Llwyddodd i brynu y locar olaf oedd ar gael, a chafodd gondensar i fynd at Richie Malan. Ond chymerodd o ddim arno wrth neb am y wâl yn Lôn Clechydd, ac yr oedd wedi siarsio Yn Wir i wneud yr un peth. Roedd yn gwybod nad oedd modd diwallu chwilfrydedd afiach y cyhoedd. Buasent yno yn eu gyrroedd i ddifetha pob siawns o ddal yr anifail neu ei ladd.

Gosodwyd gwaith i blant yr ysgol wneud stori am y gath, ac ychwanegodd rhai ddarluniau ohoni oedd yn amrywio o gangarŵod i gathod môr. Mynegodd Dilys a oedd yn chwannog o wylio rhaglenni natur wyllt, ei barn yn glir a phendant:

'Mae hi'n siŵr o ladd rhywun yn y diwadd.'

Yn ei wely unig y noson honno bu Tom yn cynllunio sut i hela'r gath. Teimlai'n sicr ei fod o ac Yn Wir wedi bod yn ffodus o beidio â chamu ar yr anifail yn y lôn, gan mai heliwr y nos yn ddi-os ydoedd. Ffurfiodd gynllun i fynd yno wedyn yn y dydd gyda'r *Purdey* a'r *Smith and Wesson*. Buasai'r llawddryll yn dyngedfennol pe bai'r gath yn neidio arno. Ynghlwm wrth y syniadau yma, roedd arno ryw awydd cyntefig i gael ei ddyrchafu a'i glodfori fel yr hwn a waredodd blwyf cyfan o farn.

Pan aeth i weld Richie Malan drannoeth fodd bynnag, roedd gan hwnnw feddyginiaeth lawer llai rhyfygus os yn llai gorchestol. Ond y peth cyntaf a ofynnodd oedd:

'Ydach chi wedi gweld y ddynas Canada yna wedyn?'

'Naddo fachgan.'

'Mi fyddai'n well i chi gymryd pwyll hefo honna.'

'Pam felly?'

'Mae hi'n arw am ddynion medda Lewis. Mae 'na rai yn galw i'w gweld hi o hyd.'

'Mae hi i ffwrdd ar hyn o bryd.'

'Na, dydw i ddim yn meddwl. Mi welais i Lewis neithiwr yn y *Fedwen*.' Roedd Richie yn gweithio ar y car heb wastraffu yr un symudiad. 'Roedd o'n deud ei bod hi newydd ddŵad yn ei hôl o rywla, does 'na neb yn gwybod ei symudiada hi. Beth bynnag, mi rydach chi yn mynd yn boblogaidd hefo'r merchad 'ma mae'n rhaid. Choelia' i byth na welais i chi yn pasio hefo'r hogan Beudy Bach 'na y diwrnod o'r blaen. Dipyn o granc bach ydi honna, wedi piclo hefo'r *Greens* 'ma chwadal nhwtha.'

'Ia, ond mae hi'n ddigon diniwad wyddost ti. Mi es â hi i Lôn Clechydd i hel bloda,' meddai Tom gan wybod na fuasai'r peth yn gyfrinach yn hir.

'Un garw ydach chi. Does dim ots gynnoch chi am bobol.'

'Na nhwtha amdana' inna. Beth bynnag maen nhw yn ddychmygu, y fi sy'n gwybod y gwir 'te Richie.'

'Rydach chi'n iawn. Welsoch chi ddim arwydd o'r gath wyllt 'na yn unlla debyg? Lle iawn iddi guddio yn y lôn fach 'na.'

Roedd Tom ar fin dweud am guddfan y gath, ond dal ei dafod wnaeth o yn y diwedd.

'Mi fydd yn rhaid i rywun gael gwarad â hi cyn iddi wneud chwanag o lanast,' ychwanegodd Richie wedyn.

'Roedd yr hen hogan honno ddaeth acw i weld yr ieir yn erbyn i neb fynd i'w hela hi.'

'Diawl gwirion! O lle mae peth fel yna wedi dŵad medda chi?

Dyna ydi'r drwg heddiw. Mae rhai fel yna yn dŵad i le fel hyn o ganol y dre. Rioed wedi gweld dim ond stryd gefn, ac maen nhw'n meddwl bod y math yna o fywyd yn mynd i weithio yn y wlad. Ond wrth gwrs wyddoch chi ddim pwy ydi neb heddiw.' Roedd Richie wedi sythu ac yn archwilio'r *points* oedd ganddo yn ei law. 'Mae'r rhain yn ddi-fai i chi am blwc eto Tom. Ia, deud oeddwn i, dyna i chi'r busnas clecars 'na hefo fi a'r hogia er'ill 'na. Pwy ddiawl sy'n cychwyn hanesion fel yna am bobol?'

'Wn i ddim Richie, ond mi ddoist yn rhydd, dyna sy'n bwysig.'

'Croen fy nannadd 'te, ar ôl iddyn nhw ofyn pob matha o gwestiyna i mi; rhai hurt ar y diawl hefyd. Roedd yna un, mi rydw i'n siŵr mai Cymro oedd y diawl, ond nad oedd o'n cymryd arno, yn gofyn i mi faint o bobol oeddwn i wedi gladdu yn y fynwant. Mae'r diawlad yn gwybod pob dim amdanoch chi heddiw wyddoch chi hefo'r compiwtars 'ma. Ond mi ddeuda i un peth wrthach chi, mae gen i gès pwy ddaru fy siopio fi, a myn uffarn mae'r hogia 'ma a fi yn siŵr o roi cyflog iddo fo am wneud rhyw ddiwrnod — hefo bonys myn diawl.'

Wnaeth Tom ddim pwyso arno am chwaneg o wybodaeth. Gadawodd iddo fynd ymlaen hefo ailosod y *points*.

'Triwch hi rŵan,' meddai Richie yn y man.

Rhoddodd Tom dro i'r goriad a chipiodd y peiriant ar ei union a throi fel wats.

'Dyna hi i chi,' meddai Richie. 'Ia, mynd i ddeud oeddwn i, y ffordd ora i gael gwarad â'r hen gath 'na ydi rhoi tamaid iddi hi, ond tendiwch y petha RSPCA 'na — a'ch mêt. Cymerwch ofal i beidio â sôn wrth honno,' meddai gyda gwên, 'neu chewch chi ddim mynd hefo hi i hel bloda byth eto.'

'Dipyn yn beryg fydda' i yn gweld gwenwyn,' meddai Tom.

'Does raid i chi roi dim o hwnnw. Spwnj fydd gen i hefo'r hen biod a'r jac doua' 'ma sy'n malu bagia bins. Dydi hwnnw ddim ond yn lladd be bytith o.'

'Sut hynny?'

'Mwydwch dameidia o spwnj mewn grefi ac mi llowcian o i lawr yn gyfa. Wedyn mae o'n chwyddo a chau tu mewn iddyn nhw. Matar o amsar ydi o wedyn a neb ddim callach, ond cadwch y rysait i chi y'ch hun.'

'Duw mi tria' i o. Faint sydd arna' i ti rŵan?'

'Dim byd siŵr am rhyw joban bach fel 'na. Mi ddaethoch i weld Beryl yn do, roedd hi'n deud. Mae'n siŵr y gwela' i chi yn *Y Fedwen* rhyw dro.'

Pan gyrhaeddodd Tom yn ei ôl i'r Hendre, beth oedd ar y buarth ond y *Jensen* du. Teimlodd ryw gymysgedd o bleser a diflastod ar yr un pryd, gan iddo gredu bod Glenys wedi hudo Monique Larores i'r tŷ unwaith eto. Ond doedd o ddim am fynd yno i chwilio amdani. Aeth i fyny i'w lofft. Yr oedd yn dal i fyw yn rhyfygus o dan yr hen oruchwyliaeth; byth yn cloi ei ddrws. Pan wthiodd hwnnw yn agored, pwy oedd yn eistedd yn ei gadair yn ddigwmni ond yr hogan ei hun, ac nid hynny yn unig, roedd ganddi gwpan yn ei llaw.

'Bore da,' meddai hi yn Gymraeg.

Roedd Tom yn rhy syn i ateb am ychydig. 'Helo,' meddai yn y diwedd yn betrusgar, a daeth geiriau Richie yn eu holau yn blaen: 'Wyddoch chi ddim pwy ydi neb'.

'Oes raid i mi ofyn am faddeuant,' meddai hi, gan droi i'r Saesneg 'am wneud fy hun yn gartrefol ac yfed eich coffi?'

'Wel na raid,' meddai Tom.

'Mae gen i reswm da,' meddai hi. 'Roeddwn yn awyddus i gael eich adwaith i un o'n harferion ni yn Quebec.'

'Be ydi hwnnw?'

'Allan yn y wlad, os na fydd pobl yn digwydd bod gartref, bydd ymwelwyr yn mynd i mewn a defnyddio'r lle fel eu cartref eu hunain. Buasai Marie Chapdelaine wedi gwneud yr un peth.'

'Basa felly,' meddai Tom. 'Ond fasach chi ddim yn gallu gwneud hyn yn unman arall yn y fro yma heb dorri i mewn. Nid felly yr oedd hi chwaith.'

'Ie, roeddwn i'n sylwi bod yma rhyw awyrgylch hanner trefol.'

'Yn fwy amlwg i rywun sydd wedi arfer hefo cefn gwlad go iawn mae'n debyg.'

'Rydw i wedi bod yn edrych ar hwn hefyd,' meddai hi gan roi ei llaw ar y Beibl mawr teuluaidd oedd ar lintel y ffenest, gydag achau'r holl deulu wedi eu rhestru ynddo. 'Rwy'n sylwi bod yna le i un genhedlaeth arall ar y gwaelod.'

'Mae hi'n hir yn ymddangos,' meddai Tom, a chan nad oedd yn awyddus i ymhelaethu ar y pwnc hwnnw, gofynnodd iddi sut yr oedd ei gwaith ymchwil yn datblygu. 'Roeddwn yn clywad eich bod chi wedi ymweld â'r ysgol,' meddai.

'Do, ac fe synnais nad oedd hi'n uniaith frodorol fel ein hysgolion ni.'

'Brodorion ydach chi'n galw eich hunain felly. Roeddwn i'n meddwl mai'r Indiaid oedd trigolion gwreiddiol y cyfandir yna.'

'Wel ie — wrth gwrs, maen nhw yna o hyd.'

'Ond ddim yn cael llawar o lais mewn rhedag petha. Mewn gair, mi rydach chitha wedi eu boddi nhwtha.'

'Ddim yn llwyr. Ond mynd i ddweud oeddwn i nad oes neb yn cael aros acw os nad ydi o'n gallu siarad Ffrangeg.'

'Mae o dipyn yn wahanol i Ffrangeg Ffrainc debyg?'

'Dibynnu pa ardal.'

'Pas-de-Calais er enghraifft.'

'Sut Ffrangeg ydi hwnnw?'

'Dwi wedi anghofio llawer ohono ar ôl yr holl amser yma,' meddai Tom. 'Ond roedd yn rhaid i mi ddysgu rhywfaint. Doedd yna neb yn siarad dim arall.'

'Yn hollol. Dyna eich gwendid chi yma — rhy barod i siarad iaith mewnfudwyr. Ond gadewch i ni glywed tipyn o'r Ffrangeg Pas-de-Calais yma.'

'Wel,' meddai Tom yn gellweirus, 'beth am — *Il y a longtemps que je t'aime. Jamais je ne t'oublierai.*'

'*A la Claire Fontaine,*' meddai hithau. 'Rwy'n deall cyn belled. Fuoch chi'n canu honna i rywun arbennig?'

'Droeon.'

'Wel dwedwch i mi o ddifrif, beth yn hollol ddigwyddodd yn y Pas-de-Calais yma?'

Roedd hwnnw yn gwestiwn yr oedd Tom wedi ceisio osgoi rhoi ateb iddo erioed. Ond doedd Monique ddim yn berson y gellid ei gwrthod yn hawdd. A beth bynnag, doedd o ddim yn gweld pa ddrwg fyddai hynny'n ei wneud yn enwedig gan na fuasai yn debygol o'i gweld byth eto. Buasai hefyd yn ollyngdod cael

117

rhannu'r euogrwydd â rhywun o'r diwedd.

Dechreuodd yn gloff gan sglefrio tros ddigwyddiadau'r noson yn Kassel hyd nes y glaniodd ar ddaear Ffrainc o dan ei ganopi.

'Ar ôl iddi ddyddio,' meddai, 'mi welais i bentre gerllaw a cherddais tuag ato. Clywais dinc morthwyl ar engan.'

'Gefail,' meddai hithau.

'Cymerais fy lwc yn fy nwrn ac i mewn â mi. Yno roedd hogyn yn taro i'r gof. Ar ôl un cip arnaf aethant â mi i'r tŷ a oedd hefyd yn dafarn. Yno yr oedd gwraig a dwy ferch. Mewn munud roedd ganddynt blatiaid o fwyd o fy mlaen, a daethant â dillad i mi newid iddynt. Roedd yn amlwg eu bod wedi trafod sefyllfa fel hon o'r blaen.'

Erbyn hyn yr oedd Tom yn ofni ei diflasu, gan fod straeon fel yr un am ei brofiad yn Ffrainc yn gyffredin i gannoedd o hogiau a oedd wedi cael eu saethu i lawr tros y Cyfandir. Ond ymddangosai Monique yn eiddgar i glywed chwaneg ac aeth Tom ymlaen gyda mwy o hyder.

'Bûm yn byw efo'r teulu am gyfnod. Roedd ganddyn nhw ffarm fechan ar wahân i'r *buvette* — a bûm yn gweithio arni hefo'r ceffylau mawr Boulognais yr adeg honno. Vasseur oedd eu cyfenw, ac yr oeddent yn perthyn i'r Fyddin Gudd. Roedd ganddynt ddwy ferch a mab, Bernadette, Teresa a Jean Paul.'

'A beth ddigwyddodd yn y diwedd?' gofynnodd hi.

'Wel, roeddwn i mor agos adra ar draws y Manche ac eto mor bell. Y drefn yr adeg honno i rai fel fi ar ffo yn Ffrainc oedd teithio ar hyd cadwyn y Fyddin Gudd i lawr i'r Pyreneau a Sbaen. Ond pan oeddwn i wedi mynd mor bell â Llydaw, torrodd y gadwyn. Roedd yna rai yn y fan honno yn meddwl y buasai Jeri yn gwneud gwell meistr na'r Ffrancwr.'

'Wyddwn i ddim am hynny,' meddai hithau.

'Fuasai'r Corsairs ddim yn gwneud,' meddai Tom dan wenu.

'Wrth gwrs,' meddai hithau.

'Doedd gen i ddim dewis ond dod yn ôl i Peuplinques drwy groen fy nannedd. Roedd pobl yn mynd a dod i'r *buvette* ac yr oedd yn rhaid bod yn ofalus. Roedd yna hafn wrth ochr simdde'r efail, a byddwn yn ffoi yno i gael hanner fy nghrasu pan fyddai 'na Jeris o gwmpas. Erbyn hyn roedd y *curé* a'r hen fachgen Levalloise a oedd wedi bod yn y *Legion Etranger* yn rhannu fy nghyfrinach.'

'Beth oeddech chi'n wneud yn yr oriau hamdden?'

'Chwarae pŵl a petanc.'

'Beth wedyn?'

'Yr anochel.'

'Eich bradychu?'

'Syrthio mewn cariad.'

'La-la. Pa un?'

'Teresa, a hithau hefo minnau. Ond erbyn hyn roedd pawb yn argyhoeddiedig nad oedd goresgyniad Ewrop ymhell. "Waeth i ti aros bellach," meddan nhw wrtha' i. "Bydd dy bobl yma gyda hyn". A doedd fawr o waith perswadio arna' i. Roeddwn i wedi bod tros yr Almaen saith ar hugain o weithiau ac yr oeddwn eisiau byw.'

'Mi faswn yn meddwl wir. Ac yr oedd gennych chi reswm da dros wneud hynny.'

'Roedd negesau yn cael eu darlledu bob nos o Lundain mewn côd ac yr oedd pawb yn tyrru o gwmpas y radio. Eu côd arbennig nhw oedd '*Votre vache est très malade*'. Ac un noson mi ddaeth y rhybudd. Trannoeth ger y fan yna glaniodd Canadiaid Quebec yn rhyfedd iawn.'

'*Quelle magnifique*,' meddai hithau. 'Roeddem wedi ein tynghedu i gyfarfod. Adre yr aethoch wedyn?'

'Ymhen tipyn.'

'Ond — Teresa. Beth amdani hi?'

Edrychodd Tom allan drwy'r ffenest yn anesmwyth.

'Roedd hi'n feichiog erbyn hynny.'

'Bu raid i chi ei gadael?'

Nodiodd yr hen ŵr.

'Doedd dim modd iddi ddod yma?'

'Na.'

'Na chithau fynd yn ôl?'

'Roedd fy rhieni fy angen i ar y fferm. Doedden nhw ddim mor ieuanc erbyn hynny, ac yr oedd fy mrawd wedi mynd i ffwrdd.'

119

'Oedd o ddim yn y rhyfel?'

'Mi gafodd o aros ar y tir i arbad ei groen. Gynted ag yr oedd y rhyfel trosodd mi aeth. Ond dysgais un dywediad doeth yn Ffrainc. *"C'est la guerre".'*

'Oui, c'est la guerre,' ailadroddodd hithau. 'Byddwn innau yn dweud hynny yn aml pan oedd heddwch hyd yn oed. Mae'n esgusodi cymaint o bethau.'

'Wel, chi ofynnodd am yr hanes,' meddai Tom fel pe bai'n edifar ganddo yn barod iddo'i ddweud.

'Ah oui — c'est vrai. Doeddech chi ddim yn gyndyn o ddweud chwaith.'

'Chi ydi'r unig un sydd yn gwybod.'

'Mae'n anrhydedd. Yntydi'n rhyfedd ei bod hi'n haws dadlennu cyfrinachau wrth estron na chyfaill?'

'Gwir, ond cofiwch chi, fu hi ddim yn hawdd arnaf inna. Yn lle cael fy nghroesawu yn ôl i'r *squadron,* roedden nhw'n amau mod i wedi aros yn Ffrainc am ryw reswm penodol. Cefais fy holi yn ddidrugaredd gan rai heb unrhyw ddirnad o'm profiadau, hyd yn oed yn yr awyr. Cefais fy nhynnu o'r *aircrew,* er nad oedd hynny yn gosb; roedd y rhan fwyaf o'r rhai a adwaenwn wedi diflannu. Bûm yn ffodus o beidio cael fy anfon i'r Fyddin ac i'r Dwyrain Pell i orffen rhyfel y Nippon fel y lleill a dweud y gwir. Dyna hynny o barch sydd i'w gael yn y diwedd . . . A sôn am barch, wnaethoch chi sylwi ar rhyw waith yn mynd ymlaen tra oeddech chi yn yr ysgol?' ychwanegodd.

'Ddim yn arbennig.'

'Fuasen nhw ddim mor awyddus i'w ddangos i chi. Maen nhw yn bwriadu symud cofeb ryfel yr hogia o'r ysgol a'i rhoi allan ar y clawdd ynghanol y tywydd.'

'Mon Dieu, does ganddyn nhw ddim traddodiad? Yn Quebec buasai hynny yn drosedd.'

'Felly y dylai hi fod hefyd. Rwy'n sylwi eich bod yn hoff o'n cymharu ni hefo Quebec, ac rydan ni'n dod yn ail gwael bob tro.'

'Ydych — o bobl sydd yn sôn am annibyniaeth. Pe bai'r fath sarhad yn digwydd acw, buasai'r bobl yn taflu'r prifathro neu bwy bynnag i *Lac de L'Eau Clair,* coeliwch fi.'

'Beth bynnag,' meddai Tom. 'Beth amdanoch chi a'r ymchwil yma?'

'Wel pryd y cawn ni fynd i weld y gaer Geltaidd?'

'Fory?'

'Yn y bore. Rwy'n hoffi'r bore.' Cododd i fynd. 'Rwy' wedi cael bore difyr iawn heddiw beth bynnag. Diolch am y croeso — a'r hanes.'

'Fy mhleser i,' meddai Tom, ac fe'i ddilynodd i lawr y grisiau.

Pan oedd hi'n agor drws y car gofynnodd yn sydyn sut yr oedd Glenys, ac yr oedd Tom yn dal ei wynt rhag ofn i honno ymddangos. Yna cofiodd am alanas yr ieir.

'Tra oeddach chi i ffwrdd mi gafodd yr ieir ymwelydd; rhyw anifail gwyllt, cath oedden ni'n feddwl, un fawr felly, neu rywbath fel yna.'

'O ddifrif? Rhyfedd i chi sôn. Pan oeddwn yn y de, roeddwn yn digwydd gwylio'r teledu yn y gwesty pan oed rhaglen yn sôn am yr union beth. Roedden nhw'n trio dweud bod yna anifeiliaid gwyllt fel yna yn rhydd yng Ngwlad yr Haf. Roedd rhai yn awgrymu bod pobl yn eu gollwng yn bwrpasol. Bydd yn rhaid ei difa hi wrth gwrs.'

'Hi a'r bobl,' meddai Tom.

'Swydd i chi a'r gynnau!'

'Rhaid i mi gael chwaneg o *ammo*.'

'Bydd. Peidiwch byth â bod yn brin o hwnnw.' Yr oedd hi ar gychwyn ond ailfeddyliodd eilwaith.

'Roeddwn wedi meddwl gofyn. Gawsoch chi wybod rhywbeth wedyn o Peuplinques?'

'Naddo, dim. Anfonais innau ddim chwaith. Roeddwn yn credu mai hynny oedd orau.'

'Mae hyn ers hanner can mlynedd?'

'Union y flwyddyn nesa.'

'Dydi hi ddim yn rhy hwyr cofiwch. Byth yn rhy hwyr.'

Edrychodd Tom ar y llawr.

'Yfory,' meddai hithau wedyn gan symud i ffwrdd.

'*J'attendrai*,' meddai Tom a gwyliodd hi nes yr aeth o'r golwg.

18.

Diwrnod braf hydrefol oedd hi pan aeth Tom gyda Monique Larores i weld yr hen gaer. Roedd noson neu ddwy o farrug cynnar wedi gorfodi'r coed i ildio eu dail yn beli crynion o dan draed. Edrychai Monique yn fywiog a deniadol, a bu raid i Tom gael dweud hynny wrthi.

Roedd hi'n awyddus i fynd i weld yr hen eglwys ar y ffordd. Aethant o gylch y fynwent i gael golwg ar y beddau. Roedd y gwair a dorrwyd ar adeg anghywir y flwyddyn wedi aildyfu yn llaes. Roedd Monique yn edrych yn fanwl ar rai o'r cerrig ac yn dweud:

'Tra bydd y rhain fydd dim angen archifau.'

Sylwodd Tom fod drws yr eglwys yn agored ac roedd lleisiau i'w clywed oddi mewn. Gwahoddodd ei gydymaith i'r adeilad. Gynted ag yr aethant drwy'r porth daeth dyn dieithr i'w cyfarfod. 'Sut ydach chi heddiw?' meddai Tom.

'*You are welcome to come in,*' meddai'r dyn.

Aeth Tom heibio iddo heb ddweud gair a safodd o dan y clochdy. Edrychodd yn gegrwth i lawr y gangell. Roedd y lle wedi mynd yn debyg i eglwys Babyddol gyda'i charpedi a'i llusernau lliw. Roedd silffoedd y ffenestri yn cynnal pob math o flodau, ac wrth yr allor roedd gwraig yn trin ychwaneg. Clywodd megis o bell y dyn yn dweud wrth Monique:

'*We are preparing for the harvest festival.*'

'*It looks nice,*' meddai hithau yn ei Saesneg gorau.

Ond sylwodd Tom nad oedd yno yr un ysgub o ŷd fel y rhai a ddewiswyd i'r pwrpas wedi hir feirniadu ar ddiwrnod dyrnu yn yr Hendre Ddidol gynt.

'*You're not from this country,*' holodd y dyn wedyn.

'*We are from Quebec,*' meddai Monique gan droi at Tom a rhoi winc slei, '*and this is my father.*' Wnaeth y celwydd fodd bynnag ddim ei rhwystro rhag ymgroesi a phenlinio am ennyd, ac yr oedd Tom erbyn hyn yn eithaf parod i fynd i ysbryd y darn. Pan ddaeth y dyn ato a chodi ei lais yn uwch nad oedd yn weddus i ddymuno gwyliau dedwydd, meddyliodd ei bod hi'n ddigon diogel iddo ddweud '*thank you*' isel a gwenu.

Aeth y dyn yn ei ôl at Monique ac yr oedd wedi mabwysiadu osgo tywysydd. Arweiniodd hwy ar hyd y gangell ac at y groes, gan egluro ystyron y tabledi coffa ar y muriau ac achau y rhai yr oeddent yn eu coffáu, ac arwyddocâd y llusernau a'r holl newidiadau yr oedd o a'i griw mewnfudol yn gyfrifol amdanynt. '*It was very shabby before we took over you know,*' meddai, ac ategwyd hynny gan y ddynes ger yr allor a oedd yn ôl pob tebyg yn wraig iddo; bu hynny bron iawn yn ormod o dreth ar Tom i gynnal ei gymeriad fel hen heliwr o Quebec, ond yr oedd ei gydymaith yn dal i ganmol a rhyfeddu ac yn amlwg yn mwynhau ei hun yn enfawr.

Pan ddaethant yn eu holau at y fedyddfaen, tynnodd y dyn eu sylw at y caead pren saith onglog. Roedd sgwâr bychan o bres wedi ei osod arno yn cofnodi iddo gael ei roddi yn anrheg i'r eglwys gan rhyw Anne Jane Pritchard er cof am ei merch Grace.

'*I can't read Welsh,*' meddai'r dyn, '*but I'm told that this person lost her daughter in tragic circumstances.*'

Bu hynny yn ormod i Tom.

'*She was killed by gypsies,*' meddai yn bendant. '*She was my aunt.*'

Syrthiodd ceg y dyn ond ni chafodd gyfle i ddweud dim. Roedd Tom wedi diflannu drwy'r porth ac yr oedd hanner y ffordd at y giât pan ddaliwyd o gan Monique.

'Rwy'n gwybod nad ydi o yn beth i chwerthin yn ei gylch,' meddai hi gan ddal ei dwylo ar ei bochau, 'ond mae arna' i ofn na fedra' i ddim peidio.'

'Mae arna' inna ofn na phasia' i byth fel y'ch tad chwaith,' meddai Tom. Ar hynny pwy ddaeth drwy borth yr eglwys ond

Albyt. 'Duwcs be wyt ti'n neud yn y fan yma?' ychwanegodd Tom wrth hwnnw yn Gymraeg gan ddechrau dyfalu pa iaith yr oedd o am ei defnyddio ac hefo pwy. Serch hynny yr oedd yn falch o gael gwrthych i dynnu ei feddwl oddi ar y digwyddiad yn yr eglwys.

'Mynd — mynd â rhain i drimio ydw i,' meddai Albyt gan dynnu tri afal o'i boced helaeth. 'Di-diolchgarwch ydi hi 'te.'

'O wela' i.'

'Ydi'r bisin bach arall honno yn y fynwant heddiw? Welais i hi yn Llandudno hefo rhyw foi. 'Sach chi'n gweld chapan oedd hi. O'n i ddim yn ei nabod hi . . . '

'Be oeddat ti'n wneud yn y fan honno?'

'Wedi mynd am dro hefo Mam 'te — bŷs rhad yn mynd.' Yna trodd ei sylw ar Monique. '*Are you looking for stones today? Nice day to look for stones.*'

'*Stones? — Oh yes,*' meddai hithau wedi ei dal am funud heb fod yn barod am y cwestiwn.

Yna meddai Albyt wrth Tom, 'Mae'n rhaid i mi fynd. Maen nhw'n disgwl am y fala 'ma. Maen nhw wedi cael eu hordro yn spesial 'dach chi'n gweld. *Goodbye now, Ta-ra!*' Ac i ffwrdd â fo.

Ar ôl iddynt fynd yn eu holau i'r *Jensen*, dywedodd Tom:

'Albyt oedd hwnna, ein *resident comedian* ni fel basach chi'n ddeud.'

'Rwy' wedi'i weld o o gwmpas y lle acw,' meddai Monique.

'Do mae'n debyg. Mae Lewis yn dad iddo fo.'

'O, yr *handyman*?'

'Mae o'n ddigon diniwad, yr hen Albyt.'

'Nid fel ei dad efallai?'

'Be mae o wedi ei wneud?' gofynnodd Tom.

'Dim i mi beth bynnag. Ond mi faswn i'n gallu gwneud hefo llawer llai o'i sylw. Mae 'na rhywbeth ynglŷn â fo nad ydw i'n or-hoff ohono.'

Wrth iddynt esgyn i fyny'r ffordd gul tuag at y gaer, ceisiodd Tom annog ei gydymaith i sôn mwy am ei gwaith ymchwil a sut yr oedd ei chywaith yn datblygu, ond ni chafodd fawr o lwyddiant. Teimlai fod yna rhyw gyndynrwydd ynddi i wneud hynny, fel pe na bai ei meddwl yn gyfangwbl ar ei hamcan. Chafodd o ddim amser i fyfyrio llawer oherwydd wrth ddod yn sydyn at drofa, pwy ddaeth wyneb yn wyneb â hwy ar ei beic amryliw ond Yn Wir. Bu ond y dim iddi fod yn wrthdrawiad ond disgynnodd y feicwraig yn ddianaf i'r gwair ar ochr y ffordd.

'*Are you hurt*?' gofynnodd Monique iddi yn ddiamynedd.

'*Not at all*,' meddai'r hogan. '*My fault entirely.*'

'*As long as you admit it*,' meddai'r llall.

Edrychodd Yn Wir ar draws at Tom.

'Wyt ti'n iawn?' gofynnodd yntau.

Ond cyn iddi gael amser i ateb roedd Monique wedi tanio'r car.

'Pwy oedd hi?' gofynnodd.

'O, rhyw hipi fach sy'n byw ar y mynydd. Digon diniwad.'

Roedd Tom yn disgwyl clywed sut yr oeddent yn delio â hipis yn Quebec, a chaniatáu fod yna rai yno. Ond y cwbl ddywedodd hi oedd:

'Mae'n ymddangos bod pawb yn ddiniwed y ffordd yma. Rwy'n siŵr 'mod i wedi ei gwèld hi o'r blaen unwaith neu ddwy yn siarad hefo'r Lewis yna, acw.'

Ddywedodd Tom ddim am funud nes y daeth tros ei syndod.

'Ella ei bod hi wedi dŵad i chwilio am floda,' cynigodd o'r diwedd. 'Dyna ydi ei hastudiaeth hi beth bynnag.'

'Rhywun arall fydd yn dod â blodau iddi hi os na fydd hi'n ofalus,' ychwanegodd Monique.

Doedd y diwrnod hwnnw hefo Monique Larores ddim yn ddiwrnod y buasai Tom yn ei alw yn llwyddiant. I ddechrau, roedd yn gresynu nad oedd yn gallu ateb cymaint â hynny o'i chwestiynau am y gaer, a chafodd yr argraff ei bod wedi ei siomi yn y lle ar yr olwg gyntaf.

Nid oedd Tom wedi bod i fyny yno ers blynyddoedd ar ôl i'r hen Ddafydd Lewis fynd o'r ffermdy ar dir y llecyn. Doedd o ddim yn cael golwg y ffos yr un fath rhywsut chwaith, hyd nes y sylweddolodd ei bod erbyn hyn wedi ei gorchuddio â thoreth o redyn ac eithin.

Wedi bod yno am dipyn bu raid iddo esgusodi ei hun i fynd am wagiad i'r goedlan gyfagos. Dyna rywbeth arall a oedd yn gynyddol dynnu oddi wrth ei fwyniant ar ymweliadau fel hyn, yn enwedig yng nghwmni merched; clwy yr hen ddynion. Pan ddaeth yn ei ôl fodd bynnag doedd Monique mwyach ddim ar ei phen ei hun. Roedd hi fel pe bai mewn dadl â rhyw ddyn a oedd wedi ei wisgo fel math o gipar, ac yr oedd dau gi *Alsatian* yn prancio o'i gwmpas.

Pan welodd y cŵn Tom, daethant ato ar sgri a chododd un ei draed ar ei frest gan ei orfodi i gamu yn ei ôl neu golli ei draed. Cythrodd yntau i frigyn a oedd mewn cyrraedd i roi swadan i'r ci. Pan sylweddolodd y dyn ei amcan, gwaeddodd:

'*You just dare and see what you get.*'

Ond yr oedd yr hen ŵr wedi croesi'r llinell honno sydd yn gwahanu ofn oddi wrth ddifaterwch fel y gwnaeth mor aml yn y Lancaster, ac yr oedd holl rwystredigaethau ac annhegwch ei fywyd diweddar wedi crynhoi yn un bwndel annioddefol yn ei enaid; erledigaeth Richie Malan ar gam, y gofeb, y gath wyllt, y bygythiad yn Lôn Clechydd a'r derbyniad yn yr hen eglwys — a hyn.

Roedd yn sylweddoli ers tro nad oedd iddo fawr o siawns mewn ymladdfa gorfforol, tu hwnt i un ergyd agoriadol, a buasai'n rhaid i honno fod yn bur effeithiol. Cofiai bob amser gyfarwyddyd Flight Sergeant McDermot y PTI wrth eu hyfforddi i oroesi pe baent yn dod i lawr tros y Cyfandir; ergyd hefo ymyl y llaw agored ar draws y bibell wynt:

'*That should give him something to think about while you are disappearing.*'

Roedd gan y dyn yma lwnc hir delfrydol i dderbyn ergyd felly, ac i Tom doedd o ddim ond yn yr un dosbarth â'r gath wyllt. Roedd hwnnw yn ceisio rheoli'r cŵn, a phan ddywedodd Tom:

'*I've had a good life, anytime will do for me now to exit, what about you?*' rheolodd ychydig ar ei dymer hefyd, a gofynnodd Monique iddo pa hawl oedd ganddo i'w rhwystro rhag gweld y gaer. Dywedodd yntau mai ar ei dir o yr oedd hi, a bod ei siort hi a Tom yn mynd yn bla, ac nad oedd y lle wedi ei gofrestru yn swyddogol fel heneb.

Yna dechreuodd Monique arno o ddifrif — yn Ffrangeg, a doedd Tom ddim yn deall gair, ond oddi wrth ei hagwedd gallai yn hawdd gredu bod ynddi hen waed y Corsairs.

'*It's no use prattling at me in bloody Welsh*,' meddai'r dyn, ac meddai hithau ar drawiad, y tro yma yn Saesneg:

'*Begging your pardon Sahib. I forgot that we are now in Europe and expected to speak these foreign lingos.*'

Roedd Tom wedi sefyll o'r neilltu ac yn teimlo ei fod bellach yn dibynnu ar ferched i'w amddiffyn. Ond torrodd Monique y ddadl ar ei hanner gan adael y dyn gyda'r unig amddiffyniad yr oedd yn ei feddu — lluchio melltithion ar eu holau.

Wedi iddynt ddod i lawr yr ochr drwy'r eithin a'r twf, roedd cefn llaw Tom yn gwaedu. Sychodd Monique y gwaed a dywedodd yntau gan afael yn ei llaw am eiliad:

'Mae hen groen yn denau. Dylai fod gen i ferch fel chi i edrych ar fy ôl i.'

Gwenodd hithau. 'Cewch chi fy menthyg i am heddiw.'

Wrth iddynt fynd i lawr yr allt yn y car, gofynnodd hi wedyn, 'Ydach chi'n iawn?'

'Ydw,' meddai yntau rhag dangos gwendid yng ngŵydd merch, er ei fod yn teimlo yr un hen gryndod mewnol ag a brofodd yn Lôn Clechydd. Teimlai fod yr ymweliad â'r gaer wedi syrthio yn fflat ac yntau wedi edrych ymlaen cymaint amdano. Mae'n rhaid ei bod hithau yn synhwyro ei siomedigaeth.

'Peidiwch â gadael iddo ddifetha eich diwrnod chi a hithau mor braf,' meddai. 'Beth am fynd o gylch i'r ochr bellaf i gael golwg ar bethau o'r fan honno?'

Roedd Tom yn ddigon parod. Wrth fynd yr oedd yn ceisio ymddiheuro iddi am i bethau droi mor anfelys. Dywedodd hithau nad oedd angen hynny o gwbl, mai cymysgfa o'r chwerw a'r melys oedd hi, a bod yn rhaid cadw'r ysbryd yn uchel. Wedi iddynt gyrraedd yr ochr draw ac aros, dywedodd Tom wedyn:

'Dim rhyfadd eu bod nhw yn llosgi tai rhyw ddiawlad fel yna.'

'Clywais sôn am hyn ar fy nhaith i'r de,' meddai hithau. 'Beth yn hollol sydd yn digwydd?'

'Wel, yn sylfaenol, yr un peth yn union ag a oedd yn digwydd pan oedd pobl yn byw ar y gaer yna, rhai yn amddiffyn eu tiriogaeth. Does yna fawr o newid wedi bod.'

'Oes yna dai wedi eu llosgi o gwmpas y fan yma?'

'Tri i gyd.'

'Does neb yn gwybod gan bwy?'

'Diolch am hynny. Meibion Glyndŵr sydd yn cael y bai.'

''Dach chi'n swnio fel pe baech chi'n cyd-weld.'

'Faswn i ddim yn diffodd eu matshys nhw.'

'Rydych chi'n credu mewn defnyddio trais felly?'

'Ar ôl bod mewn rhyfel does gan ddyn fawr o ddewis. Os na fedrwch chi gael eich iawnderau trwy drafodaeth resymol, does dim amdani ond eu cymryd trwy ddefnyddio rhyw foddion fedrwch chi.'

Roedd o'n hanner disgwyl yr ymateb a gafodd.

'Dyna ydi ein profiad ninnau,' meddai'n chwerw, ond wnaeth hi ddim ymhelaethu. Yn hytrach gofynnodd:

'Mae 'na rywun o'r pentre wedi bod yn y ddalfa — oes 'na ddim?'

'Oes, ar gam,' atebodd yntau, a dywedodd hanes Richie Malan. 'Gŵr y ddynas sydd yn gofalu am y plant yn yr ysgol,' ychwanegodd.

'O mi wn i. Y — Beryl, llawn hwyl. Ro'n i'n ei hoffi hi. Mae hi'n fy atgoffa o rai o ferched cefn gwlad Quebec.'

'Mae pawb a phopeth y ffordd yma yn efeillio hefo'r fan honno, ddyliwn.'

'Mae yna debygrwydd,' meddai hithau. 'Fedra' i ddim peidio â'i deimlo, ond mae un gwahaniaeth amlwg.'

'Be ydi hwnnw?'

'Mae ein traddodiadau ni yn dal ym meddiant ein pobl.'

'Fel ein rhai ninnau.

'Does 'na ddim llawer o arwydd o hynny.'

'Sut felly?'

'Does ond rhaid i chi edrych ar ein profiad y bore 'ma. Mae eich sefydliadau crefyddol a'ch creiriau hynafol o dan reolaeth a dylanwad estron. Iaith estron hyd yn oed. Oes raid manylu?'

Doedd gan yr hen ŵr fawr i'w ddweud am hynny. Aeth i

ddibynnu ar ei amddiffyniad arferol.

'Gyda hyn fydd o'n ddim i mi.'

'Peidiwch â bod yn wirion! Beth am eich teulu?'

'Heblaw am fy mab does gen i neb erbyn hyn. Mae gwynt y dwyrain wedi ysu eu traed. Ar ei ôl o bydd y llinach ar ben.'

'Beth am gangen Peuplinques?'

'Does yna fawr o siawns i neb oddi yno etifeddu dim yma.'

'Pwy a ŵyr. Mae rhyfeddach pethau wedi digwydd.'

'Wnes i rioed ofyn a oes gynnoch chi deulu?' meddai Tom.

'Rhieni a dau frawd.'

'Adra maen nhw?'

'Un ohonyn nhw. Mae'r llall yn y carchar ym Montreal — am ddeng mlynedd.'

Roedd Tom yn gyndyn o ofyn beth oedd ei drosedd, ond cafodd eglurhad beth bynnag. 'Am wneud rhywbeth tebyg i'ch pobl chi — y *Garçons* Glyndŵr.'

'Rydach chi'n gwybod beth ydi o felly?'

'Yn rhy dda. Be sy'n fy mhoeni i fwyaf ydi a gaiff fy nhad a'm mam fyw i weld yr hogyn yn cael ei ryddhau.'

'Be yn hollol wnaeth o?' mentrodd Tom.

'Rhoi adeiladau ar dân ym Montreal adeg y gwrthdystio yn erbyn y Saesneg. Roeddwn i yn America ar y pryd. Fuasai o ddim wedi cael ei ddal chwaith oni bai am yr *agent provocateurs*.'

Ddywedodd yr un o'r ddau air am blwc.

'Ond bydd gennych eich ffilm,' meddai Tom, fel pe bai hynny o gysur. 'Sut mae pethau'n datblygu y ffordd honno?'

'Iawn, iawn,' meddai hithau'n bendant.

'Gyda llaw, roeddwn i wedi meddwl sôn am Ffynnon Rhagnell i lawr acw rhag ofn y buasai o ryw ddiddordeb i chi,' a phwyntiodd i lawr gwlad.

'Rhag-n-ell?' meddai hithau'n drafferthus.

'Yr hogan,' meddai Tom.

'Beth yw'r ffynnon yma — rhyw fath o Claire Fontaine?'

'Ddim yn hollol. Dŵr durllyd oedd hwn — coch. Roedd yno rhyw fath o spa bychan cyn fy amser i, er bod y ffynnon ei hun a'r baddonau yn dal i fod yno. Roedd pobl o bell yn dod yno hefo'r gwynegon ac anhwylderau eraill.'

'Ydach chi'n cofio hyn?'

'Na, roedd hi wedi darfod â bod yn ymarferol ers tro.'

'Diddorol. Oes modd mynd yno i weld, neu fydd 'na ryw Sais yn gwarchod honno hefyd?'

'Does 'na ddim i'w warchod erbyn hyn. Fasach chi ddim haws â mynd. Mae'r goedwig yna wedi ei llyncu. Maen nhw'n dweud ei bod hi'n ffynnon sanctaidd yn adeg y Derwyddon. Roedd yno ddefodau i feddyginiaethu hefo dŵr.'

'Diolch i chi am y wybodaeth yna. Mi wna' i nodyn. Oes yna olion Celtaidd o'i chwmpas?'

'Roedd yna dri maen yn sefyll. Mae'r rheiny wedi cael eu dymchwel erbyn hyn.'

'I ba bwrpas? Mae gan bobl dalent i ddifetha treftadaeth. Saeson debyg?'

'Na, pobl leol sy'n ffarmio'r tir.'

'Nhw ydi'r gwaethaf yn aml.'

'Mae sôn fod yna olion Celtaidd cyfoethog ar y bryn acw yn ymyl y Plas; allor garreg ac yn y blaen.'

'I ble'r aeth y rheiny?'

'I wneud eich lloches chi ar hyn o bryd; roedd hynny cyn iddyn nhw ddŵad i sylw'r archeolegwyr.'

'Be! I adeiladu'r Plas?'

'Dyna ydi'r gred leol.'

'A beth am y ferch yna — y — Rhag . . . ?

'Chwedl ydi hi wrth gwrs. Mae hi'n fyd eang ar rhyw ffurf, fel hanes platiau *Willow Pattern*.'

'O, y ferch a'i chariad yn dianc?'

'Dyna chi. Roedd Rhagnell yn ferch i ryw sgweiar tros y mynydd, a daeth ei chariad yno hefo ceffyl i'w chipio.'

'Rhyw *Young Lochinvar* felly?'

'Yn hollol. Cawson nhw eu herlid gan y tad a'i wŷr a'u goddiweddyd ar y rhostir yna. Gollyngodd y dyn saeth wedi ei fwriadu i'r hogyn, ond . . . '

'Saethodd ei ferch,' meddai hithau ar draws.

'Do. Ond o'r llecyn lle trengodd hi mi darddodd dŵr coch,

gwaed Rhagnell oedd hwn, a dyna fan y ffynnon ddurllyd.'

'Rhamantus iawn. Fasech chi'n malio rhoi'r hanes ar dâp i mi rhyw dro?'

'Gwnaf â chroeso. Saesneg neu Gymraeg?'

'Saesneg wnaiff y tro,' meddai a gwenodd. 'Drychwch faint o'r gloch ydi hi, bydd fy mwyd yn barod. Maen nhw yn *strict* hefo amseroedd prydau. Beth bynnag, cawson ni fore diddorol iawn,' Cychwynnodd y car. 'Ollynga' i chi wrth y giât.'

'Os nad ydi o wahaniaeth ganddo chi,' meddai Tom, 'mi a' i i lawr wrth y siop. Mae arna' i eisiau papur.'

A hynny a fu, ond er ei bod y hael ei diolchiadau wrth iddynt wahanu wnaeth hi ddim awgrymu ailgyfarfyddiad. Cyn gynted ag y diflannodd y *Jensen* daeth Dilys allan o'r siop.

'Wel,' meddai hi. 'Lle 'dach chi 'di bod yn hel eich traed dybad?' A chyn i Tom gael cyfle i ddweud dim, ychwanegodd lond ei cheg. 'Glywsoch chi am Lewis, Plas Iorwen? Mae o wedi cael ei grafu.'

'Ei grafu?' meddai Tom. 'Oedd o'n cosi?'

'Gan y gath wyllt yna 'te.'

'Y gath! Lle'r oedd honno? A chafodd gip yn ei feddwl ar Lewis wedi mynd i'r lôn fach i swlffa.

'Yn y cwt clomennod 'na yn y Plas,' meddai Dilys.

'Taw di! Yn y dydd felly?'

'Wel dibynnu beth ydach chi'n alw yn ddydd iddo fo. Tua dau o'r gloch y bora oedd yr ambiwlans yno. Mae o yn Ysbyty Gwynedd wedi crafu ei wynab a'i fraich meddan nhw.'

'Cripio wyt ti'n feddwl.'

'Cripio ynta. Dydi o ddim yn llai poenus iddo fo mae'n siŵr.'

'Be oedd o'n wneud yno yr adag honno o'r nos?'

'Wel dyna chi. Be wnewch chi,' gan droi cern awgrymiadol. 'Maen nhw'n deud bod y polîs yn mynd i'w hela hi.'

'Fedar y diawlad ddim taro tas wair mewn entri.'

'Chi ddyla fod yn mynd ar ei hôl hi hefo'r gynna 'na sy' gynnoch chi.'

'Dim diawl o beryg. Mae'r rheina yn cael cyflog am fynd. Faint gwell fy mharch faswn i?'

''Dach chi'n iawn,' meddai Dilys gan droi i fynd. 'O ia,' meddai hi wedyn fel pe bai newydd gofio rhywbeth, 'ydach chi'n dŵad i ddarlith y Blaid yn yr ysgol nos Wenar?'

'Am be mae hi, am roi'r gofeb yna yn ei hôl yn ei lle? Pwy sy'n cabalatio rŵan?'

'Ymgeisydd o'r Sowth, siaradwr da. Mi rydw i wedi ei glywad o o'r blaen.'

'Mi fydd ganddo fo ddigon i'w ddeud yn dŵad o'r fan honno. Mae'n siŵr y bydd o'n datgysylltu ei hun oddi wrth y Meibion, yr unig rai sy'n gwneud rhyw les ymarferol, ond ar yr un pryd yn manteisio ar bob bendith mae rheiny yn ddŵad iddo fo.'

'Ia, mi rydw i'n gwybod mai hen Dori ydach chi yn y bôn.'

'Dyna be maen nhw yn eu galw nhw yn Llundain. Be wyt *ti*, os ga' i fod mor hy â gofyn?'

'Wel Plaid Cymru 'te.'

'Caniatáu y'ch bod chi'n cael llywodraeth y'ch hun, unbennaeth fydd hi felly 'run fath â Hitler ers talwm?'

'Wel naci siŵr.'

'Be fyddi di ynta — chwith 'ta de?'

'O wela' i. Wnes i ddim meddwl am hynny.'

'Chydig iawn ohonach chi sy'n gwneud.'

'Wel, Llafur oedd 'nhad.'

'O, un o hogia Syr Goronwy ers talwm. Buan iawn y gwnaeth o eu hanghofio nhw unwaith y cafodd o ei wneud yn arglwydd. Wyddost ti be ddeudodd 'nhad wrtha' i pan ddois i adra o'r rhyfal — cyn dy adag di cofia — pan aeth Llafur i mewn hefo tirlithriad?'

'Na wn, ond mi ga' i wybod reit siŵr.'

' "Mae'n siŵr y cawn ni fadael â'r hen Sgweiar rŵan," medda fi wrtho fo rhyw ddiwrnod. "Mi gei di fyw i'w weld o," medda fo fel 'na. "Ond cofia di, dydi rhain ddim ond isio rhoi eu traed ar dy ysgwydd di i fynd i'w le o. Tendia dy hun wedyn".'

'Does 'na ddim sgweiars heddiw Tom Robaits.'

'Be wyt ti'n galw penaethiaid y byrddau dŵr a'r gola a'r glo 'na ynta? Mae rheiny yn fwy o flingwrs na fu yr hen sgweiar erioed, ac yn medru gwneud hynny heb i ti wybod.'

''Sgin i ddim amsar i ddadla hefo chi heddiw,' meddai Dilys gan ailgychwyn.

'Dyna maen nhw i gyd yn ei ddeud ar ôl cael eu trechu.'

'Wela' i chi fory.'

'Os na fydd y gath yna wedi fy rhoi i ar draws ei cheg.'

19.

Pan oedd Tom yn cyrraedd yn ei ôl i'r Hendre, roedd Hari yn dod â'r tractor allan o'r hoewal drolia. Roedd wedi cael syniad o osod cylch o weiren fras o gwmpas libart yr ieir fel amddiffynfa rhag ailddyfodiad y gath. Stopiodd y tractor a daeth i lawr oddi arno.

'Glywsoch chi am Lewis?' meddai hwnnw wedyn.

Ar ôl deall nad oedd hynny yn newydd i Tom, aeth yn ei flaen i roi ei ffurf bersonol ar y digwyddiad yn y colomendy, ac yr oedd yn amrywio braidd ar un Dilys. Roedd Lewis, a oedd yn cysgu yn un o siales y Plas y noson honno, wedi clywed trwst yn yr oriau mân o gwmpas y colomendy ac wedi mynd yno. Doedd y gath, neu beth bynnag a oedd yno, ddim wedi ymosod arno yn uniongyrchol, ond wedi ei faeddu yn y drws pan oedd Lewis rhyngddi hi a'r ddihangfa. Ond yr oedd yn syn gan Tom os mai stori Lewis ei hun oedd honno. Buasai'r gwron hwnnw yn debycach o ddyrchafu'r cyfarfyddiad i lefel llawer mwy gorchestol. Y cwbl a ddywedodd oedd, 'Mae'n bryd iddyn nhw gael drws ar y lle.'

'O, tra y'ch bod chi yma,' meddai Hari gan neidio mor rwydd o un pwnc i'r llall fel ei arfer, 'mae Glenys a fi isio'ch gweld chi. Dowch i'r tŷ am funud.'

Roedd gan Hari rhyw grafat wedi ei chwipio am ei wddf fel cefnogwr pêl-droed, a hwnnw yn chwifio yn llaes o'i ôl yn yr awel. Wnaeth Tom ddim gofyn yn union beth oedd ganddo dan sylw, ond wrth gyrchu at y drws, fedrai o ddim llai na gofyn iddo ei hun, beth ydw i wedi ei wneud rŵan?'

Aeth y ddau i'r gegin, a rhoddodd Hari y tecell ar fynd. Chydig o wyriad fu raid iddo gael erioed i roi'r gorau i unrhyw swydd ar yr esgus lleiaf. Roedd Glenys, yn ôl ei sŵn, i fyny'r grisiau, a phan oedd y te yn barod, gwaeddodd Hari arni. Roedd yn amlwg yn fater o bwys.

Pan ddaeth Glenys o'r diwedd roedd golwg eithaf llon arni, gan fod cytiau'r ieir eisoes wedi eu trwsio a bod yna obaith da am iawndal gan yr yswiriant.

'O, helo Dad,' meddai hi fel pe na bai wedi gweld Tom ers cantoedd. 'Ofnadwy am Lewis yntê.' Cyfnewidwyd syniadau am anffawd hwnnw, ac fe ychwanegodd Glenys, 'Mi fydd yn rhaid i'r blismonas 'na goelio rŵan.'

'Nid hi fydd yr unig un,' meddai Hari.

Tra oedd Glenys yn traethu doedd meddwl Tom ddim yn gyfangwbl ar ei phregeth. Roedd yn dal i ddyfalu beth oedd pwrpas y gwahoddiad sydyn i'r sanhedrin. Go brin bellach, ymresymai, fod a wnelo'r peth â chostau claddu Katie Davies, gan na chlywyd dim chwaneg o gyfeiriad y cwpwl o Abertawe, ac yr oedd tŷ Katie ar werth ers tro. Yn y diwedd, rhwng sipiadau o de, dywedodd Glenys:

'Mae gynnon ni newydd da i chi, yn does Hari?'

'Oes,' meddai hwnnw, ddim llawn mor frwdfrydig ei sŵn.

'Mi rydan ni yn mynd i gael mwy o deulu,' meddai Glenys.

Credodd Tom am eiliad mai at yr ieir yr oedd hi'n cyfeirio, gan mai rheiny oedd ei phrif ddiddordeb ar hyd yr adeg. Pan sylwodd hi ar yr olwg hurt oedd arno, ychwanegodd:

'Wel, be 'dach chi'n feddwl?'

'Y-y plentyn?' meddai Tom wedi derbyn y weledigaeth o'r diwedd. 'Wel — wel ardderchog, da iawn wir. Mi rydw i'n falch iawn. Mi fydd yn braf cael babi eto hyd y fan yma.' Siaradai'n gwbl ddiffuant, a theimlodd rhyw don o agosatrwydd tuag at y ddau.

'Mae Mam wrth ei bodd hefyd,' meddai Glenys, a bu bron iawn i Tom ddweud, 'Mae'n dda fod yna rywbath yn ei phlesio hi weithia', ond ymataliodd.

Yr hyn oedd yn peri'r chwithdod mwyaf i Tom yn yr hen lofft ŷd oedd diffyg tân agored — 'Nunlla i boeri' chwedl Richie Malan. Roedd y tân nwy yn eithaf digonol, a'r gost yn cael ei lyncu ym mil cyffredinol y tŷ, ond ar noson farugog fel honno teimlai'r angen am gysur fflamau'r tân agored, ac arogl y rhisgl yn llosgi.

Roedd y diwrnod wedi bod yn llawn cyffro a diddordeb, siom a llawenydd, rhyw groesdoriad o fywyd yn ei gyfanrwydd. Ond roedd y dilyniant, un peth ar ôl y llall, yn beichio y meddwl ac yn ei wneud yn gymysgedd cawl o bobl a phethau a ddaeth i'w fywyd mor annisgwyl a heb eu gwahodd. Daeth iddo yn sydyn fflach o un neu ddau beth crafog ac amserol a fuasai wedi gallu eu dweud wrth y dyn ar y gaer a oedd yn nodweddiadol o'r sgweiars newydd a wnâi iddo deimlo fel D.P. yn ei blwyf ei hun, ac o'r un dosbarth â'r miloedd rheiny a oedd ar hyd ac ar led Ewrop ar ôl y rhyfel heb wlad na hunaniaeth. Doedd yna ddim ond un ffordd i gael gwared â hwy bellach; eu hela â gynnau. Roedd Padi wedi deall y ffordd hefo'i fom a'i fwled. Doedd gan y Sais ddim parch at yr un dull arall, hyd yn oed yn Quebec yn ôl yr hanes. Roedd yn rhaid eu hela fel y gath wyllt; ac wrth feddwl wedyn am honno daeth yr ŵyr disgwyliedig i'w feddwl — newydd mwyaf syfrdanol y dydd. Allai o feddwl am blentyn Glenys yn ddim ond hogyn, ac er ei ddifaterwch blaenorol ynghylch disgynyddion a pharhad y teulu, roedd y wefr newydd yma a ddaeth mor annisgwyl wedi newid ei farn. Byddai'n dweud wrth Monique wrth gwrs — a Wil Griffith. Câi Wil sachad gan ei fod yn hewian yn gyson ei fod o'n daid a Tom ddim. Ond yn bwysicach na dim buasai yn rhaid diogelu Glenys rhag cael ei dychryn eilwaith gan y gath a rhyfygu bodolaeth yr ŵyr. Cyn cysgu o'r diwedd, roedd wedi penderfynu mynd i chwilio am y gath i Lôn Clechydd. Erbyn hynny roedd hi wedi mynd yn ganolbwynt i'w holl rwystredigaethau.

Roedd hi'n fore awelog trannoeth, yn sych ac yn ddi-fai i wneud gorchwylion y tu allan. Roedd Hari yn paratoi i fynd i dorri tyllau pyst ffensio yng nghae'r ieir, hefo'r sgriw durio.

'Rydw i'n mynd ar draws i weld Wil am funud,' meddai Tom wrth groesi'r buarth. 'Mae gen i rhywbath i ddeud wrtho fo heddiw. Buan iawn y bydd gen i gwmpeini i fynd hyd y caea 'na.'

'Mae yna dipyn i fynd eto tan hynny,' meddai Hari, heb

sylweddoli bod amynedd yr henoed i ddisgwyl am y dyfodol yn fyr.

Roedd yna ormod o farrug ar y fainc y tu allan i Wil Griffith fod yn eistedd arni y bore hwnnw. Roedd o y tu mewn yn y stafell gyffredin. Gynted ag yr eisteddodd Tom wrth ei ochr, daeth rhyw hen fachgen arall i mewn a gofyn iddo:

'Ydach chi'n meddwl liciwch chi yma? Mae 'ma fwyd da.'

'Newydd gyrraedd ydw i,' meddai Tom, rhag peidio â'i ateb. 'Dydw i ddim wedi cael amser i edrach o fy nghwmpas eto.'

'Wela' i chi amsar te,' meddai'r llall, ac i ffwrdd â fo.

'Mae o'n cerddad milltiroedd bob dydd,' meddai Wil, 'ac yn gofyn yr un cwestiwn i bawb.'

Roedd Tom ar dân eisiau cael dweud ei newydd, ond daliodd yr hen Wil ymlaen.

'Mi rydach chi'n mynd yn llenor mawr mi wela'. Yn *Y Drych* eto y mis yma. Gwrandwch os nad ydach chi'n malio i mi ddeud wrthach chi, nid 'drec' ydi'r gair am 'bad' ceffyl; 'strodyr' fyddan ni'n ddeud yn Sir Fôn.'

Ni aeth Tom i ddadl am hynny. Neidiodd i mewn i fwlch hefo'r newydd am Glenys.

'O mi fydd gynnoch chi hwsmon felly,' meddai Wil, ond peidiwch â disgwyl gormod. Maen nhw'n betha sy'n dŵad â llawar o boen i'w canlyn. Wnaethon nhw ddim gwahaniaeth i mi. Taswn i'n daid i gant, mewn lle fel hyn y baswn i yn y diwadd.'

Roedd Tom yn gweld i ba gyfeiriad yr oedd y bregeth yn arwain, a gofynnodd:

'Ydyn nhw wedi cael hanas metron newydd yma eto?'

'Na, mae hon yn dal yma.'

'Be sy'n dŵad o'r llall — glywist ti?'

'Mae hi'n dal i ddisgwyl ei hachos am wn i. Mae 'na rai yn mynd mor bell â deud rŵan bod gynni hi help wedi bod.'

'I mewn yma, felly?'

'Tu allan ylwch. Rhywun yn gwybod lle i gael gwarad â'r ysbail chwadal nhwtha. Mi fydd yn ddrwg ar hwnnw hefyd mae'n siŵr gen i.'

Ar hynny daeth aelod o'r staff i mewn a gofyn: 'Ydi Mr Tom

Roberts yma?'

'Dyma fo,' meddai Wil yn bwysig.

'Mae 'na ffôn wedi dŵad i chi,' meddai'r hogan. 'Mae isio i chi fynd adra ar eich union.'

'Pwy oedd yna?' gofynnodd Tom.

'Rhyw ddynas.'

'Be ddeudodd hi?'

'Dim ond bod isio i chi fynd adra.'

'Mi rydach chi'n mynd yn ddyn pwysig,' meddai Wil fel yr oedd Tom yn mynd am y drws. 'Lwcus y'ch bod chi wedi cael madal â'r gwair am y gaea' 'ma.'

Roedd Tom yn dyfalu llawer am arwyddocâd yr alwad fel yr oedd yn croesi'r caeau. Credai mai Monique Larores oedd wedi dod i chwilio amdano a'i bod angen chwaneg o wybodaeth am rhywbeth, ond wrth ddynesu at yr Hendre Ddidol, gwelodd fod yna gar plisman ar y buarth wrth ochr un Dilys. Roedd y tractor yng nghae'r ieir yn segur, ond doedd hynny ddim yn beth dieithr. Roedd Hari yn y tŷ mae'n siŵr yn gwneud yn fawr o unrhyw gyfle i gael hoe. Erbyn hynny allai Tom ddim llai na chasglu mai rhyw fusnes ynglŷn â'r gath wyllt oedd ar dro, ond fe chwalwyd y syniad hwnnw ar unwaith pan ddaeth Dilys i'w gyfarfod ar ben y drws a rhyw wedd ddieithr arni.

'O mae'n dda gen i y'ch bod chi wedi cyrraedd,' meddai hi. 'Fedrwn i ddim dŵad i'ch nôl chi a gadael Glenys. Mae 'na ddau blisman yn y *lounge* isio'ch gweld chi.'

'Be sy'?' gofynnodd Tom.

'Hari sydd wedi cael damwain hefo'r tractor.'

'Ydi o wedi brifo yn arw?'

'Mi ddeudan nhw wrthach chi,' meddai Dilys gan arwain y ffordd tua'r parlwr, ac agorodd y drws gydag osgo un yn falch o gael rhoi'r fraint o gludo gwae ar ysgwyddau rhywun arall am unwaith yn ei hoes. Ond yr oedd Tom yn dal i ddyfalu pa fath o ddamwain allai fod wedi digwydd gan fod y tractor yn dal ar ei draed yn y cae.

Roedd y ddau blisman ifanc yn y parlwr mor debyg i'w gilydd â dau frawd o ran pryd a gwedd. Rhingyll oedd un ohonyn nhw, a phan aeth Dilys i mewn a chyflwyno Tom, doedd yr un o'r ddau fel pe baent yn gwybod yn iawn beth i'w ddweud, ond rhoddodd Tom symbyliad iddynt drwy ofyn heb ragymadrodd beth yn union oedd wedi digwydd.

'Mae gen i ofn fod gynnon ni newydd drwg i chi Mr Roberts,' meddai'r rhingyll o'r diwedd. 'Mi fu yna ddamwain hefo'r tractor.'

'Felly rydw i'n deall,' meddai Tom. 'Ydi o wedi brifo yn arw?'

Pan ddywedodd y rhingyll wrtho am eistedd, yr oedd ganddo amcan pa atebiad oedd yn mynd i ddod.

'Mae'n waeth na hynny,' meddai'r rhingyll. Ac ychwanegodd, 'Mae'n ddrwg gen i ddweud.'

Er yr holl ddisgyblaeth a'r erchyllderau y bu raid iddo ddygymod â hwy adeg y rhyfel, teimlai Tom ei fod yn colli gafael arno fo'i hun. Roedd yna rhyw erfyn yn gwasgu am ei wegil. Llwyddodd yn y diwedd i ofyn sut.

'Hefo'r sgriw dyllu,' meddai'r rhingyll. 'Damwain mewn can mil. Mi aeth ei grafat i afael y sgriw ac mi gafodd ei dagu. Rydan ni'n credu ei fod wedi gwyro i lawr i weld sut yr oedd hi'n gweithio, a bod y gwynt wedi chwythu'r crafat i'w gafael, ac wrth gwrs . . . '

Daeth cnoc ar y drws a daeth Dilys i mewn eilwaith.

'Maddeuwch i mi,' meddai yn daeog. 'Mae Mrs Roberts yn gofyn am Tom Roberts, fedra' i ddim ei pherswadio hi i ddisgwyl.'

Doedd Glenys, hyd hynny, ddim wedi dod i feddwl Tom.

'Ar bob cyfri,' meddai'r rhingyll. 'Mi arhoswn ni.'

Cododd Tom ar ei draed fel hen gant a bu'n rhaid i Dilys ei dywys gerfydd ei fraich.

'Ar y gwely mae hi,' meddai Dilys wrth droed y grisiau. 'Mae'r doctor wedi rhoi *sedative* iddi hi. Mae hi mewn tipyn o stad coeliwch fi. Hi gafodd hyd iddo fo 'dach chi'n gweld.'

'O'r nefoedd, taw!' meddai Tom. 'Taswn i ddim ond wedi aros adra.'

Roedd Dilys yn ymddangos yn gyndyn o gychwyn i'r llofft. Dywedodd o'r diwedd:

'Wn i ddim ddaru rheina ddeud y cwbl wrthach chi?'

'Be sy' 'na chwanag i ddeud medda chdi?'

'Wel — be sy' wedi gwneud bob dim yn waeth ydi — y — doedd o ddim yn gyfa 'dach chi'n gweld.'

'Be wyt ti'n feddwl, ddim yn gyfa?'

'Ei ben o. Roedd — roedd o'n rhydd ydach chi'n gweld Tom Roberts.'

Eisteddodd yr hen ŵr ar y gris.

'Wedi torri wyt ti'n feddwl?'

Fedrai Dilys wneud dim ond nodio ac yr oedd ei llygaid yn gwlitho. 'Mae'r beth bach wedi cael sioc ofnadwy, a hithau hefyd yn y cyflwr mae hi. Mae 'na beryg am . . . ' Ond doedd dim rhaid iddi orffen y frawddeg.

Dywedodd Tom ddim byd am ysbaid, nes i Dilys ofyn iddo a oedd yn iawn. Mae'n debyg ei bod yn ofni y buasai ganddi ddau ddiymadferth ar ei dwylo cyn nos.

'Ydw,' meddai yntau, ond ymhell o'i deimlo. Gafaelodd yn y canllaw o'r diwedd a haldian ei hun ar ei draed cyn llusgo i fyny'r grisiau fel dyn ar ei ymdrech olaf i gyrraedd copa Everest.

Roedd Glenys yn gorwedd ar ben y dillad fel rhywun croeshoeliedig yn hanner ymwybodol o beth oedd yn digwydd o'i chwmpas, fel merch mewn diod, ond yr oedd mewn rhywfaint o feddiant o'i synhwyrau mae'n amlwg, gan iddi gipio llaw Tom a dweud yn floesg:

'O Dad bach. Mae'n dda gen i y'ch bod chi wedi dŵad.'

Eisteddodd Tom ar y gwely ac anwesodd ei llaw.

'Mi rydw i yma rŵan,' meddai. 'Mi ddown ni drwyddo ill dau hefo'n gilydd.'

'Mae Mam yn dŵad hefyd,' meddai Glenys. 'Mi rwyt ti wedi gyrru amdani yn dwyt Dilys?'

Yna teimlodd Tom ei gafael yn llacio ar ei law fel yr oedd hi'n llithro yn ei hôl i fyd y gwyll.

'Mynd a dŵad mae hi,' meddai Dilys o draed y gwely. 'Fasa hi ddim yn well i chi fynd yn ôl at y plismyn yna? Mi arhosa' i.'

Cododd Tom oddi ar y gwely a mynd yn araf i lawr y grisiau, ond ni aeth yn ei ôl i'r parlwr. Aeth allan a chroesi'r buarth ac yn ei ôl i'w lofft. Roedd arno wir angen cropar o'r cadarnwr. Ond pan gyrhaeddodd ei stafell fodd bynnag daeth wyneb yn wyneb â llun Ellen, a doedd dim angen gofyn y tro hwnnw beth fuasai ei hateb hi i'w gwestiwn arferol. Doedd gan yr hen ŵr ddim dewis ond gollwng ei hun i'w gadair a wylo yn hidl, ac yno yr oedd pan glywodd lais Dilys.

'Ydach chi yna Tom Roberts? Mae'r dynion yma isio'ch gweld chi cyn mynd.'

Pan ddaeth Tom i lawr i'r buarth, roedd y plismyn, er eu holl gynefindra â thrallod, yn hunan-ymwybodol wrth weld ei lygaid pennog coch.

'Ydach chi'n iawn?' gofynnodd y rhingyll. Roedd pawb fel pe baent yn disgwyl iddo syrthio ar wastad ei gefn unrhyw funud.

Anwybyddodd Tom y cwestiwn. 'Wyt ti am fynd yn dy ôl at Glenys?' meddai wrth Dilys. 'Mae hi'n feichiog 'dach chi'n gweld,' ychwanegodd wrth y dynion.

'Cymhlethu'r sefyllfa,' meddai'r rhingyll.

Nodiodd Tom. Yna gofynnodd. 'Lle mae o?'

'O — ie. Mae o wedi cael ei anfon i Ysbyty Gwynedd am P.M. — y peth arferol mewn amgylchiad fel hyn.'

'Dydi o ddim yn gyfa yn nac ydi?'

'Roedden ni am egluro hynny i chi Mr Roberts.'

'Pa bryd y ca' i ei weld o?'

Edrychodd y dynion ar ei gilydd am funud.

'Dydw i ddim yn meddwl y buasen nhw yn caniatáu hynny o dan yr amgylchiadau,' meddai'r rhingyll.

'Cha' i ddim gweld fy mab fy hun?'

'Gadwch i bethau fod am heddiw, Mr Roberts. Mi gawn weld beth ddaw. Oes gynnoch chi rywun i wneud y trefniada i chi?'

'Nac oes — wel — hynny ydi — y oes, oes mi fydda' i'n iawn.'

'Alla' i wneud rhywbath i chi?' meddai'r cwnstabl am y tro cyntaf.

'Na. Ond deudwch i mi. Sut na fasa rhywun wedi gyrru amdana' i yn gynt. Mi faswn wedi cael dŵad cyn i betha fynd trosodd. Taswn i ddim ond wedi peidio mynd . . . '

'Doedd yna ddim fasach chi wedi medru ei wneud Mr Roberts,

coeliwch fi. Digwyddodd y cwbl yn hynod o sydyn.'

Roedd o'n siarad ym meddwl Tom, fel pe bai'n sôn am ryw ddiwrnod cneifio.

'Yng nghartra'r hen bobol oeddwn i,' meddai Tom. 'Roeddwn i'n siarad hefo fo cyn mynd.'

Gan nad oedd chwaneg o ddiben i'r plismyn aros, roeddent yn amlwg yn awyddus i dorri pethau yn fyr yn y fan honno. Dipyn yn wahanol i'r hen Jenkins yn yr oes a fu.

Aeth Tom yn ei ôl i'r llofft i'w bwrpas gwreiddiol, a thywalltodd gropar helaeth o'r botel rỳm, ac erbyn gweld, roedd arno ei angen am fwy nag un rheswm. Pan aeth yn ei ôl i'r tŷ roedd mam Glenys wedi cyrraedd — Dori, fel y mynnai gael ei galw, yn wallt glas a sbectol ymyl ffansi hefo gwydrau cylchau mawr. Roedd yn atgoffa rhywun o'r pysgod rheiny a welir ar raglenni natur yn llechu dan greigiau yn nyfnderoedd y môr.

Gynted ag yr aeth Tom i'r tŷ roedd hi'n dechrau darlithio yn naturiol am gyflwr ei merch, a rhyw agwedd arni fel pe buasai yn awgrymu bod Hari wedi cynllunio yr holl annifyrrwch a'r gofid.

Roedd Tom wrth gwrs yn gynefin â'i ffyrdd. Fu'r ffaith fod y ddau wedi eu gadael yn weddwon erioed yn foddion iddynt glosio fodfedd at ei gilydd. Pan aeth hi i fyny'r grisiau o'r diwedd, daeth Dilys i lawr a dechrau hel ei phethau.

'Wyt ti am fynd rŵan?' gofynnodd Tom.

'Mae'n rhaid i mi mae arna' i ofn. Mae gen i yr hen wraig fach 'na yn Tai Cledwyn i wneud eto. Mi ddo' i'n ôl amsar te.'

'Dilys, ar dy daith, wnei di ddim galw ar Richie Malan. Gofyn iddo fo ddŵad yma, wnei di?'

'Richie Malan? Wel mi wna' i os ydach chi'n deud.'

Fu Richie ddim yn hir yn ymddangos, ac fe ddaeth â Beryl i'w ganlyn, yn llawn parodrwydd i gymryd rhyw ddyletswydd ar ei hysgwyddau. 'Trist ofnadwy,' meddai hi gan ysgwyd llaw hefo Tom. 'Sut ydach chi'n dal?' Ac yr oedd hi'n dyfalu pam nad oedd Glenys ar gael.

Erbyn hyn yr oedd Tom wedi sadio beth, ac aeth drwy holl hanes y bore, fel pe bai wedi bod yn bresennol drwy gydol yr amser, a gadawodd y ddau iddo fynd yn ei flaen. Roeddent yn ddigon profiadol i wybod bod hynny yn gymorth mawr i rai mewn galar.

'Be ydach chi am wneud?' gofynnodd Richie yn y diwedd.

'Dydw i ddim yn gwybod, fachgan, yn iawn. Mi rydw i'n reit hurt cofia, tasa'r gwir yn cael ei ddeud. Wnes i rioed ddychmygu y basa'n rhaid i mi wynebu peth fel hyn cyn diwadd fy oes. Pwy fasa'n meddwl pan oeddan ni yn claddu Katie? A does gen i neb yn gefn rŵan wyt ti'n gweld. Pawb wedi mynd.'

'Mi wneith Richie bob dim fedar o i chi siŵr iawn — yn gwnei?' meddai Beryl gyda thôn un yn gwybod beth fuasai haeddiant hwnnw am wrthod, ac achubodd hynny y rheidrwydd i Tom ofyn am y gymwynas yn uniongyrchol.

'Pwy sgynnoch chi?' gofynnodd Richie.

'Wel does 'na neb ond yr Hywal 'na y gwn i amdano fo. Does ar yr un o fy nhraed i isio mynd ar ei gyfyl o, ond be arall wna' i?'

'Os ca' i iwsio'r ffôn gynnoch chi mi dria' i gael gafael arno fo rŵan,' meddai Richie. 'Wedyn mi awn ni i'r fynwant, i'r darn newydd 'na y tro yma. Peidiwch â mynd i boeni, mi edrycha' i a'r hogia ar ôl petha i chi. Mae gynnoch chi ddigon ar y'ch plât yn y fan yma hefo Glenys.'

'Oes 'na rywun hefo hi?' gofynnodd Beryl.

'Ei mam hi,' meddai Tom. 'Ond wneith o ddim drwg i chi fynd i'w golwg hi am funud.'

Tra bu Beryl i fyny'r grisiau aeth Richie ar y ffôn yn y cyntedd a bu yno am beth amser. Pan ddaeth yn ei ôl, meddai:

'Wel dyna hynna wedi ei setlo am rŵan, beth bynnag. Fydd dim raid iddo fo ddŵad yma i'ch poeni chi. Mi rydw i wedi trefnu hefo fo i dorri yn y darn newydd yna. Mae hi'n sych yn y fan honno.'

'Fydd raid i ti ddim poeni am dy bres Richie.'

'Wn i. Wedyn mae o am gael gafael ar y person cwac 'na a'i yrru o yma i siarad am y trefniada. Wedyn mi ddown ni â'r corff i'r eglwys.'

'Roeddwn i wedi meddwl ei gael o yma wyddost ti,' meddai Tom. 'Yr hen drefn — cychwyn o'r tŷ.'

Ar hynny daeth Beryl i lawr yn ei hôl. 'Mae hi mewn cyflwr

digon gwantan,' meddai hi heb i neb ei holi.

'Ydi,' meddai Tom. 'Wn i ddim sut y medar hi ei wynebu o.'

'Mi rydan ni i gyd yn cael rhyw nerth, yn tydan Tom Roberts?'

'Yn ôl y dydd meddan nhw. Roeddwn i'n deud wrth Richie y baswn i'n licio ei gael o yma iddo fo gael cychwyn o'i gartra.'

Ddywedodd neb air am ysbaid nes i Beryl fentro siarad.

'Wrth gwrs y'ch dymuniad chi ydi o. Ond ydach chi'n meddwl ei fod o'n beth doeth o dan yr amgylchiadau?'

'Be 'dach chi'n feddwl Beryl?'

'Hefo Glenys fel y mae hi.'

'Ia, mi rydw i'n gweld be sy' gynnoch chi.'

'Ella y basa'n well peidio, Tom,' meddai Richie.

A theimlodd Tom rhyw don o'r hen agosatrwydd cymdeithasol colledig hwnnw yn cael ei ailennyn; cefnder i'r brawdgarwch hwnnw a ddatblygodd rhyngddo fo a'r chwech, pan oedd bywyd un yn dibynnu ar bawb, a phawb ar un. Gresyn y ddynoliaeth oedd fod yn rhaid cael rhyw argyfwng fel hwn iddo ddangos ei ben.

'Wel ia, ella mai dyna fydda ora,' meddai Tom. 'Fynnwn i ar y byd roi chwanag o loes i Glenys.' Yna cododd fel pe bai wedi cofio am rywbeth yn sydyn. 'Richie,' meddai. 'Wnei di ddim rhoi yr hen dractor 'na o'r golwg yn rwla i mi?'

20.

'Oes yma bobol?' gwaeddodd Wil Griffith o waelod grisiau'r llofft ŷd trannoeth. Pan na chafodd ateb, troi ar ei sawdl heb ddod yn agos i'r tŷ fuasai ei hanes mae'n debyg oni bai i Tom ddigwydd ei weld drwy ffenest y gegin, a bu gwaith perswadio arno ddod i mewn i le na feiddiodd roi ei droed o'r blaen.

Tynnodd ei gap ar garreg y drws a daeth i'r parlwr fel dyn yn disgwyl cael ei garcharu yno am ei oes. Roedd yn amlwg fod gweld Tom mor gartrefol yno y tu hwnt i'w ddirnadaeth ar y pryd, a rheswm da pam. Wedi dod ar sgawt oedd Wil, ar dân eisiau gwybod beth oedd ystyr yr alwad a aeth â'i gydymaith oddi wrtho mor ddisymwth y diwrnod cynt. Doedd o'n gwybod dim am y ddamwain tan y munud hwnnw.

Ond yr oedd eraill, o fewn cylchdaith Dilys, yn gwybod mwy am y newyddion lleol. Dechreuodd pobl ddod i'r drws yn un a dau, ac yr oedd Dilys wedi mabwysiadu swydd tywysydd ac atebydd y ffôn (a oedd yn canu'n gyson), yn ogystal â chogyddes a gwarchodwraig Glenys, a oedd drwy gyngor y doctor yn dal i fyny'r grisiau o gyrraedd y mynd a'r dod.

'Mi fasa'n dda gen i tasa'r ddynas 'na yn mynd am rhyw wsnos o holides,' meddai hi wrth Tom.

'Fasa mis ddim mymryn gormod iddi hi.'

'Mi rydach chi wedi dŵad yn y'ch hôl i'r hen le beth bynnag,' meddai Dilys wedyn, gan fod Glenys wedi mynnu iddo ddod i gysgu i'w hen stafell yn y tŷ.

'Mi fu'n rhaid i mi dalu yn ddrud am y fraint.'

Serch hynny ni fedrai Tom beidio â theimlo rhyw wefr wyrgam wrth feddwl ei fod eto — os mai dim ond dros dro — yn feistr yr

Hendre Ddidol; yn y parlwr yn derbyn y gwesteion, a chyda llais terfynol i ddweud pwy oedd yn cael mynediad neu wrthodiad. Ac ymysg yr holl drallod ni allai ond dyfalu beth a wnâi Glenys ar ôl i bopeth dawelu, a hithau'n feichiog. Fuasai hi'n ailafael — ailbriodi efallai ymhen amser? Daeth dyn y *Miramar* i'w feddwl — yr un a fu, yn ôl Dilys, yn ddigon parod i ddod i mofyn ei wyau yn yr argyfwng presennol — a daeth sobrwydd pellach i Tom. Aeth i ddechrau amau plentyn pwy oedd Glenys yn ei gario.

Ond bu raid iddo roi'r fath feddyliau o'r neilltu i dderbyn yr ymwelwyr, ac fe'i synnwyd wrth weld wynebau rhai na fuont erioed tros ei riniog o'r blaen, ac yn eu mysg Randal Siop Sinc yn ddwfn ei deimlad, ac un o hen ferched y cando ger y pentref. Hefyd Annie, gwraig Lewis, hefo Albyt wrth ei chwt yn ei wisg forwrol a'i dei ddu, yn dweud dim am unwaith yn ei oes ond chwyrlïo ei gap o gylch ei fys; yr oedd cyflwr ei dad a oedd yn dal yn yr ysbyty yn bwysicach i Annie na dim arall ar y pryd. Ymysg y mynd a'r dod daeth dwy Saesnes nas gwelodd neb hwy o'r blaen. 'Roeddwn i'n meddwl mai rhyw berthnasa i chi o ffwr' oeddan nhw,' meddai Dilys, cyn y deallwyd mai Jehofas oedden nhw, yn cynnig eu syniadau am dragwyddoldeb yn rhad o ddrws i ddrws, a heb sylweddoli beth oedd yn mynd ymlaen. Cafodd Dilys ymwared â hwy o'r diwedd drwy fawr berswâd, ond nid cyn iddynt wthio pamffled i'w dwylo yn cynnwys cyfarwyddyd ar y modd i ddelio â phrofedigaeth. Gyda'r nos daeth y ficer.

Cyrhaeddodd ar foto beic mawr Japaneaidd ac wedi ei wisgo fel cystadleuydd yn rasys Ynys Manaw. Roedd ganddo locsyn fel bwndel o saets a wnâi iddo ymddangos fel dyn yn edrych ar y byd tros ymyl nyth pioden. Pan arweiniodd Dilys ef i'r parlwr, cyfarchodd Tom fel porthmon, a thaflodd ei helm galed i gongl y setî. Yr oedd yn amlwg oddi wrth ei agwedd nad oedd ymweld â thŷ galar wedi bod yn bwnc yn y coleg diwinyddol.

Ond yr oedd yn ddyn ymarferol, allai neb wadu hynny. Roedd wedi mynd drwy'r trefniadau i gyd hefo Tom mewn dim, hyd at y manylyn lleiaf, ac fe ategodd farn Beryl a Richie ynglŷn â chychwyn y cynhebrwng o'r tŷ. Ymddangosai mor wirioneddol ddiffuant ynghylch cyflwr Glenys fel na fedrai Tom ddim llai na'i

146

wahodd i'w gweld, a da o beth fu hynny. Roedd Glenys yn amlwg yn mwynhau ei gwmni am fod ganddo'r gallu prin hwnnw i feddiannu meddyliau pobl a'u tywys dros dro o ardaloedd eu pryder. Gan fod mam Glenys wedi mynd yn ei hôl i'r dref am y diwrnod, gadawodd Tom y ddau yng nghwmni ei gilydd. Pan ddaeth y ficer i lawr y grisiau o'r diwedd, meddai:

'Mae hi'n amlwg wedi codi tipyn ar ei hysbryd. Wrth gwrs mae'n siŵr fod y mymryn lleiaf yn ddigon i'w tharfu yn y cyflwr yna. Roedd hi wedi cynhyrfu wrth glywed sŵn y tractor ddoe meddai hi. Ei hatgoffa 'ych chi'n gweld.'

'Wnes i ddim meddwl am hynny,' meddai Tom.

'Na . . . wel . . . Fe soniais i am beth arall wrthi hefyd Mr Roberts. Rwy'n credu y buasai o les iddi ddod i'r eglwys am funud cyn diwrnod yr angladd — i gynefino â gweld yr arch 'ych chi'n gweld. Ni fydd cymaint o sgytfa iddi pan ddaw y diwrnod ei hun wedyn. Mae hi wedi cydsynio i ddod. Fe ddowch chi â hi rwy'n siŵr. Fydda' i yno yn eich derbyn. Ond cyn hynny mi ro' i ganiad i chi pan fydd Mr Hywel Parry yn dod â'r corff, er mwyn i chi gael bod yn bresennol i'w dderbyn. Fydd dim angen iddi hi ddod wrth gwrs — wel hynny yw — os nad ydi'n dymuno gwneud hynny.'

Gwnaeth geiriau'r dyn argraff ar Tom a bu raid iddo newid ei farn amdano, ond doedd hwnnw ddim am wastraffu unrhyw gyfle i helaethu ei genhadaeth ychwaith.

'Fydda' i byth yn eich gweld yn yr eglwys Mr Roberts,' meddai.

'Dydw i ddim wedi bod ers tro,' meddai Tom a gorchfygodd yr awydd i ddisgrifio'r diflastod a gafodd yno ar y Pasg olaf hwnnw. Yn hytrach dywedodd:

'Dydi f'arferion i ddim yn gyson â rhai'r Cristionogion.'

'O, beth yw rheiny?'

'Gadael llonydd i wragedd pobl eraill a chadw allan o ddyled.'

Gwenodd y dyn, yna trodd ei sylw at y darlun mawr ar y mur. 'Mae hwn yn cadw ei gyflwr yn dda,' meddai. 'Y buarth yma os nad wy'n camgymryd?'

'Tua throad y ganrif. Fy nain weddw ydi honna, fy nhad hefo'r fflôt lefrith a fy modryb Grace, y forwyn fach ydi honna, a'r gweision a'r anifeiliaid yn y cefn.'

'Mae gennych chi gryn atgofion siŵr o fod,' meddai'r ficer. 'Bydd yn rhaid i ni gael sgwrs rhyw ddydd . . . Wel dyna ni'n deall ein gilydd Mr Roberts. Os bydd rhyw anhawster, rhowch ganiad.'

Aeth Tom i'w hebrwng i'r drws gan daflu ambell sylw am y beic modur.

'Rwy'n ei gael yn hwylusach na char i fynd i fannau anhygyrch,' meddai'r ficer gan ollwng y cydiwr. Arhosodd Tom ar ben y drws yn gwrando ar y peiriant yn mynd i fyny'r lôn dan gydio yn y gêrs.

Trannoeth aeth Tom i'r fynwent i weld sut hwyl yr oedd Richie yn ei gael, a chafodd ei foddhau. Roedd y bedd bron yn barod a'r tywydd yn sych er ei bod yn fis Tachwedd.

'Lle iawn ydi hwn ar y boncan 'ma,' meddai Richie. 'Dipyn gwell nag oedd hi arno' ni o'r blaen.'

'Fedran ni ddim cael gwarad â chwmpeini plant chwaith,' meddai Tom gan dynnu ei sylw at y bedd nesaf. 'Yr hogyn bach hwnnw gafodd ei daro ar y lôn isa' 'na ydi hwn 'tê?'

'Ia,' meddai Richie. 'Unig un hefyd. Mae hi'n rhywla o hyd.'

Roedd Tom eisiau galw yn Siop Randal wedyn i gael Dail-y-Post i edrych a oedd hanes Hari wedi cael ei roi yn y golofn marwolaethau, a phan ganfyddodd ei fod yno yn gywir, cafodd beth ryddhad. Fyddai o ddim yn astudio'r colofnau rheiny fel arfer gan gofio dywediad Maugham:

'One need only glance at the obituary columns in the 'Times' to convince oneself that the sixties is a decidely unhealthy decade'.
Wel, beth bynnag, roedd o tros y gagendor honno.

Ond y bore hwnnw sylwodd ar ddatganiad arall:

'Quietly at Ysbyty Gwynedd, Clifford Morgan Lloyd-Davies solicitor, aged seventy three years . . .' Dyna ryw fath o gyd-ddigwyddiad, mab yr hen Sam Lloyd, Clifford, a anafwyd ym mrwydr Monte Casino. Dyfalodd Tom tybed ai dyma fyddai diwedd yr hen gwmni hwnnw o gyfreithwyr ai peidio. Oedd y

weithred roddi yn ddiogel tybed? Wel wrth gwrs, nid ei fusnes o oedd holi.

Pan gyrhaeddodd yn ei ôl cafodd syndod arall, un pleserus. Glenys yn eistedd yn y parlwr yn ei gŵn nos. Hyd hynny roedd hi wedi bodloni ar gael newyddion ail-law am y bobl oedd yn galw. Efallai bod chwilfrydedd wedi mynd yn drech na hi. Os felly, roedd hynny'n beth da.

'Wel pwy fasa'n meddwl,' meddai Tom. 'Mi rydw i'n falch o'ch gweld chi,' ac yr oedd yn gwbl ddiffuant ei air.

'Mi wnaeth gweld y dyn yna neithiwr fyd o les i mi.'

'Dyna chi, mi . . . '

Ar hynny canodd cloch y drws. Roedd Glenys am ddiflannu.

'Na rhoswch,' meddai Tom â'i law ar ei braich. 'I'ch gweld chi mae y rhan fwya yn dŵad. Tydyn nhw ddim yn fy nabod i.'

Yna daeth Dilys i mewn ond doedd yna neb i'w chanlyn. Edrychodd ar Glenys a Tom bob yn ail fel pe bai yn disgwyl gorchymyn.

'Mae'r hen hogan 'na yn y drws,' meddai o'r diwedd.

'Pa hogan?' gofynnodd Tom.

'Yr hipi 'na o Beudy Bach.'

'O honno — d'wad wrthi am . . . '

Ond torrodd Glenys ar ei draws yn gadarn.

'Tyrd â hi i mewn.'

Edrychodd y ddau arni fel lloi newydd gael eu gollwng i olau dydd. Dadebrodd Dilys o'r diwedd, ond cyn iddi fynd yn ei hôl, ysgydwodd ei phen ar Tom.

Daeth Yn Wir i mewn fel llwynoges yn mynd i gwt ieir, ac yr oedd hi'n anghyffredin o drwsiadus a'i gwallt wedi ei rwymo.

'Bore da,' meddai hi, ac estynnodd ei llaw i Glenys. Ddywedodd honno ddim ond estyn ei hun hi.

'*I was very sorry to hear . . . *'

'Diolch i chi,' meddai Glenys. 'Steddwch.'

Roedd gan Yn Wir dusw bach o flodau yn ei llaw, ac yr oedd hi'n edrych arnynt fel pe bai'n disgwyl i rywbeth neidio allan ohonynt.

'Wedi dod â rhain,' meddai yn y diwedd gan eu gosod ar fraich y setî. 'Dim llawer o blodau i gael yn awr.'

'Nac oes,' meddai Glenys. Yna gwaeddodd: 'Dilys' fel pe bai honno yn gaethferch. 'Wnei di ddim taro'r bloda 'ma mewn dŵr.' A phan ddaeth honno, ychwanegodd Glenys: 'A Dilys, gwna banad iddi wnei di. Gymerwch chi un, Dad?'

'Y, o, na chymra' i rŵan diolch.'

'Fi ddim bod yn hir,' meddai Yn Wir. 'Dim eisiau te.'

'O cymerwch,' meddai Glenys. 'Ydach chi'n licio yn y Beudy Bach?'

'O ydwyf, yn braf yno.'

'Lle'r oeddach chi o'r blaen?'

'Lincoln.'

Roedd Tom wedi clywed yr hanes yma o'r blaen, ac yr oedd wedi newid ei feddwl yn sydyn ynghylch y te. Cododd, a heb esgusodi ei hun aeth i'r gegin at Dilys.

'Wel,' meddai wrth honno. 'O holl betha'r byd, be wyt ti'n feddwl o hynna?'

'Mae o'n fyd rhyfadd Tom Roberts. Mi ddyla chi fod wedi sylwi bellach.'

'Dylwn debyg, ond diolch i'r nefoedd mai fel yna mae hi. Mi ddylis i na fasan ni byth yn ei chael hi i lawr o'r llofft 'na.'

'Ella y gwneith siarad hefo'r hogan 'na les iddi hi. Wyddwn i ddim be i wneud hefo hi yn y drws. Roeddwn i'n meddwl bod Glenys am ei lladd hi.'

'Mae amgylchiad fel hyn yn gwneud mawr wahaniaeth i bobol wyddost ti.'

Roedd Dilys yn hel y pethau te at ei gilydd.

'Wyddoch chi be ydw i wedi sylwi?'

'Na wn i.'

'Dydi hi ddim wedi crio yr un deigryn.'

'Mi rwyt ti'n iawn hefyd.'

'Rydw i'n siŵr y basa hi'n well tasa hi'n medru gwneud.'

'Yli, mi gymera' i fy mhanad yn y fan yma,' meddai Tom. 'Dos di â hwnna iddyn nhw er mwyn iddyn nhw gael llonydd i batro hefo'i gilydd.'

Eisteddodd wrth yr ymyl a diflannodd Dilys, ond ymhen

munud roedd hi yn ei hôl hefo'r te heb ei arllwys o gwbl.

'Be oedd y mater?' gofynnodd Tom. 'Wedi newid eu meddylia?'

Sodrodd Dilys yr hambwrdd ar y bwrdd.

'Siarad yn rhy fuan wnaethon ni Tom Roberts,' meddai hi.

'Be wyt ti'n feddwl?'

'Mae hi'n beichio crio ar y setî.'

'Crio! Ydi'r hogan 'na yn dal hefo hi, ynta ydi hi wedi mynd?'

'Na, mae hi wrth ei hochr hi yn gafael amdani.'

21.

Fu Tom erioed yn fwy diolchgar i neb nag y bu i Yn Wir am ddod i'r Hendre y diwrnod hwnnw i fod yn gwmpeini mor werthfawr i Glenys, er bod y ferch yn mynnu nad oedd hi wedi gwneud dim anghyffredin.

Pan oedd hi'n ymadael o'r diwedd, hebryngodd Tom hi i giât y lôn, ac i ddangos ei werthfawrogiad, rhoddodd gusan iddi ar ei boch, a doedd hithau yn dangos dim gwrthwynebiad.

Roedd ei hymweliad wedi dod â rhyw falm iddo yntau hefyd. Wrth eistedd wrtho ei hunan yn y parlwr, noson cyn i gorff ei fab gael ei gludo i'r eglwys, hi oedd ar ei feddwl. Yn ei hurtni aeth i ddychmygu sefyllfaoedd pur annhebygol. Efallai y buasai yn cychwyn carwriaeth — doedd oedran yn cyfrif am ddim wedi mynd erbyn hyn, ac efallai y buasai yn cael plentyn ohoni yn lle ei fab colledig, cydymaith i blentyn Glenys; rhyw fath o ewythr a nai. Roedd pethau fel yna yn lled gyffredin yn y gymdeithas newydd rydd. Dyna fel yr oedd y mwyafrif yn byw heb adduned na phriodas. Pam nad y fo?'

Ni ofynnodd neb i Glenys a oedd hi am fynd i'r eglwys i dderbyn corff ei gŵr. Yn hytrach, roedd hi wedi gwneud ei phenderfyniad ei hun ac wedi gwisgo ar gyfer yr achlysur heb ddweud wrth neb. Pan ddaeth Tom i mewn wedi bwydo'r ieir, roedd hi yn y parlwr yn ei chostiwm ddu.

'Erbyn dau mae arnan ni isio mynd yntê?' meddai hi.

'Ia,' meddai Tom gan geisio peidio â dangos ei syndod.

'Mi rydan ni'n lwcus hefo'r tywydd.'

Ac ni ddywedwyd mwy.

Pan ddaeth yr awr aeth Dilys â hwy yn ei char a galw amdanynt wedyn. Roedd Tom yn eistedd yn y pen blaen yn ei hen siwt orau ac yn teimlo'n chwithig dros ben, a Glenys a'i mam yn y sedd ôl. Roedd o wedi dychmygu y buasai yna drafferthion hefo Glenys, ond nid felly y bu o gwbl. Pan ddygwyd Hari o'r diwedd ar ei elor olwyn, yr hen ŵr ei hun oedd yn fwy trallodus na neb, a gohiriwyd y gweddïau gan y ficer nes iddo ailfeddiannu ei hun. Roedd Hywel Dyna Fo yn hynod o ystyriol a boneddigaidd hefo Glenys, ac yr oedd Tom yn falch o weld Richie Malan yno yn gwylio'r symudiadau o hirbell. Erbyn diweddu'r defodau, Glenys ei hun a ymddangosai yn bryderus ynghylch Tom ac nid fel arall. Roedd o fodd bynnag yn benderfynol o aros ar ôl am ryw reswm, a bu'n rhaid i'r ddwy ferch yn y diwedd fodloni ar ddychwelyd adref hefo Dilys hebddo.

Ei esgus am beidio mynd i'w canlyn oedd ei fod am daro golwg ar betha, ond y gwir oedd, roedd arno eisiau trafod rhywbeth a oedd wedi dod i'w feddwl yn sydyn hefo Richie. Roedd na rhyw syniad anghysurus wedi ei feddiannu ynghylch Hari yn ei arch. Wedi i'r lleill wasgaru aeth y ddau at y bedd agored.

'Mae pob dim yn mynd yn reit ddel hyd yma Tom,' meddai Richie.

'Ydi fachgan, ond gwranda. Mi rydw i'n pryderu ynghylch un peth, a fedra' i ddim ei gael o oddi ar fy meddwl.'

'O, be sy'?'

'Ydi ei ben o yn iawn wyt ti'n meddwl?'

'Ei ben o?'

'Ia, ydyn nhw wedi ei roi o yn ei le yn iawn?'

Fedrai Tom ddim cael madael â'r cof plentyn oedd ganddo am y stori gyfres honno yn 'Cymru'r Plant' flynyddoedd maith yn ôl a ddiddanodd gymaint arno a'i gyfoedion — 'Ysbryd Plas y Nos'. Yr uchelwr Elisabethaidd hwnnw a grwydrai lawntiau'r plas liw nos a'i ben o dan ei gesail am iddo gael ei ddienyddio â'r fwyell ar gam.

Roedd ei gwestiwn wedi syfrdanu hyd yn oed Richie am funud.

'O-o-ydi, mae popeth yn siŵr o fod yn iawn i chi.'

'Wyt ti'n meddwl? Mae hi'n rhy hwyr i edrach rŵan debyg?'

'Ydi,' meddai Richie gan sylweddoli na fuasai'r olygfa yn gwneud dim lles i'r hen ŵr, ac ar hynny y gadawyd y peth.

Ar ôl cael ei gludo adref gan Richie yn y gwyll cynnar, aeth Tom i'w lofft i hel meddyliau. Galwad Dilys ddaeth â fo yn ei ôl i'r byd fel yr oedd. Ar ôl bwyd aeth i rodio ar gwr y coed i'r mymryn tywyllwch a oedd yn dal ar gael o olwg y goleuadau sodiwm a'u sŵn tragwyddol. Roeddent wedi dinistrio'r distawrwydd a'r cysgodion oedd yn gyffur i eneidiau drylliedig.

Yn anochel edrychodd i gyfeiriad yr eglwys, ac yr oedd ffenestr yr allor ar rai edrychiadau yn ymddangos yn olau ac yn dywyll bob yn ail, nes peri anesmwythyd iddo. Doedd yna neb i fod yno ar yr awr honno.

Roedd yn pryderu cymaint nes yr aeth yn ei flaen i gael penllinyn ar y llwybr cefn a ddeuai allan ger cwt yr elor yn y fynwent. Cyn cyrraedd y fan honno fodd bynnag, baglodd ar ei hyd yn y gwair llaith, ac fe roddodd hynny gryn ysgytwad iddo. Pan aeth i mewn i borth yr eglwys o'r diwedd a chynnig y glicied, synnodd fod y drws yn agored. Wedi iddo fynd i mewn i'r adeilad, roedd ei reddf wladaidd yn ei argyhoeddi fod yna rywun yno, ac ni fu raid iddo aros yn hir nes i'w amheuon gael eu gwireddu. Saethodd pelydr o olau arno o'r gangell, a daeth llais cynefin i'w ganlyn.

'O, chi sydd yna Tom?'

Pwysodd Tom ar ben un o'r seddau.

'Rwyt ti'n dal yma Richie. Roeddwn i'n methu â deall. Gweld golau . . . '

Yna sylwodd nad oedd Richie Malan ei hun. Roedd dau arall yn eistedd yn 'sêt llongwrs'.

'Mi ddois i yn ôl hefo'r hogia,' meddai Richie, 'i-i weld bod pob dim yn iawn. Mi wyddoch am beth oeddan ni'n siarad pnawn 'ma?'

'O gwn,' meddai Tom.

'Wel mi rydan ni wedi edrach. Does raid i chi ddim poeni am ddim fel yna.'

'Wyt ti wedi ei gau o yn ei ôl.'

'Do'n tad. Mae pob dim yn iawn, yn tydi hogia?'

Mentrodd un o'r rheiny ategu.

'Cerwch chi adra rŵan,' meddai Richie wedyn, fel pe bai yn siarad â phlentyn. 'Mae mwy o'ch isio chi yn y fan honno heno.'

'Oes debyg.'

'Mi rydan ni am fynd am beint rŵan drwy'r llwybr cefn 'ma. Mi fyddan ni yma fory i edrach ar ôl petha. Cerwch chi rŵan.'

Roedd hynny yn eithaf cyngor i hen ŵr felly yr adeg honno o'r nos ac ar ei ben ei hun yn ei gyflwr o.

'Ydach chi isio i un o'r hogia 'ma ddŵad hefo chi?'

'Na mi fydda' i'n iawn wyddost ti. Mi a' i rownd y lôn. Fydda' i ddim gwerth.'

Serch hynny, pan aeth drwy borth yr eglwys roedd yn synnu braidd fod Richie wedi cynnig ei ddanfon gan nad oedd yna arwydd o'r un car yn y lôn. Trodd yn ei ôl wedi cofio am beth arall, ac yr oedd Richie ar hogiau ar fin gadael.

'Paid â chloi Richie,' meddai. 'Ella y do' i yma bora cynta i ffarwelio. Dim ond y fo a finna wyddost ti.'

'Wna' i ddim 'ta,' meddai hwnnw braidd yn ddiamynedd erbyn hyn. 'Mi fydd yn well i chi fynd rhag ofn i chi gael rhyw oerfal eto.'

Aeth Tom i'w wely yn gymedrol y noson honno, ac er ei holl bryder syrthiodd i drwmgwsg sydyn. Fodd bynnag, cafodd un o'i hunllefau — arwydd o effaith yr holl straen a'r galar. Cafodd Glenys hyd yn oed ei tharfu, a daeth i'w stafell. Roedd y ddau wedi closio at ei gilydd yn arw yn wyneb y gelyn cyffredin, fel gwylltfilod y coed, yr helwyr a'u prae yn cyd-ddianc o flaen tân heb gymryd yr un sylw o'i gilydd.

Aeth Tom i lawr y grisiau i wneud paned i'r ddau, ac yr oedd yn damio'i hun yn ddistaw bach am achosi y fath fraw dianghenraid. Rhag rhyfygu ailadroddiad, penderfynodd aros yn y parlwr. Roedd yn dyheu am doriad dydd er mwyn cael mynd i'r eglwys. Ni fyddai hynny eto am rai oriau, a threchwyd ei amynedd i ddisgwyl gan anesmwythyd meddwl. Cofiodd, ynghanol yr holl gymysgfa afresymol a oedd yn melltennu drwy ei feddwl, am ysbeilwyr beddau a folt Plas Iorwen ac am yr eglwys agored. Rhwng un dychymyg a'r llall yr oedd wedi mynd bron yn amddifad o'r gallu i ymresymu yn gytbwys. Gwisgodd yn dawel ac aeth i'r llofft ŷd i mofyn y *Purdey* a'i botel rŷm, a chychwynnodd am yr eglwys mewn stad sombïaidd, heb ofni dim o fewn nef na daear.

Doedd Richie ddim wedi cloi y drws, yn unol â'i addewid. Aeth Tom i mewn eilwaith, ac nid oedd yno ddim ond distawrwydd a thywyllwch oddigerth llewyrch gwan copraidd o un o lampau'r lôn a ddeuai yn wanaidd o hirbell i daro ar gongl y groes a gwneud amlinell annelwig o'r arch o flaen yr allor.

Eisteddodd Tom yn un o'r seddau blaen a'i wn wrth ei ochr. Yfodd yn helaeth o'r botel rŷm, ac yna, pan oedd hwnnw yn taenu ei effaith danbaid drwy ei wythiennau, dechreuodd ymgomio â'i fab marw. Dywedodd wrtho fel yr oedd yn hyn ac yn arall pan yn blentyn, yn llanc a gŵr ifanc. Gofynnodd iddo a oedd yn cofio'r peth yma a'r digwyddiad arall. Atgoffodd o am y ferlen fach froc a brynodd ei fam iddo gan y Sipsiwn. 'Mi gei gwmpeini dy fam,' meddai wedyn yn ei fonolog offeiriadol undonog. 'Mae'n siŵr ei bod hi'n methu â deall erbyn hyn beth sydd yn fy nghadw inna.'

Yna tawodd yn sydyn. Dychmygodd glywed car yn stopio yn y lôn y tu allan i borth yr eglwys. Ymhen rhai munudau sylweddolodd nad dychmygu ydoedd. Clywodd grensian traed ar raean y llwybr y tu allan. Yr oedd rhywrai yn dod at ddrws yr eglwys. Cododd Tom a gafaelodd yn y *Purdey* a cherddodd yn gyflym i lawr y gangell i wyll dyfnach o dan y clochdy, wrth ochr sêt llongwrs. Aeth y sŵn heibio fodd bynnag i fyny'r llwybr i gyfeiriad folt Plas Iorwen.

Daeth arno awydd cryf i fynd allan i weld yn nharth y rŷm, ond rhesymodd wedyn mai aros a fyddai orau i warchod ei fab. Pawb i edrych ar ôl ei feirwon ei hun, ac yr oedd ar fin mynd yn ei ôl i'w sedd pan glywodd sŵn y traed yn dychwelyd, a'r tro yma daethant i mewn i'r porth. Yr oedd sŵn clicied y drws yn agor fel ergyd mortar yn y distawrwydd. Yna saethodd pelydr o olau i lawr y gangell tua'r allor a'r arch.

Dau ddyn oedd yno, ac wrth amlinell eu capiau adnabu Tom hwy fel plismyn. Gadawodd iddynt gerdded i lawr y gangell, ac yna cuddiodd y *Purdey* o dan sêt llongwrs. Mae'n rhaid ei fod wedi gwneud sŵn, oherwydd trodd y golau yn gylch nes yr oedd yn union ar ei wyneb, a daeth llais o'r tu ôl i'r pelydr yn gofyn:

'Be ydach chi'n wneud yma?'

Roedd yna rhyw fileindra dinodwedd wedi gafael yn Tom yn sydyn. Y *krauts* diawl yn dŵad i'r fan gysegredig honno i halogi ei gymundeb olaf â'i fab cyn iddo gael ei roi yn y ddaear.

'Tasat ti'n diffodd y gola 'na mi fasa yn haws i mi dy atab di,' meddai.

Symudwyd y pelydr i gyfeiriad arall am funud.

'Pwy ydach chi?' gofynnodd un o'r plismyn wedyn ar ôl symud i fyny'r gangell.

'Mi rydw i'n digwydd bod yn dad i'r dyn sydd yn y gist yna.'

Roedd y plisman fel pe bai wedi ei daflu am funud, a'r gorau a allai ei wneud oedd ailadrodd ei gwestiwn cyntaf.

'Cadw gwylnos,' meddai Tom.

'Be ydi hynny?'

'Defod Padi — *wake.*'

Doedd y dyn ddim yn gwybod beth oedd hynny chwaith, nes i Tom fynd i ddyfalu ffasiwn safon o ddeallusrwydd oedd ei angen i fynd yn blismon. Doedd ganddo ddim dewis ond defnyddio'r termau symlaf.

'Mi rwyt ti'n gwybod bod 'na rai yn ymyrryd â'r beddi yn y fynwant yma?'

Nac oedd o.

'Wel rydw i'n cadw golwg rhag i rywun ddŵad i wneud drwg i'r arch yna.'

Roedd y ddau erbyn hynny fel pe buasent yn fodlon derbyn ei eglurhad.

'Ers faint ydach chi yma?'

'Hannar awr i dri chwartar.'

'Ydach chi'n adnabod Mr Hywel Parry yr ymgymerwr?' Roedden nhw'n gwybod beth oedd hwnnw mae'n rhaid.

'Y fo sydd yn trefnu i mi.'

'Pa bryd y gwelsoch chi o ddiwetha?'

'Y — pnawn 'ma — ddoe erbyn hyn.'

'Dim ar ôl hynny?'

'Naddo. Pam? Ddylwn i?'

'Ydach chi wedi clywad rhywun yn cerdded o gwmpas ers i chi ddŵad yma?'

'Dim adyn. Mae rheina tu allan yn ddigon tawal.'

'Ydach chi'n gwybod ei fod o wedi cael ei anafu?'

'Na wn i. Ar y ffordd felly?'

'Yn y fynwant yma yn gynharach heno.'

'Duwcs, sut felly?'

'Mi ddaru yna rhywrai neidio arno fo yn y tywyllwch. Roedd yna ddau beth bynnag, os nad tri, ond mi allodd ddŵad adra yn ei gar yn y diwadd, ond mae 'na olwg mawr arno fo.'

'Does 'na betha! Beth bynnag, wnes i ddim. Mi fydd arna' i angan ei wasanaeth o ymhen ychydig oria.'

'Dydw i ddim yn meddwl y bydd o ar gael i wneud dim i neb am ddiwrnod neu ddau beth bynnag,' meddai'r plisman. 'Oedd yna rhywun hefo chi pan welsoch chi o pnawn ddoe?'

'Fy nheulu a chyfaill.' Pan ddywedodd hynny daeth rhywbeth i'w feddwl yn sydyn, a gofynnodd, 'Be oedd o'n da yma yr adag yna o'r nos?'

'Roedd o wedi cael galwad ffôn yn deud bod yna rywun yn yr eglwys. Roedd o'n annoeth yn dŵad ar ben ei hun wrth gwrs.'

'Oedd, y creadur,' meddai Tom, ddim yn sylweddoli bod taw yn agos ato fo'i hun, a bu bron iddo awgrymu wrthynt fod rhywun efallai wedi clywed Richie Malan a'r hogiau yno ac wedi amau nad oeddent ar berwyl da, ond ataliodd mewn pryd.

Roedd y plismyn erbyn hyn wedi canfod rheolwr y golau, ac fe newidiodd yr adeilad ei naws ar amrantiad i Tom, o fod yn seintwar gynefin, i le estronol hefo'i atodiadau Pabyddol. Yna gwelsant y botel ar y sedd.

'Chi sydd yn yfad hwnna?'

'Cerddad yr ydw i. Gymerwch chi gropar?'

'Sut y daethoch chi i mewn yma?'

'Roedd y drws yn agorad.'

'Rhyfadd iawn.'

Roedd sŵn ar y dyn fel pe bai wedi ei siomi na ddaliodd

unrhyw un yn troseddu, a doedd yna ddim agwedd o gydymdeimlad am brofedigaeth yr hen ŵr ar yr un o'r ddau.

'Beth bynnag, mi dynnais am fy mhen cyn dŵad i mewn,' meddai Tom.

'Am faint ydach chi'n bwriadu aros?'

'Nes y goleuith hi bellach.'

'Does arnoch chi ddim ofn mewn lle fel hyn?'

'Dim ond y byw. Wneith y lleill fawr niwad i mi. Fe wnaiff rhyw adag i minna rŵan hefyd ond iddo fo fod yn sydyn.'

'Wnewch chi ddim byd gwirion,' meddai un dan gerdded i gyfeiriad y fedyddfaen.

'Os oes wnelo edrychiad rhywbath â fo, chdi sy' mewn peryg o wneud hynny.'

Daeth y dyn yn ei ôl. 'Mi faswn i'n ofalus daswn i yn y'ch lle chi yr hen ddyn,' meddai.

'Sut wyt ti'n meddwl y dois i drwy bedair blynadd o ryfal?' atebodd Tom, ac ychwanegodd mewn malais. 'Oes arnoch chi isio gwybod rhywbath arall? Mae pwy bynnag roddodd gweir i'r dyn wedi mynd yn ddigon pell erbyn hyn i wneud dryga mewn rhyw blwy arall. Pam nad ewch chi i warchod yr hipis yn y twll chwaral 'na yn Nanlla rhag ofn i ryw niwad ddŵad iddyn nhw, a gadael llonydd i hen bobol gladdu eu plant mewn heddwch?'

Roedd y plismyn yn sylweddoli nad oedd yna fawr ddim a allent ei wneud â fo, ac ymadawsant gan adael Tom i ddyfalu a phryderu beth fuasai yn digwydd ynghylch y cynhebrwng os nad oedd Hywel Dyna Fo yn ddigon tebol i ddod yno.

22.

Gwawr lwydaidd, Dachweddol, oedd i'r bore pan adawodd Tom yr eglwys a cherdded i'r Hendre Ddidol. Pan aeth i'r tŷ roedd mam Glenys yn y gegin.

'Lle rydach chi wedi bod yn neno'r tad?' gofynnodd. 'Mae'r hogan 'ma wedi bod yn pryderu yn y'ch cylch chi, fel tasa ganddi hi ddim digon o brofedigaeth yn barod.'

'Lle mae hi?'

'Mae hi wedi mynd i gysgu o'r diwedd, ac mi rydw i am adael iddi hi. Mi fydd arni angen hynny o nerth sydd ganddi erbyn y bydd y diwrnod trosodd.'

Dywedodd Tom fod hynny yn eithaf gwir, a phrysurodd i adrodd y newydd anffortunus am Hywel Dyna Fo; rhoddodd hynny rywbeth arall iddi feddwl amdano am funud.

'Be wnawn ni rŵan?' meddai hi.

'Wneith o fawr o wahaniaeth fydd o yno ai peidio,' meddai Tom er mwyn dangos annibyniaeth. Ychwanegodd, 'Mi fydd Richie Malan yno,' er ei fod yn gwybod pa farn oedd gan y ddynes am y dyn hwnnw a'i deulu.

'Gwneud er mwyn cael maen nhw,' meddai hi fel y disgwyl.

I wneud yn siŵr, fodd bynnag, aeth Tom i weld Richie y peth cyntaf. Roedd Beryl ar ei gliniau ar yr aelwyd yn perswadio tân cyndyn i gynnau, a'i gŵr yn hel rhyw fymryn o frecwast at ei gilydd.

'Mi rydach chi'n fora iawn,' meddai Beryl gyda sŵn un yn amau nad oedd pethau fel y dylent fod. 'Diwrnod mawr i chi Tom Roberts. Gobeithio y deil hi'n sych beth bynnag.'

'Ia,' meddai Tom a daeth at fyrdwn ei neges ar ei union.

'Glywaist ti am Hywal, Richie?'

'Naddo,' meddai hwnnw, a doedd hynny fawr syndod yr awr honno o'r dydd.

'Mae o wedi brifo.'

'Wedi cael *crash* mae o?' gofynnodd Beryl.

'Wedi cael ei guro gan rywun yn y fynwant neithiwr.'

'Pwy ddeudodd wrthach chi?' gofynnodd Richie yn sydyn.

Adroddodd Tom hanes y plismyn yn yr eglwys.

'Oeddach chi yno yr adag honno o'r nos?' meddai Beryl. 'Fasa yr un o fy nhraed i yn mynd yn agos at y lle.'

'Oeddan nhw yn y'ch holi chi?' gofynnodd Richie wedyn.

'Oeddan, fel taswn i wedi gwneud.'

'Faint o'r gloch oedd hi?'

'O, hannar awr wedi tri i bedwar.'

'Oedd ganddyn nhw rhyw gès pwy oedd wedi gwneud?'

'Doedd 'na ddim sŵn felly arnyn nhw.'

'Wyddoch chi ddim pwy sydd hyd y fan 'ma yn y nos wyddoch chi,' meddai Beryl. 'Mi rydach chi ar fai, wyddoch chi, yn crwydro y'ch hun.'

'Ia, dyna pam roeddwn i isio i chi fynd neithiwr,' meddai Richie. 'Ella mai chi fasa wedi ei chael hi.'

'Wel che's i ddim,' meddai Tom. 'Y peth ydi, os na ddaw hwnna bora 'ma, sut gwnawn ni hebddo fo?'

'Mi eith y byd yn ei flaen hebddon ni i gyd Tom. Mi ddo' i yno hefo un o'r hogia 'ma. Mi fydd pob dim yn iawn i chi.'

Ac felly y bu.

Cynhebrwng 'pobol fawr' chwedl nhwtha oedd o; un ar ddeg y bore, teulu yn unig yn y tŷ. Roedd gwraig Hywel wedi ffônio yn gynharach i ddweud beth oedd Tom yn ei wybod yn barod, ac yn ymddiheuro am yr anhwylustod, ond fe fyddai yn sicrhau bod rhai eraill yn bresennol i gymryd lle ei gŵr.

'Fydd dim angan,' meddai Tom yn bendant. 'Mae gen i ddynion fy hun.' A gofynnodd iddi sut yr oedd Hywel, a dywedodd hithau ei fod cystal â'r disgwyl wedi cael y fath gurfa.

'Wn i ddim pwy fasa yn gwneud y fath beth i ddyn am ddim rheswm yn y byd,' ychwanegodd.

Pan gyrhaeddodd Tom borth yr eglwys ganol y bore hefo Glenys a'i mam a Dilys, cafodd ei synnu gan y cynulliad o bobl oedd yn disgwyl eu dyfodiad yn y lôn, i gyd yn iau nag oedd o. Rhoddodd sylw arbennig i'r ffaith nad oedd yn adnabod y mwyafrif, ac yr oedd hi yr un fath y tu mewn i'r eglwys.

Bu'r ficer yn ddigon doeth i beidio â mawlganu; doedd o ddim yn adnabod Hari. Pan ddaethant allan wedyn, roedd y ffurfafen yn dechrau pruddhau ar gyfer gollwng gwyll cynnar. Roedd Glenys yn dal ei gafael ym mraich Tom ar hyd yr adeg, fel un yn cael ei hachub rhag boddi, nes iddo yntau fynnu datgysylltu i fynd i afael yn y cortyn pen, fel yr arferid gan y perthynas agosaf, i ollwng ei fab i lawr. Roedd Richie Malan yno yn soled yn sicrhau fod y gweithgareddau yn cael eu gwneud yn iawn a dyladwy. Roedd wedi dod ag un o'i feibion, a chanddo wallt llaes rhwymedig fel cynffon ceffyl ar ei wegil a modrwyau yn ei glustiau, fel un o fôr-ladron Hari Morgan.

Daeth amryw wedyn i ysgwyd llaw hefo Tom, a'r un llith oedd ganddo bron i bob un.

'Diolch i chi. Wn i ar wynab y ddaear pwy ydach chi, chwaith.'

O — roedden nhw wedi bod yn yr ysgol hefo Hari neu yng nghlwb yr amaethwyr ieuanc, neu yn gyfeillion i Glenys, ac yr oedd eu hagwedd mor ddiffuant nes chwalu y syniad cyntaf hwnnw a gafodd Tom yn ei ben — eu bod yno am fod y farwolaeth wedi bod mor drychinebus, ac i weld sut yr oedd Glenys ac yntau 'yn dal'. Ond rhoddodd fwy o sylw i'r hen wreigan honno a ddaeth dan egluro:

'Roeddwn i'n gweini hefo'ch gwraig — Ellen Davies.'

Arhosodd Tom ar ôl am funud i gael gair hefo Richie a oedd wedi ymneilltuo y tu ôl i feddfaen i roi ei ofarôl tros ei siwt las i briddo.

'Mi aeth pob dim yn braf yn y diwadd, Tom — tipyn gwell na'r tro diwetha.'

'Diolch i'r nefoedd, ac i chditha,' ac ychwanegodd, 'mi fydd yn rhaid i mi fynd i chwilio am Hywal, debyg, i dalu iddo fo. Lle mae o'n byw d'wad?'

'Faswn i ddim yn mynd o fy ffordd taswn i'n chi. Dydi o ddim yn rhy sâl i yrru ei fil gewch chi weld.'

Cafodd Tom ei gludo adref gan un a oedd wedi cael ei wahodd yno i gael pryd, ac nid rhai o bell oedd y rhai breintiedig i gyd. Roedd yno eithaf llawnder hefyd, wedi ei baratoi ar eu cyfer drwy ddiwydrwydd Dilys a Beryl, a oedd wedi mynd i ymryson braidd am fod yn feistres y gegin; ond prin oedd y cynnyrch cartref. Bu'n rhaid rhoi cryn berswad ar Wil Griffith hefyd, i ddod i mewn i fwydo ei frechdan yn ei de.

Roedd mwyafrif y gwesteion o genhedlaeth Glenys; rhai yn iau, ac fel yn yr eglwys, yn ddieithriaid i Tom. Yn eu mysg roedd un neu ddau na sylwodd arnynt yn y fynwent, yn cynnwys dyn y *Miramar* a oedd braidd yn neilltuedig oddi wrth y gweddill.

'Dos di â hon i'r hen foi 'na,' meddai Dilys wrth Beryl gan estyn cwpanaid o de. 'Fedra' i ddim diodda yr hen lwtrach.' Ychwanegiad i'w geirfa a ddysgodd, mae'n debyg, wrth sgwrsio hefo Tom.

Efallai mai ffolineb yw awgrymu i gynhebrwng gŵr wneud lles i weddw erioed, oddi gerth efallai Gatrin o Ferain, ond yr oedd cael ei hamgylchynnu gan yr holl bobl deimladwy yma ac adnewyddu hen adnabyddiaeth, wedi symud meddwl Glenys yn iachusol. Roedd hi mewn congl hefo dwy neu dair o'i chyfoedion, y rhai nad oedd wedi ei gweld ers pobiad neu ddau, a chlywai Tom ddarnau o'r sgyrsiau yn awr ac yn y man, a'r cwestiynau eiddgar. 'Ble rwyt ti rŵan? Lle'r est ti ar ôl gadael y *Nelson*? Be mae dy ŵr di'n wneud hefyd? Faint o blant . . . ? O — mi fydd gen ti un dy hun gyda hyn.' Ond ar draws pob dim nid oedd Glenys am iddo yntau, Tom, gael ei anwybyddu.

'Dowch yma, Dad. Mi glywsoch fi'n sôn am Hafwen. Dyma fy nhad-yng-nghyfraith. Wn i ddim beth wnawn i hebddo fo rŵan . . . '

Roedd yr awyrgylch erbyn hyn wedi toddi i ansawdd cyngerdd poblogaidd, a'r rhan fwyaf wedi llwyr anghofio y rheswm a ddaeth â hwy at ei gilydd rhyw ddwyawr ynghynt, ac yr oedd y cardiau cydymdeimlad a oedd yno'n rhesi yn rhoi rhyw naws megis dathliad penblwydd i'r lle, yn hytrach na galar. Rhwng y gegin a'r parlwr roedd Tom yn chwilio am rywun at ei oed, ac yr oedd y rheiny yn denau ar wyneb y llawr; ond roedd tameidiau o'r sgyrsiau yn addysg ac yn agoriad llygad. 'A phan oedd ei wraig o yn cael y plentyn diwetha 'ma yn y tŷ, roedd o yn y sied yng ngwaelod yr ardd hefo'r *home help* meddan nhw.'

Ac yr oedd Beryl wrth weini ar un criw yn amlwg wedi tarfu ar eu trafodaeth. Clywodd Tom hi'n dweud yn bendant:

'Ia, mi rydach chi'n iawn. Mae o'n gywilydd o beth intyrffirio hefo llechan goffa'r hogia. Roedd y rheina yn fêts i 'nhad. Wn i ddim be fasa fo'n ddeud. Mi rydan ni am sgwennu i'r hen foi addysg 'na hefyd . . . '

Drwy'r gyda'r nos roedd Tom ar gael fel porthor gwesty yn hebrwng yr ymadawedigion at eu ceir, neu yn ffarwelio â hwy ar y trothwy, ac yr oedd yn dyheu am ei wely.

Roedd Glenys wedi perswadio dau neu dri o hir deithiau i aros y nos, ac yr oedd Tom yn ddigon parod i ildio ei stafell am y noson a dychwelyd i dawelwch ei lofft, ond ni chysgodd am dipyn.

Roedd yn meddwl am Yn Wir a'i gynlluniau ar ei chyfer, ac fe ddaliai i ddychmygu'r sefyllfaoedd annhebygol rheiny o hyd, ond yr oedd wedi ei siomi na ddaeth hi i'r cynhebrwng.

Meddyliodd wedyn efallai ei bod hi wedi ymddangos ar ôl i bawb arall fynd, i daflu rhyw flodyn i'r bedd cyn i Richie briddo. Rhywbeth bach ramantus fel yna oedd hi, ac yn fwy annwyl oherwydd hynny.

23.

Y peth oedd yn synnu Tom fwyaf, ar ôl i bawb wasgaru a'i adael yntau yn y tŷ unwaith eto yng nghwmni Glenys oedd y ffaith na welwyd arwydd o gwbl o Monique Larores drwy gydol yr amser. Os oedd hi ym Mhlas Iorwen o hyd, buasai yn siŵr o fod wedi clywed am Hari, ac fe ddychmygai fod arferion cymdeithasol cefn gwlad Quebec rywbeth yn debyg i'w rai yntau. Nid Tom oedd yr unig un i sylwi.

''Dan ni ddim wedi gweld eich ffansi ledi chi ers tro naddo?' mentrodd Dilys wrth daro heibio y pnawn canlynol.

Roedd Tom wedi bod yn y fynwent yn gweld y bedd, a chafodd ei foddhau o weld sut yr oedd Richie wedi troi ei wyneb fel cwch ar ei waered ac wedi gosod y torchau blodau mor ddestlus. Yna daeth bil Hywel Dyna Fo, ac er nad oedd yn cynnwys tâl y torrwr na'r cludwyr, roedd Tom yn meddwl ei fod yn eithaf digon. Ato fo y cafodd ei gyfeiro, ond mynnai Glenys ei dalu i gyd ei hun.

Allai o ddim llai nag edmygu Glenys am y modd y bu iddi ymddwyn drwy'r holl helynt. Roedd yn amlwg fod ynddi rhyw ddur a dewrder anghyffredin. Llwyddodd i ailafael yn ei dyletswyddau dyddiol a busnes yr wyau ymhen dim o amser, ac yr oedd wedi dechrau cynllunio a derbyn archebion ar gyfer tymor yr ymwelwyr y flwyddyn ganlynol wedyn hyd yn oed.

Roedd hi bob amser wedi bod braidd yn ffurfiol ei gwisg, ond daeth iddi yn sydyn ryw awydd i ganlyn dulliau'r oes. Daeth i lawr i'r gegin un bore wedi ei gwisgo chwedl Tom, fel *principal boy* mewn pantomeim, ond ddywedodd o yr un gair nes y cafodd gyfle ar Dilys yn ddiweddarach.

'Be wyt ti'n feddwl o'r coesa crëyr glas 'na?'

'Iawn 'te. Fel yna maen nhw i gyd heddiw. Mae'n well i chi ei gweld hi fel yna yntydi na phetasa hi wedi cau arni ei hun yn y llofft?'

'Rwyt ti'n iawn debyg. Wyt ti'n meddwl y collith hi Hari?'

'Mae hi'n siŵr o wneud yntydi.'

'Wn i ddim, wyddost ti. Mi rydw i'n credu mai y sioc o gael hyd iddo fo ddaru effeithio arni fwya.'

'Wyddoch chi be, mi rydach chi'n un amheus.'

'Wedi gorfod bod 'te Dilys?'

Yn y cyfnod hwnnw roedd Tom yn mwynhau cael byw yn y tŷ yn ystod y nosweithiau hirion a'r tywydd oer. Ond o rym arferiad, byddai'n codi yn gynnar yn y boreau a dod i lawr i'r gegin i ferwi paned o de, a thra byddai'n ei hyfed byddai'n gwrando ar newyddion y radio.

Un bore, yn fuan wedyn, daeth newydd fod pedwar tŷ wedi eu llosgi yng Nghymru — dau yn y gogledd yn ôl yr adroddiad. Roedd yn amlwg nad oedd y busnes hwnnw hefo Richie yn ddigon o fwgan i'r llosgwyr roi terfyn ar eu gweithgareddau. Doedden nhw — y llosgwyr go iawn — ddim wedi dychryn, a rhoddodd hynny wefr i Tom. Roedd wedi dechrau colli ffydd ar ôl i'r Meibion fygwth targedu unigolion os na fuasai'r rheiny yn diflannu tros y Clawdd erbyn rhyw ddyddiad arbennig. Credai fod bygythiad o'r fath, heb ei gyflawni, yn dangos gwendid.

Pan ddaeth Glenys i lawr o'r diwedd, y peth cyntaf a wnaeth oedd ailadrodd yr hyn a glywodd ar y radio.

'Y ffyliaid,' meddai hithau. 'Dydyn nhw ddim yn meddwl, debyg, na ddaw'r bobol ddiarth yn ôl wedi iddyn nhw glywad am betha fel yna? Mi fydd rhywun yn cael ei losgi yn y diwadd — siŵr o gael.'

Doedd y radio ddim wedi dadlennu union leoliad y tai, ond daeth y wybodaeth honno gyda dyfodiad Dilys.

'Y Beudy Bach ydi un ohonyn nhw,' meddai, a hithau heb brin groesi rhiniog y gegin, 'a rhywla yn ymyl Abersoch.'

Roedd Tom a Glenys am y cyntaf yn ebychu. 'Y Beudy Bach!' Ond achubodd Glenys y blaen hefo'i chwestiwn.

'Lle mae'r hogan?'

'Wn i ddim,' meddai Dilys.

'Wnest ti ddim holi?' gofynnodd Tom.

'Welais i ddim ond un neu ddau wrth ddŵad. Ond mae o'n eitha gwir i chi. Mae'r lle i'w weld o'r lôn yn ddu i gyd.'

Glenys a ddaeth gyntaf o'i syfrdandod. 'Cerwch i lawr i'r pentra, Dad,' meddai hi, 'i edrach fedrwch chi gael gwybod rhywbath.'

Doedd yna fawr o waith perswadio ar hwnnw. Neidiodd i'w gar fel gŵr ifanc a chychwynnodd am dŷ Richie Malan, ond ymhell cyn iddo gyrraedd roedd y dystiolaeth yn amlwg. Arhosodd ar fin y ffordd i gael golwg drwy ei sbienddrych. Doedd yna ddim yn weddill o'r Beudy Bach ond dau dalcen a chyrn simdde. Roedd o wedi cipio fel eithin mae'n rhaid gan ei fod yn sych a hen. Fuasai gan neb fawr o siawns i ddianc pe bai wedi ei ddal yn un o'r llofftydd, a rhoddodd y syniad loes iddo. Efallai bod Yn Wir yn lludw rhwng y ddau dalcen heb angen bedd na chynhebrwng, a daeth yr hyn a ddywedodd hi yn y fynwent y diwrnod hwnnw wrth sôn am fedd Ellen — y byddai hithau mewn bedd rhyw ddydd — yn fyw i'w gof. Ac erbyn hynny doedd ei edmygedd o Feibion Glyndŵr ddim llawn mor frwdfrydig, ac yr oedd Glenys hefyd wedi dweud . . . Roedd yn rhaid iddi ddod i hynny yn hwyr neu hwyrach debyg, ond yr oedd yn rhaid iddo gael gwybod y gwir. Doedd yna ddim diwedd ar brofedigaethau; roedd hi bron fel rhyfel — Katie Davies, Hari, a rŵan . . .

Pan gyrhaeddodd dŷ Richie roedd hwnnw yn taflu bwyd i ryw hanner dwsin o ieir oedd ganddo ym mhen draw'r cowt, a golwg fel pe bai newydd "ddŵad i'r wynab" arno, chwedl ei wraig.

'Mae 'na rywun wedi bod yn gweithio neithiwr,' meddai Tom.

'Arglwydd, do. Un da oedd o hefyd.'

'Welaist ti o?'

'Do'n Duw. Newydd fynd i 'ngwely ro'n i, wedi bod am danc, ac ro'n i'n methu deall be oedd rhyw ola melyn ar y parad, nes i mi fynd at y ffenast, a dyna lle'r oedd o yn wenfflam. Mae'n rhaid bod rywun wedi galw Sam Tân. Mi ddaeth rheiny yn y diwadd, ond hyd yn oed tasan nhw yno'n barod, doedd yna ddim siawns i'w achub o. Hen le wedi crino 'te Tom. Roeddan nhw yn deud mai hen dŷ unnos oedd o i ddechra yn doeddan, a bod yna bentyrra o fwsog yn ei furia fo?'

'Oedd na? Be sy' wedi digwydd i'r hogan, wyddost ti?'

'Na, chlywais i ddim sôn amdani. Doedd o ddim yn deud ar y niws chwaith, os oedd hi yno. Mae rhai fel yna ym mhob man yn tydyn?'

'Est ti ddim i edrach?'

'Arglwydd, naddo!' meddai Richie yn bendant, fel pe bai Tom wedi gofyn iddo a oedd wedi meddwl am daflu ei hun tros bont Menai.

'Am be d'wad?'

''Dach chi ddim yn meddwl 'mod i wedi bod mewn digon o helynt yn barod hefo petha fel yna? Tasa un o'r blydi ditectifs yn fy ngweld i o gwmpas lle fel 'na, be 'dach chi'n feddwl fasa'n digwydd wedyn?'

Roedd sŵn ar Richie fel pe bai wedi wfftio am i neb goleddu'r fath syniad.

'A taswn i yn y'ch lle chi,' ychwanegodd, 'faswn i ddim yn rhoi fy nhroed yn agos i'r diawl lle chwaith. Mae'r petha fforensic 'na wedi bod i fyny drwy'r bora. Rhag ofn i chitha gael y'ch tynnu i mewn i rywbath nad oes a wnelo chi ddim ag o, eto.'

Fedrai Tom ddim gwadu nad oedd hynny yn eithaf cyngor gan un â phrofiad chwerw yn y mater. A buan y deallodd nad oedd yna fawr o wybodaeth am Yn Wir i'w gael yn y fan honno pan drodd Richie y stori a gofyn iddo a oedd wedi clywed rhywfaint chwaneg o hanes y gath wyllt. Roedd rhyfeddod honno, wrth gwrs, wedi pylu yn llewyrch trychineb Hari ac fe fyddai wedi mynd yn angof i lawer yn wyneb y digwyddiad cynhyrfus diweddara yma.

Doedd Tom ddim am droi am adre beth bynnag heb geisio cael rhyw wybodaeth, ond er iddo fynd drwy'r pentre a galw yn siop Randal, doedd o ddim callach ynglŷn â symudiadau Yn Wir. Adre yn waglaw y bu raid iddo fynd, a'r fwyaf siomedig oedd Glenys.

Roedd y llosgi, mae'n amlwg, wedi codi cymaint o gythrwfl nes iddo gael sylw cenedlaethol, fel anfadweithiau terfysgwyr yr Ynys Werdd ar y tir mawr. Rhoddwyd llwyfan i'r digwyddiad ar y newyddion un o'r gloch o Lundain ar y teledu, a thrwy hynny gwnaed datganiad byd eang anfwriadol, fod yna ffasiwn ddarn o dir â Chymru yn bodoli. Yn fwy na hynny, cafwyd tystiolaeth bod yno, saith can mlynedd ar ôl y goncwest, rai nad oeddent yn gwbl fodlon i dderbyn gorchmynion ynglŷn â sut i lywio eu bywydau gan gyfundrefn estron, a'u bod yn barod i ddatgan y ffaith honno yn eglur gyda dulliau amgenach nag ymbil ar eu gliniau am eu hiawnderau cynhenid.

Darlledwyd lluniau o'r bythynnod llosgedig a rhai yn chwilota ymysg eu hadfeilion lludw. Crybwyllwyd hefyd pwy oedd eu perchenogion o du hwnt i'r Clawdd, a sicrhawyd y cyhoedd gan uchel-swyddog o'r heddlu y buasai'r llosgwyr yn sicr yn y ddalfa yn y dyfodol agos. Ond ni soniwyd yr un gair am Yn Wir; ffaith a ychwaengodd at y pryder yn yr Hendre Ddidol. Cymaint o bryder a dweud y gwir nes i Tom gychwyn allan wedyn ar ôl cinio i'r ochr arall i'r pentref ar ffordd y Moelydd rhag ofn iddo daro ar rywun a wyddai rywbeth am Yn Wir. Yno, drwy ddamwain y cafodd y wybodaeth yn y diwedd.

Er mwyn croesi ochr arall y pentref, roedd yn rhaid iddo fynd heibio i gapel Bryn Banog. Beth welodd o yn pwyso ar ochr y porth, ond beic amryliw. Wel wrth gwrs, dyma'r lle i fynd i holi. Pam na feddyliodd am hynny yn gynt?

Wrth iddo agosáu at y porth, ceisiodd ddyfalu sut oedd cael mynediad i gapel a oedd bellach yn drigfan. Ai agor a mynd i mewn, ynteu curo. Dewisodd y ffordd ddiogelaf, ond bu raid iddo aros am dipyn nes cael atebiad i'w guriadau. Clywodd folltau fel rhai'r Bastille yn cael eu rhyddhau, ac o'i flaen, safai ryw lafnyn hirwallt, a atgoffai Tom o lun Iesu Grist ym Meibl y Plant. Roedd ei ymddangosiad allanol yn gweddu i bwrpas gwreiddiol yr adeilad beth bynnag.

'Maddeuwch i mi,' meddai Tom yn gwrtais ac yn Saesneg, 'oes na rywun o'r enw Ellen . . . ' Doedd o erioed wedi darganfod beth oedd ei chyfenw. Ond yn amlwg yn y sefydliad yma doedd hynny ddim o bwys.

'*Oh you're looking for Pipette*,' meddai Iesu Grist. '*Enter man.*'

Er mai eglwyswyr oedd teulu Tom, yr oedd yn lled-gyfarwydd â thu mewn i gapel Bryn Banog ers y nosweithiau cyngerdd ac eisteddfod. Ond hyd yn oed o ystyried y cynefindra prin hwnnw, doedd o ddim wedi ei baratoi ar gyfer y trawsnewid. Y peth cyntaf a'i tarawodd yn y fynedfa oedd yr arogl sur-gyfoglyd, fel pe bai rhywun wedi bod yn arogldarthu hefo brwyn gwlybion, a phan aeth i gorff yr adeilad daeth i'w gof yn sydyn yr hanes am y prynwyr a'r gwerthwyr yn cael eu troi allan o'r deml gan yr hwn a oedd mor debyg i'w dywysydd.

Gwelodd fod drysau'r seddau eu hunain wedi eu tynnu, a'r rheiny gan amlaf wedi eu troi i waered i ffurfio meinciau a byrddau ar gyfer gweithdy. Roedd cloc yr oriel — y byddai teulu lluosog y Post yn eistedd uwch ei ben ar hanner cylch ar nosweithiau pwysig — wedi diflannu, gan adael twll fel un tylluan mewn derwen. Ac ar y dde roedd yna sgaffald ac arno ryw greadur blewog fel epa yn ceisio, am a wyddai Tom, wneud twll arall i gyd-fynd â'r cyntaf.

Yn y sêt fawr roedd yna ddyn oedd wedi hoelio'i sylw yn gyfangwbl ar drwsio moto-beic. Roedd bordyn yr emynau yno o hyd yn crogi, a hyd yn oed rif yn dal ar ei waelod, fel pe bai yr emyn honno yn disgwyl cael ei ledio i ryw gynulleidfa golledig. Ymddangosai, fodd bynnag, nad oedd angen pregethau i'w cyfeiro tua pharadwys. Roedd y pulpud yn lluch-dafl yn y gornel o dan golofnau'r oriel, ac yn llawn o beipiau dŵr.

Serch hynny i gyd, fedrai dyn ddim llai na chredu nad oedd y ddadenedigaeth yma wedi ei chynnwys yn yr arfaeth fawr, gan fod yr ysgrifen goch fraslythrennog yn dal ar y pared mewn hanner cylch i gynnal y rhai o ychydig ffydd: 'Dy ewyllys Di a wneler'. Ar ymyl yr oriel roedd chwaraewr tapiau yn ddi-daw gorddi moliant i'r gred newydd.

Roedd Iesu Grist yn amlwg yn arwain Tom tua'r festri. Safodd yn y drws gan ei wahodd heibio i olygfa a wnaeth iddo sipian ei wynt. Roedd un ochr i'r fan honno yn cynnwys rhes o welyau, ac arnynt yn clertian mewn graddau o wisg a dadwisg, roedd yna gymysgfa o ddynion a merched, fel cleifion mewn ysbyty un rhyw. Os oedd ei dywysydd yn cyfleu rhyw sawr o awyrgylch Galileaidd, roedd rhain yn bendant yn cynrychioli cyfnod yr Hen Frythoniaid — cynnar, ac yn eistedd ar flwch ger y stôf foldew yn y pen draw yn anwesu milgi, roedd Yn Wir.

'*Guest for you Pipette,*' meddai Iesu Grist gan ffugymgrymu.

Ddywedodd neb yr un gair nes iddi godi a dod at Tom.

'*Did you want to see me?*' gofynnodd.

Ni ddywedodd Tom ddim chwaith am funud, ac yr oedd hi yn amlwg yn credu bod y cyfweliad i fod yn breifat — hynny yw, mor breifat ag y gallai fod yn y fath le — gan iddi fynd heibio iddo i'r capel ei hun, a sefyll â'i chefn ar un o golofnau'r oriel â'i breichiau ymhleth; yr oedd ei holl agwedd yn gofyn cwestiwn heb iddi ddweud gair.

'Mae'n dda gen i dy weld ti yn fyw,' meddai Tom o'r diwedd. 'Roeddan ni yn poeni amdanat ti ar ôl neithiwr.'

'Dim angen,' meddai hithau.

'Lle'r oeddat ti?'

'O, pan oedd y tân? Yma.'

'Be wnei di rŵan?'

'Am be?'

'Heb le i fyw?'

'Iawn yma. Ond efallai mynd adref.'

'I Lincoln?'

'Yn wir.'

Roedd yna rhyw agwedd gyfrinachol swta wedi dod iddi na sylwodd Tom arni o'r blaen.

'Be am y Beudy Bach?' gofynnodd mewn ymgais i gael synnwyr.

'*Insurance.* Fi ddim yn colli.'

Dyna'r gwahaniaeth wrth gwrs, meddyliodd Tom. Doedd dim yn cyfrif ond ennill a cholli i'r rhain. Doedd y lle fel traddodiad yn golygu dim iddi hi; dim ond fel yr un berthynas ag yr oedd gan lwynog â'i ffau; rhyw dwll am loches tros dro. Nid felly yr Hendre Ddidol iddo fo, lle'r oedd creithiau dioddefaint a llawenydd y cenedlaethau Cymreig yn frith yn yr awyrgylch.

'Sut y dechreuodd y tân?' gofynnodd Tom wedyn.

'Chi ddim yn clywed? Y *bloody idiots* yna 'te, Glyndŵr.'

Roedd Tom wedi bwriadu gofyn iddi a fuasai yn hoffi dod am dro yn y car, er nad oedd yna yr un esgus bellach i hel blodau, ond cofiodd wedyn yn sydyn am yr hyn a ddywedodd Hari wrtho am yr hogan fisoedd ynghynt. Yn amlwg doedd hi ddim yr un anifail ym mysg ei bath ei hun. Dychmygai gymaint o hwyl fyddai yna yn y festri ar ôl iddo ymadael, pe dywedai hi fod yr hen fachgen wedi dod yno i drio cael dêt. Erbyn hynny roedd Tom ar dân eisiau cael dianc o'r lle melltigedig. Cafodd arbed y drafferth o ddod o hyd i esgus i droi am adref fodd bynnag pan glywyd llais o gyfeiriad y festri:

'*Bring in some wood, Pipette.*'

Roedd y waedd ar ffurf gorchymyn yn fwy na dim, ond yr oedd wedi dod â rhyddhad iddi hithau.

'Rhaid mynd,' meddai hi dan ddadblethu ei breichiau yn gyflym a phrysuro i lawr y fynedfa tuag at fwndel o boethwel a oedd yn llenwi dwy sedd. 'Fi yn coginio heddiw.' Cododd y brigau un ar ôl un o dan ei braich a throi tua'r festri yn llafurus fel hen wraig y gwyddau, a meddyliodd Tom; os oedd canlyniadau ei hymdrechion cogyddol yn mynd i fod yn debyg i'r deisen a gafodd, roedd gwledd yn aros y criw.

Trodd Tom i fynd heb air o ffarwél, ond nid oedd Iesu Grist am ei ollwng yn ei ôl i'r byd heb fendith y tŷ.

'*Cheers mate. Come any time. Feel free.*'

Roedd ar fedr ychwanegu rhywbeth arall, ond boddwyd ei lais gan sŵn uffernol na chlywyd ei fath rhwng y muriau erioed o'r blaen. Roedd mecanic y sêt fawr wedi llwyddo i danio y moto beic ynghanol cymylau o fwg glas.

24.

Pan aeth Tom adref a dweud wrth Glenys fod Yn Wir yn ddiogel, chymerodd o ddim arno ei fod wedi derbyn y gwahoddiad i fynd i mewn i gapel Bryn Banog. Gwyddai na fuasai yn hoffi'r syniad o gwbl. Bodlonodd hi ar yr eglurhad ei fod wedi gweld y beic wrth y drws a'i fod wedi curo, a bod y sawl a ddaeth i agor wedi ei sicrhau ei bod hi yno yn ddiogel. Y cwbl a ddywedodd Glenys oedd:

'Roeddwn i'n meddwl ei bod hi'n ffrindia hefo rheina. Biti garw — hogan annwyl fel yna.'

Roedd Tom wedi mynd yn amddiffynnol iawn o Glenys, ac yn gofyn iddi'n gyson: 'Ydach chi'n iawn? Ddylach chi ddim gwneud hynna yn y'ch cyflwr chi. Ylwch mi wna' i . . . mi rydw i'n cofio fel yr oedd Ellen . . . ' Ond doedd hi ddim yn rhoi fawr sylw i'w bryder.

Doedd y Nadolig erbyn hyn ddim ymhell, hyd yn oed yng ngolwg un fel Tom, a oedd wedi arfer ei ddathlu fel un diwrnod, ac nid fel y rhai a oedd yn cychwyn dathlu ym mis Hydref. Doedd o ddim wedi gwneud fawr o'r Ŵyl, ond yr oedd hynny yn mynd i newid wrth gwrs ar ôl cael plentyn eto ar yr aelwyd. Gwibiai ei feddwl yn ôl i'r Nadoligau rheiny pan oedd Hari yn blentyn, ac fel y byddai Ellen ac yntau yn gallu anghofio'r llafur a'r pryderon am orig, a thaflu eu hunain i anturiaethau Siôn Blewyn Coch a'i debyg yn rhamant a byd coel plentyn.

Ond ar ôl dyfodiad Glenys i'r Hendre Ddidol, yr un bron oedd y drefn wedi bod tros dymor y geni. Y ddefod arferol oedd i Dori ddod i ginio ac aros y nos. O gwrteisi ac er mwyn tawelwch, roedd yn ofynnol iddo yntau fod yn bresennol yn y parlwr, ac ar ôl oriau o fwydo yn rhaglenni rhwydd y teledu, byddai yn ysu am ymneilltuo i'w le ei hun.

Gwyddai mai rhywbeth yn debyg fyddai'r drefn y flwyddyn honno hefyd. Câi ddau neu dri o gardiau cyfarch gan ei gyfoedion, ond prinhau oedden nhw bob blwyddyn erbyn hyn; fyddai'r blwch sigârs main ddim yn dod o Gwêl y Moelydd y tro yma, na'r neges flynyddol oddi wrth ei frawd yn Seland Newydd. A doedd yna fawr o siawns i ddyn deg a thrigain ffurfio cyfeillach newydd gyda'r ewyllys gorau. Roedd ei brofiad hefo Yn Wir yn brawf o hynny.

Ond wrth gwrs roedd Monique Larores yn y Plas o hyd, geneth o arferion cefn gwlad. Daeth iddo ddeisyfiad cryf i'w gweld. Roedd hi'n un o'r rhai prin diduedd rheiny a allai edrych yn wrthrychol ar bethau, ac yr oedd arno angen barn rhywun ar wahân i'w un ei hun ar amryw o bynciau a oedd wedi codi eu pennau ers iddo ei gweld hi. Yn eu plith, roedd y tân yn y Beudy Bach a thrigolion Bryn Banog — hwnnw yn daerach na dim.

Roedd ei ymweliad â'r capel wedi gadael argraff anesmwyth arno — nid yn gymaint o ran cyflwr materol y lle — ond oherwydd ei awyrgylch. Roedd yna rhywbeth ysgeler yn hwnnw ei hun fel un o ffilmiau Dracula. Doedd o ddim wedi hoffi gweld gwaseidd-dra Yn Wir i'r dyn gwallt llaes, fel pe buasai ganddo rhyw ddylanwad arni fel y swynwr a'i neidr. Roedd yna ryw deimlad anghysurus yn llechu yno, ac aeth i dybio tybed ai amcan y dyn oedd sefydlu ryw sect wrach-grefyddol a fuasai'n denu ieuenctid anfodlon ac ansicr o'u dyfodol, a'r bobl rheiny yr oedd eu bywydau wedi troi yn wag a diystyr. Pobl a oedd yn aeddfed i syrthio yn ysglyfaeth i ryw ffug waredwr. A beth am yr ŵyr pan ddeuai hwnnw i oed? Cymaint oedd ei awydd i rannu ei bryder fel y cerddodd i Blas Iorwen un bore heulog ar ôl i Glenys fynd hefo'r wyau gan adael Dilys ei hun yn y tŷ.

Sylwodd ar ôl cyrraedd y Plas mai'r un hen alanas oedd yno o hyd, ond y tro yma doedd Lewis ddim ar gael i egluro'r cynlluniau. Pan ganodd y gloch, agorwyd y drws ar fyrder gan hen wraig welw a chwyddedig ei bochau, a gwallt fel siafins coed yn amgylchynu ei phen.

'*Come in love, come in,*' meddai'n frwdfrydig heb ofyn am enw Tom na natur ei neges. Doedd o ddim yn awyddus i dderbyn y gwahoddiad, ond mynnodd hi gael ei ffordd ei hun. Arweiniodd Tom i stafell a oedd yn gyfnither gyfan yn ôl ei hannibendod, i un Jeroboam fab Nebat, ac adnabu Tom hi yn y diwedd fel cyn-stydi yr hen ddoctor.

'*Sit down, love,*' meddai hi wedyn yn llawn gysh. '*I was just going to tidy up after lunch. Terry's not here. It was his idea you see. I had a lovely home in Manchester. Norman, poor dear, left me comfortably off when he passed on, but Terry — and her — she's the one who persuaded me to sell up and invest in this place. "It will be a goldmine," she said. It's left me in debt you see love. I suppose you don't like being in debt do you love? Have a sherry won't you?*'

Doedd Tom erioed wedi bod yn chwannog i'r diod 'piso sgwarnog' hwnnw chwedl yntau, ond yr oedd yr hen wraig wrthi yn barod yn tywallt dau fesur helaeth o botel a oedd ar led ymyl. Yn ôl ei chyflwr, yr oedd yn amlwg fod y ddynes o dan effaith gwydryn neu ddau yn barod, gan nad oedd pall ar ei phregeth, am dwyll ei mab, a'i merch-yng-nghyfraith yn arbennig.

'*You've heard about Lewis dear and that awful cat,*' meddai hi wedyn, wedi newid ei phwnc yr un mor sydyn. '*I do miss him you know; such a kind and obliging man. He used to get me my sherry with never a word to anyone,*' a rhoddodd ei bys ar ei gwefl. '*Such a nice man. He would do anything for me — and Albert dear boy. I do think they could have done something of him . . .*'

Roedd hi'n dal ymlaen mor selog nes y bu raid i Tom dorri ar ei thraws a gofyn am Monique Larores yn uniongyrchol.

'*Oh, Mademoiselle?*' meddai hi. '*What a lovely girl, and what breeding, and she knows how to take care of herself dear. She's got a revolver you know — very wise. I'd like one, but Terry won't let me. You hear of such dreadful things, and I'm left so often on my own and . . .*'

Bu raid i Tom dorri ar ei thraws eilwaith i ofyn yr un peth.

'*Are you a friend of hers, love?*'

'*Yes,*' meddai Tom.

'*Ah well — it's all right to tell you then. Terry you see has told me not to discuss guests with anyone — no one at all. You won't tell him I told you will you love?*'

Ar ôl i Tom ei sicrhau na fuasai'r wybodaeth yn mynd dim pellach, gan ddal ei wynt yr un pryd rhag ofn fod delw arall eto am gael ei dymchwel fel y llall, fe ddywedodd:

'*Confidentially love — confidentially, she's gone home for Christmas.*'

Bu Tom wedyn yn ddigon annoeth â gofyn a oedd hi yn bwriadu dod yn ei hôl.

'*I don't care a damn whether she does or not,*' meddai'r hen wraig gan chwerthin yn uchel a lluchio lliain sychu llestri i'r awyr a'i ddal wedyn fel ymladdwr teirw yn derbyn ffafr gan dyrfa. '*It would be more than my life is worth to tell you . . .* ' Ar hynny clywyd sŵn car ar y graean y tu allan. '*That'll be them now,*' meddai hi wedyn yn wyllt a'i llygaid yn folwyn. '*They mustn't see you here.*' Cythrodd i wydr Tom a'i wagio ar un llwnc. '*Come this way dear.*' Gafaelodd yn ei fraich â llaw gref fel crafanc.

Sylweddolodd Tom mai'r peth doethaf oedd peidio â'i chroesi. Goddefodd iddi ei arwain ar hyd y mynedfeydd ac i lawr y grisiau i'r hen geginau segur nes cyrraedd yn y diwedd allan drwy ddrws y cefn i dagfa o lwyni. Yno yn eu canol gallodd ryddhau ei hun o'r diwedd ar draul rhwygo ei lawes. Caeodd y ddynes y drws yn glep heb air o ffarwél a heglodd Tom hi ar draws y gerddi a throsodd i'r ffordd gan addunedu nad elai byth wedyn y tu mewn i chwaneg o sefydliadau rhonc tra byddai byw. Ond roedd un syndod arall yn ei aros cyn diwedd y bore.

Roedd Dilys yn y gegin yn hel ei thaclau i fynd i res Cledwyn.

'Dest mewn pryd y daethoch chi. Dydi Glenys ddim yn ei hôl eto. Welsoch chi'r ddynas 'na?'

Doedd dim diben ceisio celu dim rhag Dilys.

'Naddo. Mae hi wedi mynd adra.'

'Adra?' meddai Dilys gan ollwng ei bag yn ei ôl ar y bwrdd. 'Mae ei hadra hi yn agos iawn 'ta.'

'Sut felly?' gofynnodd Tom.

'Mi gwelais i hi neithiwr yn mynd drwy'r pentra yn y car mawr 'na, a dyfalwch pwy oedd hefo hi, ac yn ei dreifio hefyd?'

'Does gen i ddim syniad.'

'Richie Malan. Roeddwn i wedi meddwl deud wrthach chi cyn i chi fynd, ond che's i mo'r cyfla. Un garw ydi hwnna.'

25.

Roedd penbleth Tom ynglŷn â Monique Larores a Richie Malan yn rhoi mwy o bryder iddo na dim. Methai â dirnad pam yr oedd dau mor annhebyg wedi dewis bod yng nghwmni ei gilydd. Meddyliodd unwaith fod Monique wedi mynd â'i char i'w drin, ond gwyddai hefyd, er mor fedrus oedd Richie, fod angen arbenigwr cofrestredig i gyffwrdd â cherbyd fel y *Jensen*.

Rhyw ddeuddydd cyn y Nadolig fodd bynnag daeth Ifan y postman â pharsel bychan sgwâr iddo. O'i faint yr oedd yn hynod o drwm, ac yr oedd rhyw sŵn y tu mewn iddo fel pe bai'n cynnwys casgliad o gerrig.

'Oes gan rywun reswm tros yrru bom i chi?' gofynnodd Ifan gyda'i wamalrwydd arferol.

'Os na fydda' i yma fory mi fyddi yn gwybod pam,' meddai Tom.

Aeth â'r parsel i'r gegin lle yr oedd Glenys yn hwylio pryd.

'Ylwch beth ddaeth drwy'r post,' meddai fel hogyn bach gan roddi'r parsel ar y bwrdd.

Cododd Glenys y blwch a dweud, 'Nefi am drwm. Be sydd ynddo fo ydach chi'n feddwl? Oeddach chi'n disgwyl rhywbath o rhywla?'

'Nac oeddwn i.'

'Wel, ydach chi ddim am ei agor o?'

'Ddylwn i ddim tan bora Dolig,' meddai Tom, ond yr oedd mor awyddus â hithau i weld y cynnwys.

Pan dorrodd y papur o'i amgylch, dadlennwyd blwch cardfwrdd cryf o getris 12 bôr siot fras. Ynghlwm wrth y blwch roedd cerdyn â llun piwma ddu arno, ac o dan y llun mewn

178

ysgrifen lydan: 'Nadolig Llawen. *Bon chance à la chasse.* M.'

'Monique!' meddai Tom gyda chymysgedd o lawenydd a rhyddhad.

'Wel am beth i yrru drwy'r post,' meddai Glenys. 'Mi allasa rhywun feddwl mai ffrwydron ydyn nhw.'

'Ddim yn Quebec,' meddai Tom.

'Tydyn nhw rioed wedi dŵad o'r fan honno,' meddai Glenys.

'Na. Stamps fa'ma sydd arno fo.'

Ond er i'r ddau graffu yn hir ar y marc post, roedd hwnnw yn rhy anelwig i'w ddarllen.

Profodd disgwyliadau Tom ynglŷn â'r Nadolig yn symol gywir. Daeth Dori fel arfer, ac yr oedd eraill yn mynd a dod i gludo cyfarchion. Yn eu plith, yn annisgwyl, daeth Lewis.

Yn ôl beth a oedd ganddo i'w ddweud, yr oedd wedi bod adref o'r ysbyty ers rhai dyddiau, a hynny yn erbyn cyngor y meddygon, gan ei fod, meddai, 'wedi cael boliad ar y blydi lle'. Doedd yr anaf a gafodd i'w fraich ddim wedi gwella fel y dylai. Ceisiodd Tom beidio â rhoi sylw amlwg i'r graith a oedd yn hagru ei wyneb nid anolygus.

Pan ddaeth i'r tŷ gafaelodd yn nwylaw Tom a Glenys yn dwym, gan ddatgan ei obaith eu bod yn deall pam na allodd ddod yno i'w gweld yn eu profedigaeth. Yn groes i'r disgwyl, ni soniodd fawr ddim am ei gyfarfyddiad â'r gath wyllt, dim ond dweud y dylai rhywun ei difa cyn iddi anafu rhywun arall.

'Ofnadwy ydi colli mab,' meddai yn sydyn wrth Tom. 'Mi wyddoch sut mae'r hen hogyn acw, ond wn i ddim be faswn i'n wneud taswn i'n ei golli o.'

'Ei di yn dy ôl i'r Plas?' gofynnodd Tom.

'Wn i ddim fedra' i wneud rhywbath hefo hon byth eto,' meddai Lewis gan amneidio at y fraich oedd mewn sling. 'Mae gen i le i ddŵad â chês yn ei erbyn o wyddoch chi, am mai yno y ce's i fy mrifo.'

'Fedar o fforddio talu i ti ydi'r peth?'

'Ia — gan rai fel yna mae'r lleia' yn y diwadd. Dydw i ddim yn credu y bydd yna fawr o drefn yno byth, ydach chi?'

'Ddim o be welais i,' meddai Tom, ond chymerodd o ddim arno ei fod wedi ymweld â'r Plas eilwaith.

'Mae'r hogan *French* honno wedi mynd,' meddai Lewis gan newid ei bwnc yn sydyn. 'Mi fu yna dân hefyd yn do?' Roedd rhyw sŵn arno fel pe bai'n awgrymu fod yna gysylltiad rhwng y ddau ddigwyddiad. Doedd y ffaith ei fod wedi bod yn absennol o'r ardal yn amlwg ddim wedi ei amddifadu o'r newyddion diweddaraf.

'Mae 'na betha mawr wedi digwydd tra buost ti o'ma,' meddai Tom.

Nodiodd Lewis ei ben. 'Mae pob dim wedi mynd i'r diawl yntydi Tom Robaits?'

Roedd ar godi i fynd pan gynigodd Tom gropar o wisgi iddo. Gweddïodd yr hen ŵr na fyddai hynny yn ei ddenu yn ei ôl i'w hen lwybrau.

Wedi ailsetlo gofynnodd Lewis: 'Fyddwch chi'n mynd ar draws i edrach am yr hen bobol weithiau rŵan?'

Doedd dim ond y ddau yn y parlwr erbyn hyn, ac yr oedd Tom yn teimlo yn rhydd i roi atebion plaen.

'Dydw i ddim wedi bod ers tro, ond mi a' i dros y gwylia 'ma reit siŵr.'

'Ydach chi am ddal ati i dorri'r gwair?'

'Ella y gwna' i os medra' i. Dydi'r ddynas newydd 'ma ddim mor hawdd tynnu drwyddi hi.'

'Mi glywis. Biti am y llall, dynas glên. Mae ei chês hi yn cael ei gynnal y flwyddyn newydd 'ma yntydi?'

'Ydi o?'

'A mae'r hogan Beudy Bach 'na yn byw yn y capal.'

'Ydi meddan nhw.'

Soniodd Tom ddim ei fod wedi ymweld â'r fan honno chwaith.

Pan ddaeth y Nadolig, roedd yna un newid yn ei ffurf a ddaeth â rhyddhad i Tom. Ar ddiwrnod San Steffan aeth Glenys a'i mam am dro yn y car, a rhoddodd hynny gyfle iddo yntau fynd ar draws hefo owns o faco i edrych sut Ŵyl a gafodd Wil Griffith. Ond camamseriad oedd yr ymweliad braidd. Doedd trigolion y cartref ddim wedi llawn ddod tros ysbryd yr Ŵyl. Yr oeddent wedi ymgasglu yn yr ystafell gyffredin i ddifyrru eu hunain hefo chwaraeon o dan oruchwyliaeth y metron, ac yr oedd yn amlwg nad oedd Wil ar frys mawr i ddatgysylltu oddi wrthynt. Ond fe ddaeth o'r diwedd i'w ystafell ei hun at ei westai. Roedd Tom yn y cyfamser yn atgoffa ei hun o ba mor ffodus yr oedd wrth beidio gorfod cymdeithasu â chriw mor gymysg.

Doedd tân y Beudy Bach ddim yn newydd i Wil wrth gwrs, ac yr oedd ganddo ei syniadau pendant amdano fel popeth arall.

'Mi rydw i'n ei gweld hi'n dŵad fel y mae hi yn y Bosnia 'na ymhen amser. Cymdogion ym mhenna ei gilydd yn lladd a dinistrio. Pwy ddaw â phlant i'r byd ar adeg fel hyn?'

Roedd o wedi dweud hynny wrth y dyn anghywir ar y pryd, ac mae'n rhaid ei fod wedi sylweddoli hynny.

'Wel dyna fy marn i beth bynnag,' atododd.

Ond chymerodd Tom ddim arno deimlo'r caff gwag.

'Wyddost ti pwy ddaeth acw y diwrnod o'r blaen?' A dywedodd wrth Wil am ymweliad Lewis.

'Peryg ydi na wneith o fawr ohoni hi eto,' meddai Wil. 'Chafodd y dyn ddim chwara teg o'r dechra oldwch.'

'Pam hynny?'

'Doedd 'na ddim gwely iddo fo yn yr ospitol 'na pan aethon nhw â fo i mewn. Allan yn y pasej y bu o am ddau ddwrnod. Mae 'na ormod o bobl sâl 'dach chi'n gweld.'

'Wyddwn i ddim wsti!'

'Ia'n tad. Y ffordd ora' i gael gwely rŵan ydi mynd ar y mynydd a syrthio tros rhyw glogwn, mi gewch wely ar y'ch hunion a'ch cludo iddo fo mewn munudau hefo'r helicoptar.'

'Eitha ffordd.'

'Methu â deall yr ydw i pam yr aeth o o'r fan yma mor ffwr-bwt a chanddo fo joban bach mor handi,' meddai Wil. 'Roedd o i weld yn reit llawia hefo'r hen fetron hefyd.'

'Ella eu bod nhw yn ormod o lawia Wil.'

'Tybad 'dwch?'

Erbyn hynny roedd hi'n amlwg nad oedd bryd yr hen Wil yn gyflawn ar y sgwrs. Roedd gweithgareddau'r ystafell gyffredin yn ormod o dynfa.

'Os nad ydi o rhywbath gynnoch chi,' meddai mewn tôn ymddiheurol, 'mi rydw i'n credu y byddai'n well i mi fynd yn fy ôl, neu mi fyddan yn deud na fydda' i ddim isio eu cwmni nhw neu rhywbath felly. Wyddoch chi sut mae hen bobol.'

'Mae gen i amcan go lew erbyn hyn,' meddai Tom.

26.

Roedd y rhan fwyaf o weithwyr cydwybodol y deyrnas erbyn hynny wrthi yn galed yn ceisio ymestyn cyfnod yr Ŵyl cyn belled ar ei hôl ag yr oeddent eisoes wedi ei wneud o'i blaen, ac yr oedd eu cyndynrwydd i ailafael yn eu gorchwylion yn parhau ymhell i'r flwyddyn newydd.

Doedd arwyddocâd y Calan o fawr ystyr i Tom. Byddai, o ddiffyg penderfyniad, yn arfer aros ar ei draed i ddisgwyl yr hen hannar nos hefo Hari a Glenys ac un neu ddau o wahoddedigion, ond yr oedd agwedd ei dad wedi bod yn ddigonol iddo yntau: 'Mi ddaw y flwyddyn newydd ar ei gwaethaf beth bynnag fyddi di'n wneud.'

Daeth defod yr wylnos y tro yma â chymysgfa o falchder a phryder iddo. Balchder am fod Glenys wedi ailafael yn ei bywyd mor selog, a phryder hefyd am ei chyflwr a diogelwch yr ŵyr disgwyliedig.

Roedd Glenys wedi gwahodd cwmni dethol i'r Hendre Ddidol. Arhosodd Tom yn eu mysg am awr neu ddwy, ond yr oeddent hwy a'u sgyrsiau materol yn llwyr allan o'i fyd. Doedd neb â llawer o ddiddordeb hyd yn oed yn yr hyn a oedd yn digwydd yng nghapel Bryn Banog, oddigerth dyfalu faint yr oedd y trigolion wedi ei roi amdano. Roeddent fel y bugeiliaid damhegol, yn cloddio am arian daear tra oedd cynhron yn cnoi cnu eu diadelloedd. Ymneilltuodd Tom yn ddistaw i'w lofft.

Ddydd Calan roedd Glenys yn anghyffredin o fywiog serch ei daliad hwyr y noson cynt. Roedd ei beichiogrwydd wedi diffodd y gwahoddiad yn ei hwynepryd a'i llygaid, a sylwodd Tom y bore hwnnw fod y rheiny yn anghyffredin o ddisglair, fel rhai claf yn gwneud ei ymdrech olaf cyn i'w haint ei drechu.

Roedd Tom wedi mynd i ddal sylw eithafol ar gyflwr a phob osgo o'r eiddo Glenys, a daeth iddo'r diwrnod hwnnw yr arswyd fod yr 'hen elyn', chwedl yntau, wedi gafael ynddi. Hwnnw a ddaeth i Wynedd ar y gwynt na roddodd fawr sylw i'r mynegbyst ar ei daith, yn ei hysbysu fod y Dywysogaeth yn diriogaeth ddiniwcliar, ac a wnaeth y gair Chernobyl mor gynefin ar fratiaith y werin â Phortdinorwic.

'Gobeithio y bydd hon yn well blwyddyn i ni,' meddai Glenys wrtho un bore.

'Ia wir,' meddai Tom, a chariodd y gobaith hwnnw i'w ganlyn nes y noson leuad lawn honno ynghanol mis Ionawr pan gafodd ei ddeffro gefn nos gan sŵn fel gwaedd paun wedi ei darfu ar ei glwyd gan lwynog.

Roedd yn meddwl i ddechrau mai rhyw ddarn o hunllef oedd y sŵn, ond pan glywodd waedd arall yn dilyn, aeth allan ar y landin hyd at ddrws stafell Glenys. Curodd a galwodd:

'Ydach chi'n iawn Glenys?'

Ni ddaeth ateb, ond yr oedd yna sŵn ubain oddi mewn. Agorodd Tom y drws, a dyna lle'r oedd Glenys yn ei choban ar ganol y llawr yn cerdded mewn cylch fel ceffyl yn corddi, ac ystumiau dirdynnol ar ei hwyneb. Roedd gwaed ar gefnau ei thraed ac ar y carped, ac yr oedd ystaen coch ar ei choban. Pan welodd hi Tom daeth ato gan afael yn dynn yn ei ysgwyddau a rhoi ei phen ar ei fron.

'Mi rydw i dest â drysu!' llefodd.

Erbyn hynny roedd Tom yn gwybod y gwaethaf, roedd yr ŵyr wedi llithro.

'Cerwch i yrru am rywun,' llefodd Glenys wedyn, ond yr oedd hi'n gyndyn o ollwng ei gafael serch hynny. Bu raid iddo ei gadael yn y diwedd yn cyrcydu ar lawr fel iâr yn gori.

Doedd o erioed wedi bod yn chwannog i ddefnyddio'r ffôn. Byddai bob amser yn cael ei dynnu i siarad ar draws. Felly yr oedd hi'r plygain hwnnw, ond yn waeth. Cafodd drwodd o'r diwedd i ryw ferch o rhywle, a dywedodd honno y buasai yn rhaid iddi anfon neges allan i ryw Ddoctor Warren a oedd ar y pryd yn rhywle i fyny'r wlad ar alwad arall. Bu raid i Tom ddal ar ben y ffôn am hydoedd. Pan ddaeth y llais wedyn gofynnodd beth oedd o'i le.

'Mae 'na ddynas yn y fan yma yn erthylu,' meddai Tom fel pe bai yn anfon am ffariar at ryw fuwch.

'Sori — be ddeudoch chi?'

'Mae hi'n erthylu.'

'Be ydi hynny?'

'There's a lady here who is having a miscarriage. Do you understand that?'

'Does dim angen i chi siarad Saesneg. Dwi'n siarad Cymraeg. Mi fydd Doctor Warren yna gynta phosib.' A bu raid i Tom fodloni ar hynny.

Pan aeth yn ei ôl at Glenys roedd hi'n gorwedd ar ei hochr mewn ystum a roddai leiaf o boen iddi.

'Mi ge's afael ynddyn nhw,' meddai Tom. 'Rhyw Ddoctor Warren sydd am ddŵad.'

'Honno fu hefo chi.'

'O'r arglwydd, Margiad Llaeth o bawb,' meddai Tom, ond nid oedd Glenys mewn cyflwr i wneud unrhyw ddewisiadau meddygol, ac ni wyddai yntau ar y ddaear beth i'w wneud iddi er y gorau. 'Tasa hi'n fuwch,' chwedl yntau yn grynedig wrth Dilys wedyn, 'mi fasa gen rhywun amcan be i'w wneud'. Fel yr oedd hi, roedd yn cynnig y peth yma a'r peth arall — poteli dŵr poeth ac aspirins a Duw a wyddai beth arall, ac os aeth unwaith i ffenestr y talcen i wylio'r lôn, aeth ugain gwaith, ac yn y diwedd cafodd ei wobrwyo drwy weld pelydr o oleuni yn dod o gyfeiriad y pentre.

Roedd Glenys yn iawn, y ddynes ei hun oedd hi, ond pa faint bynnag oedd rhagfarn Tom, doedd hi ddim yn un am wastraffu amser. Daeth i fyny'r grisiau fel merlen fynydd a phry gweryd wrth ei chynffon.

'Ble mae hi?' meddai wrth Tom ar y landin, ac aeth i mewn at Glenys a chau'r drws.

Aeth Tom i'w stafell ac eistedd ar y gwely, ond ymhen dim clywodd waedd arall. Yna agorodd y doctor y drws a gwaeddodd:

'Rwy'n moyn bwced.'

Wedi cael cyfle o'r diwedd i wneud rhywbeth ymarferol, fu Tom ddim yn hir cyn cael y llestr iddi. Fu hithau ddim gwerth nes ailymddangos hefo'r bwced yn ei llaw.

'Wy'n credu ei bod hi wedi cael 'madael,' meddai hi. 'Dewch gyda fi i gael golwg. Oes dŵr yn hwylus i lawr 'na?'

Arweiniodd Tom hi i'r atodiad bychan gwydr yng nghefn y tŷ lle byddai Glenys yn tyfu planhigion potiau. Roedd yno sinc a thapiau.

''Ych chi'n iawn?' gofynnodd y doctor.

'Ydw,' meddai Tom er nad oedd yn ei lwyr deimlo. 'Sut mae hi ydi'r peth?'

'Fe fydd yn iawn unwaith y caiff hi fadael. Rhowch i ni weld. Cydiwch chi yn honne,' a rhoddodd y bwced i Tom. Roedd honno yn hanner llawn o waed ac arogl arno fel perfedd twym ysgyfarnog. 'Tywalltwch yn araf. 'Ych chi ddim yn *allergic* i waed?'

'Mi rydw i wedi cael digon o gyfla i fod.'

Daliodd y ddynes ei bysedd ar led fel gratin ar ymyl y bwced fel yr oedd Tom yn tywallt y gwaed yn araf i'r sinc. Roedd yn dyfalu wrth wneud, faint ohono oedd ar ôl yng ngwythiennau Glenys. Yna, daeth rhywbeth fel cyw cwningen wedi ei flingo i'r golwg. Hwn oedd yr ŵyr.

'Dyna fe. Bydd hi yn iawn nawr. Wedi colli tipyn o waed ond dim mwy nag oedd i'w ddisgwyl. Peidiwch becso. Mae e'n digwydd bob dydd. 'Ych chi'n iawn?' gofynnodd wedyn.

'Nid fi sy'n sâl.'

'Wy'n mynd i fyny eto. Ellwch chi gael gwared â hyn?'

'Medraf,' meddai Tom, gan syllu i waelod y bwced. Gadawodd hi yn y sinc. Dyna'r cwbl oedd yr ŵyr yn y diwedd ar ôl yr holl ddisgwyliadau — 'hyn'.

Aeth Tom i'r gegin i gael cropar o'r cadarnwr, ac erbyn i'r doctor ddod i lawr, roedd wedi rhoi'r tegell ar fynd hefyd.

'Sut mae hi rŵan?' gofynnodd.

'Fe fydd yn iawn yn fuan reit. Gellwch ddisgwyl iddi fod yn wan am blwc, ond fe ddaw. Mae cyfansoddiad da 'da hi.'

'Oes mi wn. Ga' i fynd i fyny?'

'Gwell gadael iddi am y tro. Rwy' wedi rhoi cysgwr iddi. Mae hi'n esmwyth yn awr. Oes rhywun gyda chi?'

'Mae Dilys yn dŵad bob dydd, ac mi ddaw ei mam hi.'

'O'r gore.'

'Gymerwch chi banad doctor?'

'*I don't mind if I do.*' Eisteddodd a thynnodd rhyw declyn o'i phoced, a'i roi ar y bwrdd cyn ychwanegu, 'Mae hi hefyd wedi colli ei gŵr, wrth gwrs.'

'Do. Fu hynny ddim help.'

'Gwir. R'ych chi wedi cael eich cyfran o anffawd yn ddiweddar.'

'Gormod. Mae'n dda gen i mai chi sydd yma beth bynnag.'

'Dyna 'ngwaith i ontefe.'

'Hefo Glenys dwi'n feddwl. Dwi'n credu ei bod hi'n haws i ferch drin merch a deall.'

'Ddim bob amser.'

'A chitha yn Gymraes hefyd.'

'*Only just.* Saesnes oedd fy mam. Ond ydi, mae'n bwysig mewn salwch.'

Aeth y sgwrs yn ei blaen yn gysurus gan arwain o un peth i'r llall, heb i Tom sylweddoli ei bod hi yn ceisio denu ei feddwl oddi ar Glenys am funud.

'Mi fydda' i'n iawn doctor,' meddai Tom o'r diwedd. 'Does dim angan i chi aros. Mae'n siŵr fod yna bobol salach yn disgwyl wrthach chi.'

'Dim ar y funud,' meddai hi. 'Caf wybod yn ddigon buan,' ac amneidiodd at y teclyn ar y bwrdd. Cododd gyda hynny ac aeth i fyny'r grisiau wedyn, ond ni arhosodd yn hwy na dau funud.

'Mae hi'n cysgu'n dawel. Wy' ddim yn credu y bydd trafferth. Wy' ddim yn disgwyl unrhyw gymhlethdod. Os bydd rhywbeth, rhowch ganiad, ac fe ddof ar unwaith.'

Ar hynny dechreuodd y teclyn ar y bwrdd chwibanu fel ceiliog bronfraith.

'Roeddwn i'n meddwl bod pethau yn od o dawel,' meddai hi, gan ei godi a siarad. 'Damwain ar y ffordd,' meddai wrth Tom, a gafaelodd yn ei bag.

'Diolch yn fawr am eich caredigrwydd doctor,' meddai Tom wrth ei hebrwng i'r drws, ac roedd 'na ryw gryndod yn ei lais.

Ni fedrai Tom beidio â mynd i fyny i olwg Glenys ar ôl i'r ddynes fynd. Agorodd y drws yn araf a gwelodd ei bod hi'n cysgu yn esmwyth. Wrth ddod i lawr y grisiau cofiodd am y bwced yn y sinc. Rhoddodd ei esgidiau am ei draed a gwisgodd ei hen gôt law a fyddai ganddo yn gwneud mân orchwylion. Aeth â'r bwced allan i'r buarth. Yn y beudy cafodd hyd i fforch dail.

Roedd y lleuad yn gogwyddo tua'i machlud, ond eto yn ddigon llachar i liwio'r fro yn las ac arian. Wrth agor y tail yn y domen, allai Tom ddim llai na dyfalu pwy oedd y bodolyn hanner creuedig yn y bwced; yr hwn a oedd am adnewyddu y Nadoligau i'w harferol ysbryd, a dod ar draws y caeau i ddangos ei hun i Wil Griffith a'r holl fyd. I Tom, cyn belled ag yr oedd y cread ei hunan yn y cwestiwn, doedd o ddim pwysicach na'r brychod gwartheg rheiny a gladdwyd yno wrth y dwsin tros y blynyddoedd, heb angen paderau nac ymbiliau am fendithion bywyd tragwyddol fel y rhai cyflawn o gread a rodiodd y ddaear yn eu rhawd. Doedd y lleuad yn ei chylchdaith ddibwrpas yn malio dim. Wrth fynd tua'r gorllewin, doedd hi ddim ond yn anfwriadol daflu ychydig olau i Tom gyflawni ei weithred drist, siomedig.

Wrth iddo gerdded yn ei ôl i'r tŷ teimlai Tom y dagrau poethion yn llithro i lawr ei wyneb, ac yr oedd yn dal i gael plyciau o wylo rai oriau'n ddiweddarach pan gyrhaeddodd Dilys dan ofyn:

'Be sy' yn neno'r tad?'

'Mi rydw i wedi cael dipyn o noson.'

'Ddim yn dda? Be . . . nid hefo Glenys?'

Nodiodd Tom. 'Wedi colli'r plentyn.'

'O naddo erioed! O peidiwch â deud! Sut mae hi?'

'Mae hi'n iawn rŵan.'

'Mi af i fyny.'

'Na, paid am dipyn, mae hi'n cysgu. Y feddyginiaeth ora' geith hi.'

'O'r beth bach. Wel be ddaw nesa?'

'Wn i ddim wir Dilys bach. Mae'r petha 'ma i gyd fel tasan nhw wedi cael eu cadw i dywallt arna' i yn fy henaint. Be ydw i wedi neud i'w haeddu nhw d'wad?'

Doedd gan Dilys ddim ateb parod i hynny.

'Wyddost ti be, mi fydda' i dest â rhoi pen arni weithia — dal un o'r hen ynna 'na yn groes. Mae'r busnes byw 'ma yn dechra mynd yn drech na mi.'

Rhoddodd y datganiad hwnnw ben ar dawedogrwydd Dilys.

'Peidiwch â siarad mor wirion wir Dduw,' meddai hi. 'Be sgynnoch chi i gwyno amdano mewn difri? Ylwch arnoch chi yn cael y'ch iechyd yn y'ch hoed chi, rhywbeth fasa 'geinia yn rhoi ffortiwn amdano fo, ac o gwmpas y'ch petha. A tydach chi ddim yn fyr chwaith yn nac ydach. Meddyliwch am yr holl bobol yna sydd mewn cadeiria olwyn ac yn fethiant, fengach na chi. Peidiwch â gadael i mi y'ch clywad chi yn siarad blydi lol fel yna eto. Roedd fy nhad os ydach chi'n cofio, wedi cael strôc y pen diwetha 'ma, ac yn methu bwydo ei hun.'

Wedi i Dilys orffen ei darlith roedd Tom wedi tynnu ei gyrn ato, ond rhag cael ei lwyr drechu dywedodd:

'Mi rwyt titha yn tynnu ar ei ôl o mewn un peth.'

'Be ydi hwnnw?' gofynnodd Dilys wedi arafu dipyn ar ei stêm hithau.

'Un plaen 'i dafod oedd ynta'.'

'Mae isio rhywun i fod yn blaen hefo chi hefyd myn diawl. A pheth arall, be faswn i'n wneud hebddach chi?'

'Mi rwyt ti wedi gwneud yn ddi-fai hyd yma.'

'Ydach chi wedi cael brecwast?'

'Naddo.'

'Mi wna' i beth i chi, ond nid yr hen stwff arall hwnnw — beth oeddach chi yn ei alw fo hefyd — clem neu rywbath.'

'Fasat ti'n malio gwneud rhywbath arall i mi?'

'Be rŵan?'

'Fasat ti ddim yn ffônio mam Glenys. Wn i ddim beth i ddeud wrthi hi.'

'Na finna chwaith, ond mi wna' i ymdrech i chi. Oes 'na rywun arall i fod i wybod?'

'Nac oes am wn i, os na ddeudi di wrth yr hen foi wya' 'na.'

'Pam hwnnw?'

Yn lle ateb gofynnodd Tom gwestiwn ei hun.

'Oes 'na rywbath rhyngddi hi a hwnna wyt ti'n feddwl?'

'Argol, sut gwn i. Mi rydach chi yn fy nghymryd i fel dynas deud ffortiwn. Ond mi ddeuda' i un peth wrthach chi rŵan, tasa hwnna yn dŵad â'i draed o dan y bwr' yn fa'ma, welach chi ddim ond lliw fy nhin i yn y giât 'na.'

'Wyt ti o ddifri?'

'Ydw. A tasach chi'n mynd, mi wnawn yr un peth.'

'I be fasat ti'n dy golledu dy hun?'

'Wel mi rydan ni yn cael tipyn o hwyl yn tydan rhwng difri a chwara. Mi fasa hi dipyn yn fflat yma hebddoch chi. Mi rydach chi'r diwetha o'r hen gymeriada. Wedyn, dorwch y syniada hurt 'na am y blydi gynna 'na o'ch pen da chi. Wn i ddim i be ydach chi isio y gynna yna rŵan p'run bynnag.'

'Yn un peth mae gen i flychiad o *ammo*. Mi fasa'n biti gwastraffu powdwr da a finna wedi ei gael o'n bresant.'

'O, y cetris rheiny gawsoch chi gan yr hogan Canada 'na. Lle mae hi rŵan felly?'

'Wn i ddim, os nad ydi hi wedi dengid i ffwrdd hefo Richie Malan.'

'Mae hi'n siŵr o ddŵad i'r golwg eto o rywla. Mae'n rhaid iddi hi — i wneud ei ffilm.'

27.

'Mae arna' i ofn y bydd yn rhaid i mi ofyn i chi newid y'ch lojin gyda hyn; mae gen i bobl yn dŵad yn gynnar 'leni,' meddai Glenys wrth Tom tua mis ar ôl ei herthyliad.

Roedd hi wedi adennill ei nerth yn gyflym iawn, er bod y profiad ar brydiau wedi dweud ar ei hysbryd, ac yr oedd hi o duedd ymddiheuro i Tom am ei amddifadu o fod yn daid.

'Ella y cewch chi gynnig eto,' meddai Tom, heb lawn sylweddoli arwyddocâd ei ddywediad difeddwl.

Rhyw brynhawn yn y Chwefror cynnar aeth i'r fynwent. Roedd y sôn am Hari erbyn hynny wedi tawelu. Chafodd Tom hyd yn oed ddim gwireddu ei ddymuniad o gael yr hen ddefod o bregeth angladdol. Doedd yna neb â'r gydnabyddiaeth i'w thraethu.

Pan ddaeth at fedd ei fab cafodd fraw o weld ei fod wedi ei darfu yn y byr amser hwnnw — ac nid gan ddyn chwaith. Roedd yn amlwg i'r lleiaf sylwgar mai rhyw anifail o gryfder oedd wedi bod yno. Roedd y pridd a osododd Richie mor ddestlus yno wedi ei daflu yn gawodydd i bobman. Doedd yna ddim ond un anifail a allai fod wedi gwneud y fath anfadwaith; doedd dim angen dyfalu. Roedd y gath wyllt wedi bod yno, ac wedi dewis y fan hon yn rhagor na'r holl feddau eraill am fod yno gig mwy ffres. Ar hynny gwnaeth yr hen ŵr ei benderfyniad terfynol: byddai'n rhaid iddo geisio'i saethu. A phe bai ef yn cael y gwaethaf o'r ornest, o leiaf fuasai yna ddim gwarthnod o'i ôl fel y byddai 'na pe bai'n dal y *Smith and Wesson* yn groes, er bod diwedd felly wedi mynd yn beth ffasiynol ymysg ffermwyr y Dywysogaeth.

Aeth adref yn ei ôl i gael rhaw i ail-drin y bedd, ac yna, wrth bwyso ar relins folt y Glyniaid, gwnaeth ei gynlluniau.

Trefnodd ei weithgareddau fel pe bai ar ryw ymarfer milwrol. Yr oedd blaenori ac amseru yn hanfodol. Canolbwyntiodd ei holl egni ar y gwaith mewn llaw gan roi ei ofn ynglŷn â holl berygl y fenter a'i ganlyniadau i'r naill du dros dro.

Dewisodd noson frochus sych gyda chymylau'n chwipio tros y lleuad. Llanwodd silindr chwech y *Smith and Wesson* ac aeth â dwsin o ergydion bras Monique Larores ar gyfer y *Purdey*. I'w amddiffyn rhag yr elfennau, aeth â photel o rŷm gydag ef yn ei boced.

Wrth fynd ar hyd y llwybr cefn tua un o'r gloch y bore â'r gwynt yn chwipio'r llwyni o'i gwmpas, dechreuodd amau bod rhywun neu rywbeth yn ei ddilyn. Yr oedd wedi ei argyhoeddi cymaint nes iddo gilio unwaith i gysgod, ond ni ddaeth yr un dim i'r golwg.

Aeth tros y gamfa wrth gwt yr elor, â'r lleuad yn goleuo a diffodd bob yn ail. Oedodd yno wrth ddrws y cwt, ac yna aeth at fedd Hari a rhoddodd arno asen frân a gadwodd y cigydd ar ei gyfer. Croesodd wedyn i'r ochr arall. Yr oedd am lechu wrth y gofadail wen yng ngolwg bedd Hari. Wedi cyrraedd yno, eisteddodd ar y cadwynau a oedd o gwmpas y maen, a siglodd rheiny odditano. Llongyfarchodd ei hun am allu gadael heb ddarfu ar Glenys.

Ei gynllun oedd malu chwarteri ôl y gath hefo'r *Purdey*, er mwyn ei rhwystro rhag neidio arno, a'i chloffi rhag dianc yn hwylus. Gobeithiai wedyn gael cyfle i ail-lwytho a'i gorffen yn ei phen. Pe bai hynny i gyd yn aflwyddiannus a'r creadur yn dod amdano yn glwyfedig, ac o'r herwydd yn ganwaith mwy mileinig, buasai ganddo wedyn chwech o'r bwledi treiddgar gorau yn y llawddryll. Gosododd hwnnw ar yr ymyl o fewn cyrraedd llaw.

Fel yr oedd y nos yn dyfnhau roedd y gwynt yn cryfhau hefyd. Rhyfyg fuasai iddo aros ar ei draed i danio rhag iddo gael ei hyrddio oddi ar ei annel. Hyd hynny, nid oedd wedi sylweddoli pa mor ynfyd oedd ei neges ynghanol yr oerni hwnnw. Edrychodd ar y gofadail. Hon oedd yr un a barodd fraw i Richie Malan unwaith. Dyna sy'n dod o roi gormod o raff i'r dychymyg.

Cofféu rhyw deulu o fragwyr oedd y garreg. Dim rhyfedd eu bod wedi gallu fforddio'r fath wychder ymysg llechi glas plaen y werin feddw o'i chwmpas. Yr oedd yr angel yno o hyd ar y top; un gwarcheidiol yn siŵr, meddyiodd Tom, ac wrth edrych arno dychmygai iddo gael yr un profiad â Richie: roedd yr angel yn ehedeg ar draws yr wybren i ganlyn y cymylau, ac yr oedd yntau yn mynd i'w ganlyn. Rhegodd ei hun am adael i beth mor blentynnaidd fynd â'i sylw, a dechreuodd geiriau Monique Larores fynd drwy ei feddwl fel tôn gron: *'Bon chance à la chasse'*.

Yna gwelodd gysgod du yn symud yn gyflym rhwng y beddau, ac er ei ddisgyblaeth, yr oedd wedi cynhyrfu. Ond ni ddaeth dim at fedd Hari. Credai Tom fod y gath wedi synhwyro ei fod yno. Ar hynny daeth gwrthrych du arall ar draws y beddau a diflannodd hwnnw wedyn. Am y tro cyntaf bu raid i Tom gyfaddef nad oedd wedi rhoi ystyriaeth i'r posibilrwydd y byddai yno ddwy gath, a gwaniodd ei hyder fel haul yn machlud. Cododd a safodd â'i gefn yn glòs ar y gofadail rhag iddynt gael y cyfle i neidio arno o'r tu ôl, ond gynted ag yr oedd wedi newid ei safle, gwelodd gysgod arall du yn ehedeg ar draws y beddau. Yr oedd rhywbeth yn wahanol yn symudiad hwn fodd bynnag. Roedd fel pe bai'n cerdded yn syth drwy'r llechi. Ac yna gwawriodd y gwir arno. Onid oedd o wedi gweld y ffenomenon droeon o'r blaen yn yr awyr ar noson loergan, ac wedi ei gamgymryd am y *Messerschmit*? Cysgodion cymylau yn croesi'r lleuad oedd y cathod duon, a daeth y wybodaeth â mawr ryddhad i'r hen ŵr er ei fod wedi tyngu wrtho'i hun na fyddai'n malio marw wrth eu hela.

A chyda hynny, clywodd o gyfeiriad yr eglwys glec uffernol a gwaedd, un a fuasai'n ceulo gwaed rhywun cefn dydd golau ar heol fawr y dref, heb sôn am mewn mynwent yn y nos. Cerddodd i gyfeiriad y sŵn gan ddal y *Purdey* ar draws ei fraich, a phan ddaeth at folt y Glyniaid, sylwodd ar unwaith, er mai nos oedd hi, fod yr awyr i'r gogledd wedi ymagor a goleuo, a phan aeth ymhellach, gwelodd yng ngolau amhendant y lleuad beth oedd wedi digwydd. Roedd y gwynt wedi bod yn ormod o dreth ar yr hen ywen o'r diwedd. Yna sylwodd mewn fflach o loergan fod yna rywbeth fel bwndel o ddillad ymysg y brigau.

Wedi bustachu drwyddynt, canfyddodd yno ddynes yn gorwedd, wedi ei charcharu â'i hwyneb yn y pridd gan fforch a oedd fel pe bai yn gafael am ei gwar. Cafodd drafferth i symud y fforch gan ei bod yn dal yn ei erbyn fel spring. Wedi iddo wneud hynny, llaciodd y pen a daeth yr wyneb i'r golwg. Yn Wir oedd hi.

Doedd dim amheuaeth chwaith nad oedd hi'n farw, a'i adwaith cyntaf yn gymysg â'r braw oedd dicter wrthi hi'n bersonol am fod yn gymaint o ffŵl bach a dod i'r fath le ar y fath awr. I beth yn enw'r nef? Nid i gasglu blodau yn siŵr. Ond tarfuwyd ar ei ddicllonedd gan lais rhwng y brigau — llais fel un 'Mickey Mouse'. Canfu yn y diwedd fod y sŵn yn dod o ffôn gario a oedd yn ymyl Yn Wir, ac yr oedd y llais yn dweud yn ddi-baid:

'*Come in marshmallow. Can you hear me? Come in marshmallow.*'

Gafaelodd Tom yn y teclyn o'r diwedd a dywedodd, 'Helo.'

'*Who's that?*' meddai'r llais.

'Tom Roberts,' meddai yntau fel pe bai yn fyd enwog.

Ond gofynnodd y llais wedyn: '*What's happening? What's going on?*'

Yn ei gynnwrf roedd Tom yn ceisio egluro cystal ag y gallai, tra yn hanner-ymwybodol fod yna ddyn arall yn rhedeg tuag ato i fyny'r llwybr, ac yr oedd yn falch erbyn hynny i gael rhyw fath o gwmpeini. Ond pan ddaeth hwnnw ato, cythrodd y ffôn o'i law a dweud: '*OK, I've got him,*' ac ar yr un pryd gafaelodd yn y *Purdey* a rhoddodd efynnau am arddwrn Tom a'i un ei hun. Mewn munud roedd dyn arall wedi cyrraedd.

'*Good work,*' meddai gan fflachio golau i ganol brigau'r goeden syrthiedig i gyfeiriad Yn Wir, a chamodd trostynt ati a'i harchwilio am funud. Yna dywedodd:

'*She's a gonner poor kid. The bloody thing would have to come down tonight.*' Wedyn wrth Tom: '*Come on you. You've got some explaining to do.*'

'I didn't touch her,' meddai Tom wedi hurtio yn lân, fel pe na bai tystiolaeth yr ywen yn ddigon amlwg i'r byd.

Doedd gan y dynion, fodd bynnag, ddim amser i wrando arno. Gafaelodd y ddau un ym mhob braich i Tom a'i lywio tuag at borth yr eglwys. Yr oedd car yn aros yn y ffordd, a chafodd ei wthio i'r sedd ôl i eistedd hefo dyn y gefynnau. Aeth y llall at y llyw a chwyrnellodd y cerbyd am y ffordd fawr.

'What is it about?' gofynnodd Tom o'r diwedd.

'You'll get to know soon enough,' meddai'r dyn, ac er iddo ofyn chwaneg o gwestiynau, roedd hwnnw wedi cau yn glep.

Er mai ffenestri tywyll oedd ar y cerbyd, gwyddai Tom yn reddfol eu bod yn symud ar hyd ffordd lydan yr arfordir. 'Y ffordd i gyfle,' fel y'i gelwid hi gan y rhai a oedd eisoes wedi canfod un wrth ei gwneud.

Yn ei gynnwrf, daeth i'w gof yr hanesion hynny a glywodd yn Ffrainc am y Gestapo yn cipio pobl ganol nos, ac yr oedd marwolaeth erchyll Yn Wir wedi rhoi sgytfa iddo hefyd. Gofynnodd i'r dyn wedyn:

'What about the girl?'

'She'll be attended to.'

Sylweddolodd nad oedd obaith iddo gael ateb i'w gwestiynau. Pa gysylltiad oedd yna rhwng Yn Wir a'r dynion yma, a pha beth oedd y rheswm ei bod yn y fynwent ynghanol y nos?

Aethant trwy dref ac yna yn sydyn i'r chwith nes cyrraedd adeilad o gryn faint. Aethpwyd â Tom i mewn drwy ddrws cefn ac ar hyd mynedfeydd diddiwedd. Wrth fynd sylwodd ar arfbais ar fur gyda'r arwyddair 'iechyd-harddwch-heddwch' arno. Beth bynnag am y lleill, doedd yna fawr o'r olaf ar ei gyfer, a chofiodd iddo weld y bathodyn mewn llun papur newydd gyda'r stori ynglŷn â dewis Prif Gwnstabl.

Arweiniwyd Tom wedyn i stafell foel oddi gerth bwrdd a dwy neu dair o gadeiriau. Eisteddodd un o'r dynion wrth y bwrdd. Datododd llall y gefynnau a safodd wrth y drws fel pe bai Tom yn debygol o gymryd wib drwyddo. Yna dechreuodd yr oedfa Rodd Mam.

'What were you doing in the churchyard with a gun at this time *of night?'* gofynnodd y dyn wrth y bwrdd.

'I was hunting a cat,' meddai Tom.

'Who's cat was it?'

Roedd hi'n amlwg o'r cychwyn fod y ddau yn edrych arno fel hen geglyn o'r wlad nad oedd wedi gweld fawr ddim ond buwch a brân.

Eglurodd Tom ei bod hi'n ffaith sefydledig fod yna gath wyllt yn yr ardal, a'i bod wedi gwneud difrod i fedd ei fab, a hefyd wedi anafu un dyn. Ond ni chymerwyd fawr sylw o'r ffaith.

'You seem to spend a great deal of time in that churchyard,' meddai'r dyn wedyn, ac erbyn hynny roedd Tom yn dechrau dyfalu ai y rhain oedd wedi delio hefo Richie Malan.

'No more than anyone else who has just buried his son there.'

'You've been seen there on several occasions in the company of one Richard Malan Jones, who has, as no doubt you know been suspected of dealing in explosives.'

'Suspected is the word,' meddai Tom, a hyd hynny yr oedd yn dal ei dir yn ddi-fai, ond doedd hyn ddim ond megis cyflwyniad. Gwyddai yn iawn pe bai yn dod yn fater o ddyfalbarhad, nad oedd ganddo fawr obaith cystadlu â'r ddau yma.

Gofynnodd y dyn wedyn pa mor dda yr oedd Tom yn adnabod Richie, ac a fyddent yn mynd i saethu gyda'i gilydd. Ar drawiad cofiodd Tom ei fod wedi gadael y *Smith and Wesson* wrth y gofadail, a chafodd ryddhad wrth feddwl fod ei ddiffyg cof am unwaith wedi bod yn fendith.

Gadawyd achos Richie am funud a gofynnwyd i Tom yn ddirybudd a oedd yn adnabod Monique Larores. 'Ai dyna oedd ei henw iawn?' holodd y dyn wrth y drws.

'Am wn i,' atebodd Tom.

'Roeddech chi'n treulio amser yn ei chwmni?'

Cwestiynau o'r natur rhoi geiriau yng ngheg yr atebydd; hanner holi hanner datgan.

'Roedd hi wedi gofyn i mi ddangos lleoliadau iddi. Roedd hi'n gwneud ffilm.'

'Oedd hi yn wir? Pam chi tybed?'

'Am fy mod i'n gwybod tipyn am yr ardal.'

'Ddwedodd hi rhywbeth wrthych chi am . . . Un o Quebec oedd hi yntê? Ddwedodd hi rhywbeth am y wlad honno?'

'Hanes cyffredinol. Sut yr oeddan nhw yn byw ac ati.'

'Rhywbeth am ei theulu?'

'Dim llawer. Doedd hi ddim yn manylu.'

'Soniodd hi am ei brodyr?'

'Does gen i ddim cof.' Ac yna meddai, 'Be ydi ystyr yr holl holi?' Er bod ganddo erbyn hyn syniad ei fod wedi syrthio i drafferthion tebyg i Richie, a hynny heb iddo fynd i chwilio amdanynt. Ond beth oedd yn achosi'r penbleth mwyaf iddo oedd sut yr oedd yr hogan a'r fynwent yn gysylltiedig â'r holl fusnes.

Doedd ei feddwl fodd bynnag ddim yn gyflawn ar y pwnc. Roedd o bron â marw eisiau gwagio. Cafodd ganiatâd cyndyn i fynd i gaban y rhyddhad ger y fynedfa, a daeth un o'r dynion i'w ganlyn, ond roedd y falfiau dŵr a oedd wedi bod o dan bwysau'r oerni cyhyd, yn gyndyn o ollwng gafael. Dechreuodd Tom chwibanu 'Breuddwyd y Frenhines', a chythruddwyd y dyn o'r tu allan.

'How long are you going to be?' gwaeddodd o'r diwedd.

Wedi i Tom ddychwelyd at y bwrdd yr oedd ar y radell wedyn ar ei union. Roedden nhw wedi newid eu cyfeiriad yn hollol. Roeddent yn awyddus i wybod a oedd wedi sylwi ar feddau a oedd wedi eu tarfu yn y fynwent. Doedd o ddim yn awyddus i gynorthwyo yr un o'r ddau, ac ni soniodd am folt Plas Iorwen. Yn ystod y plwc yma o holi, cafodd Tom ar ddeall eu bod yn gwybod hyd yn oed ei fod wedi bod yn cadw ei wylnos yn yr eglwys.

'Roeddech chi'n adnabod yr eneth yna yn y fynwent,' meddent.

Cyfaddefodd Tom ei fod.

'Beth wnaethoch chi ar ôl clywed bod ei thŷ wedi ei losgi?'

'Mi es i chwilio amdani.'

'Roeddech chi'n poeni cymaint â hynny yn ei chylch?'

'Doeddwn i ddim isio iddi hi gael niwed.'

'Yn syml — doeddech chi ddim eisiau ei gwaed ar eich dwylo?'

'Ydach chi'n meddwl mai fi losgodd y tŷ?'

'Ni sy'n gofyn y cwestiynau. Mi aethoch i'r capel i chwilio amdani. Roeddech chi'n bryderus iawn.'

'Oeddwn.'

'Am ddieithryn pur?'

'Roeddwn yn ei hadnabod yn dda.' Gynted ag y dywedodd hynny, sylweddolodd nad oedd yn bosibl i hynny fod yn wir bellach.

'Cystal ag yr oeddech yn adnabod Monique Larores?'

'Os mynnwch chi.'

'Mor gyfeillgar fel ei bod hi'n anfon anrhegion i chi?'

'O, teisen?' meddai Tom gan geisio bod mor ddigydweithrediad ag y gallai.

'Blwch o rywbeth.' Roedd y dyn bron yn gweiddi.

Gwyddai'r *krauts* bopeth am bawb.

'Cetris os oes raid i chi gael gwybod.'

'Gallent yn hawdd fod yn rhywbeth arall. Gyda llaw — ble mae hi'n awr?'

Roedd y rhain yn gynhenllyd a'u ffyrdd yn llawn maglau i'r anochelgar.

'Wn i ddim,' meddai Tom. 'Gartref os ydi hi'n ddoeth.'

'Pam doeth?'

'Yno mae pawb yn dymuno bod — fel finnau.'

'Roeddech chi'n garcharor rhyfel, on'd oeddech chi?'

'Nac oeddwn.' Roedd y *kraut* wedi methu yn y fan yna.

'Fuoch chi yn Ffrainc am gyfnod?'

'Gwir.'

'Yn Llydaw?'

Ysgydwodd Tom ei ben.

'Ydach chi yn gallu siarad Ffrangeg?'

'Dim ond beth oedd yn angenrheidiol i mi.'

'Ond digon i ddeall brodor o Quebec?'

Aeth yr holi yn ei flaen fel pêl daro am Dduw a wyddai faint o amser. Doedd dim modd dweud o'r twll hwnnw a oedd hi wedi goleuo y tu allan ai peidio. Roedd Tom wedi cael llawn foliad a'i atebion wedi arafu i'r cwestiynau a oedd yn ddi-dor gorddi o gylch Richie Malan, Monique Larores, Yn Wir, y fynwent . . .

Ac ofer oedd disgwyl am ryw eglurhad am yr holl annifyrrwch. Doedd ei gyndynrwydd yn ychwanegu dim at serch y dynion tuag ato, ac yr oedd yn amlwg fod ei brofiadau cïaidd yn ystod y misoedd yn dechrau dangos eu heffaith arno gorff a meddwl; yn taro yn ôl fel gwn budr. Colli Hari, erthyliad Glenys a'r siom honno, Yn Wir a'i dirgelwch hi, a'r gath, a aeth â fo yn y diwedd i afael y giwed yma, y braw pan syrthiodd yr ywen, a'r oerni.

Dechreuodd deimlo yn y diwedd fel pe bai rhyw len blastig rhyngddo a'i holwyr, ac yr oedd rhyw ferwinder wedi gafael yn ei gyhyrau; credai ei fod ar fin cael strôc. Serch hynny doedd o ddim yn deimlad amhleserus, a gadawodd iddo ei oddiweddyd fel llanw'r môr, a'i groesawu fel cyfrwng i'w ryddhau o'r sefyllfa Crist gerbron Peilat. Yn y man pallodd ei atebion yn gyfangwbl a gogwyddodd ei ben, a llithrodd yn swp diymadferth i'r llawr cyn cael gwybod yr hyn yr oedd arno eisiau ei ddatrys fwyaf. Beth oedd Yn Wir yn da yn y fynwent ar y fath awr ac yn cydweithredu hefo'r bobl yma yn ôl pob tebyg?

Roedd hynny yn wybodaeth y bu raid iddo ddisgwyl amdani, ac o'r lle mwyaf annhebygol y daeth yn y diwedd.

28.

Pan ddaeth ato'i hun doedd o ddim yn y stafell holi. Yr oedd mewn gwely mewn lle bychan ar ei ben ei hun, heb syniad pa awr o'r dydd oedd hi.

Ar ôl gorwedd yno am dipyn yn syllu ar y nenfwd, daeth i'r penderfyniad mai mewn ysbyty yr oedd. Gwireddwyd hynny ymhen y rhawg pan ddaeth nyrs i mewn. Saesnes ganol oed oedd hi yn llawn o'i swydd a'i safle, ac yr oedd gan Tom stribed o gwestiynau ar ei chyfer. Roedd hi, fodd bynnag, yn amlwg dan siars i beidio â datgelu dim, a bu raid iddo fodloni ar wybodaeth arwynebol o'i leoliad a'i gyflwr.

Nid oedd yr ysbyty nepell o'r lle y cafodd ei holi, a doedd dim o'i le arno meddai'r ddynes, na fuasai gorffwys yn ei adfer.

'You're totally exhausted,' meddai hi. 'The doctor will be in to see you presently.'

'When will I be let out?'

'That I cannot tell you,' ac aeth allan.

Wedi iddi fynd, cododd Tom yn araf a chroesi at y ffenest, a chofiodd yr hen ddywediad hwnnw: 'Mi gewch godi i'r ffenast fory.'

Cynted ag y cafodd gip drwy honno dechreuodd gynefino. Roedd toeau'r dref oddi tano, a thu hwnt, y môr oer gogleddol. Roedd yn dal ar ei dir ei hun — wel hynny oedd — y *Lancashire Annexe* chwedl Randal, y *Sudetanland* Seisnig.

Doedd o ond prin wedi cael cip pan agorwyd y drws gan blisman yn gofyn iddo beth oedd yn ei wneud.

'I should get back to bed,' meddai. 'If there is anything you want I shall be just outside.'

Ac er i Tom ei holi ni chafodd wybod dim am ei sefyllfa, a bu raid iddo fodloni. Yn amlwg, roedd wedi cael ei ymneilltuo oddi wrth ddynoliaeth a'i amddifadu o bob cyfrwng a roddai wybodaeth iddo am y byd oddi allan. Ond yr oedd yno un hwylustod mawr wedi ei drefnu ar ei gyfer — caban y rhyddhad.

Toc daeth y plisman i mewn efo hambwrdd ac arno blât yn cynnal pysgodyn wedi ei stemio. Rhywbeth di-flas da di-flas drwg oedd o, ond llyncodd Tom y cwbl yn awch ei gythlwng. Yn ddiweddarach daeth y meddyg i'w weld. Sais du oedd hwn, ac roedd sŵn teimladwy yn ei lais meddal.

'Roedden ni yn amau eich calon i ddechrau,' meddai, 'ond mae honno fel cloch,' ac ategodd farn y nyrs. 'Buoch mewn coma o nychdod. Mi fyddwch yn iawn gyda hyn ond i chi gael llonydd i orffwys.'

'Faint o hwnnw ydw i'n mynd i gael gan y blydi plismyn yma?'

'Dibynnu ar f'adroddiad. Dydw i ddim yn credu y byddwch chi yma yn hir eto.'

'Faint?'

'Edrychwch arni fel hyn, rhyngom ni a'r muriau. Buasai'n creu tipyn o gynnwrf pe buasai ganddynt ddyn yn marw o dan groesholiad a dim meddyg yn bresennol.'

'Basa debyg.'

'Cymerwch bethau'n ara deg rŵan. Mi fydda' i ar gael os bydd fy angen arnoch.'

Gyda hynny aeth allan, ond daeth y waredigaeth ynghynt na'r disgwyl. Ymhen rhyw ddeugain munud daeth dyn dieithr i mewn i'r stafell ato. Y cwbl a ddywedodd oedd:

'Have you anything further to tell us other than what you've already said?'

'No,' meddai Tom yn bendant oddi ar wastad ei gefn, gan feddwl fod y rhain am fabwysiadu dulliau'r *Gestapo* o'i adfer er mwyn ei boenydio ymhellach.

'Very well,' meddai'r dyn gan alw'r plisman i mewn a dweud wrtho: *'Do the necessary will you.'*

Yn lle mofyn dŵr oer i daflu am ei ben, gofynnodd hwnnw am ei gyfeiriad a'i rif ffôn. *'I'm sending for someone to fetch you.*

Who do I ask for?' Doedd yna ddim owns o Gymraeg ar gael o gwbl.

'Glenys Roberts,' meddai Tom gydag ail afiaith i fyw. Doedd y *krauts* ddim am drafferthu i fynd â fo eu hunain.

Ond pan ddaeth yr awr, nid Glenys a gyrhaeddodd ond Dilys, yn llawn pryder a chwestiynau a gawsant am y tro eu hanwybyddu. Buasai Tom wedi gallu ei chofleidio, ond bodlonodd ar afael yn ei harddyrnau a dweud:

'Fûm i rioed mor falch o weld neb.'

Aethant ar hyd y fynedfa i'r lifft, ac yr oedd Tom yn dal ei afael yn llaw Dilys fel hogyn bach a ofnai golli ei fam mewn torf.

29.

Er bod Tom wedi cael modd i fyw wrth gael ei ryddhau, roedd ganddo ryw ddeisyfiad gwyrgam i ohirio ei ddychweliad i'r Hendre Ddidol. Eisteddai yn sedd ôl car Dilys fel rhyw lysgennad ar ei ffordd i achlysur, ac yr oedd Dilys yn dechrau blino holi wrth fethu cael atebion digonol.

'Sut mae Glenys?' meddai Tom yn sydyn.

'Mi gewch weld yn y munud.'

'Gwranda. Wyt ti ar frys?'

'Dim yn arbennig — pam?'

'Fasat ti'n malio tasan ni yn cael panad yn rhywla, er nad oes gen i ddima ar fy elw.'

Daethant at dŷ bwyta ar fin y ffordd yn y man.

'Cerwch i ista,' meddai Dilys. 'Be gymerwch chi?'

'Panad a sgonsan.'

Doedd Dilys prin ond wedi cyrchu ei chwpan hi nad oedd diod a sgonsan Tom wedi diflannu.

'Mi oedd hwnna yn dda. Fedri di gyrraedd un arall tybad?'

Aeth Dilys yn ei hôl at y cowntar ond dychwelodd yn waglaw.

'Mi rydw i wedi ordro platiad o *fish and chips* i chi. Waeth i chi gael boliad iawn mwy na phigo fel iâr.'

'Mi rwyt ti'n edrych ar fy ôl i.'

'Mae hi'n bryd i rywun wneud yn tydi?' Ac agorodd hynny ddorau ei chwilfrydedd yn lletach.

'Be ydw i'n fethu ei ddeall ydi, sut gythral ddaru chi roi y'ch hun yn ffordd rhyw ddiawlad fel yna, a hynny ganol nos?'

A chyn i Tom gael cyfle i ateb aeth yn ei blaen fel swch eira.

'Mi rydach chi wedi achosi cynnwrf wyddoch chi, a phrydar i ni i gyd?'

'Sut felly?'

'Sut felly! Doedd 'na neb yn gwybod beth oedd wedi digwydd i chi tan y pnawn wedyn. Roeddan ni'n meddwl y'ch bod chi ar goll. Pawb yn chwilio hyd y fan yna, ac mi ellwch feddwl beth oeddwn i'n ddychmygu.'

'Na wn i.'

'Y'ch bod chi wedi gwneud rhywbath ynfyd hefo'r hen wn yna 'te. Mi rydach chi wedi bygwth droeon.'

'Wnest ti rioed fy nghymryd i o ddifri debyg? Wna' i fawr hefo fo eto beth bynnag. Mae'r *krauts* wedi ei gadw fo.'

'Gora i gyd. Mi rydach chi'n gwneud y petha rhyfedda. Mi ddaru chi godi'r lle ar ei dalcan beth bynnag. Mae'r papura 'na wedi bod yn llawn o ddim ond y chi, a phobol yn heidio i holi amdanoch chi a gofyn cwestiyna.'

'Duw, taw! Wyddwn i ddim a finna wedi cael fy nghau yn y fan yna.'

'Beth oeddach chi'n da yn yr hospitol 'na p'run bynnag?'

Wedi i Tom egluro hynny gofynnodd: 'Sut y cawsoch chi wybod beth oedd wedi digwydd i mi?'

'Mi ddaeth yna ddau hen foi i chwilota yn y'ch llofft chi.'

'Be oeddan nhw yn ddisgwyl gael?'

'Wn i ddim. Ond maen nhw wedi gadael llanast ar eu hola. Wedyn dyma ni'n clywad am y folt yn y fynwant.'

Gyda hynny cyrhaeddodd y bwyd, a rhwng haffio hwnnw a thaflu ebychiadau hefo llond ceg, doedd gan Tom ddim dewis ond gwrando. Ond os oedd gan Dilys dalent at hel ffeithiau, roedd hi'n hollol amddifad o'r dilyniant i'w cyfleu yn ddealladwy.

'Folt Plas Iorwen?' gofynnodd Tom.

'Ia, dyna be oedd yr hen hogan yna yn da yno yn gwylio pan ddaeth y goedan yna i lawr arni hi. Wrth gwrs mi ddaru nhw drio celu hynny, rhag iddyn nhw orfod cyfadda be oedd hi yn da yno a gwneud eu hunain yn ffyliaid, ond doedd dim posib i'r papura beidio cael gwybod. Mi fu'r ambiwlans yno 'dach chi'n gweld a'r dynion tân. Fedrwch chi ddim cau cega pobol fel yna.'

'I be oedd isio'r dynion tân?'

'I'w chael hi'n rhydd 'te. Mi fu'n rhaid iddyn nhw dorri'r giât i gael ati hi. Mae golwg mawr ar y lle.'

'Wrth borth yr eglwys?'

'Ia.'

'Y diawlad anniben. Mi fasan ni wedi ei chael hi'n rhydd hefo lli draws . . . Ia, be oeddat ti'n ddeud ei bod hi'n cadw golwg ar y folt?'

'Deud roeddwn i,' meddai Dilys, 'eu bod nhw — y *detectives* 'na . . . '

'Roedd hi'n perthyn iddyn nhw felly?'

'Wel oedd siŵr iawn, y cythral slei, wedi bod hyd y fan 'na yn cogio stydio bloda mor ddiniwad, ac yn y tŷ hefo ni amsar claddu Hari ydach chi'n cofio — ia, ac yn y llofft hefo chitha.'

'Rarglwydd, ia. Rwyt ti'n deud mai gweithio hefo rheina oedd hi felly y diawl bach. Roeddwn i'n methu deall ar hyd yr amsar beth oedd y cysylltiad wyddost ti. Wel myn diawl — ac mi es â hi i hel bloda.'

'Oes 'na derfyn ar y'ch ffolineb chi 'dwch?'

'Wel nid y fi yn unig gafodd ei dwyllo yn naci? Roedd hi'n ddynas i gyd gan Glenys ar un adag wyt ti ddim yn cofio — wel a chditha hefyd tasa hi'n mynd i hynny. Ond be oeddat ti yn mynd i ddeud am y folt yna hefyd?' Roedd yn waith caled cadw Dilys at un pwnc.

'Deud maen nhw, bod y rhai sydd yn trio dal Meibion Glyndŵr wedi cael syniad yn eu penna fod yna rywun yn trio mynd i mewn i'r folt.'

'Wel mi fûm inna dan yr argraff hefyd. Roedd 'na slab wedi ei chodi ers tro.'

'Oedd, ro'n i'n gwybod am hynny, ond y peth . . . '

Roedd Tom mor awyddus i gael gwybod amcan Yn Wir nes iddo dorri ar draws Dilys wedyn:

'Wel be oedd a wnelo hynny â dal y Meibion?'

'Roeddwn i'n mynd i ddeud, tasach chi'n rhoi cyfla i mi. Roeddan nhw wedi cymryd yn eu penna fod ei fodrwy o yno, 'dach chi'n gweld.'

'Modrwy pwy?'

'Owain Glyndŵr 'te. Wedyn, roeddan nhw'n meddwl bod yna rywun yn trio ei chael hi fel *mascot* 'dach chi'n gweld.'

'*Mascot? Talisman* wyt ti'n feddwl.'

'Wel, be bynnag galwch chi o.' Doedd Dilys ddim yn hoffi cael ei chywiro. 'Ac yr oeddan nhw wedi meddwl mai rhywun yn perthyn i'r Meibion fasa'n gwneud hynny.'

Roedd yr eglurhad yn gadael Tom yn y niwl fel y gwnaeth i amryw eraill.

'Dyna'r munud cynta i mi wybod bod 'na fodrwy yno,' meddai.

'Wel, a finna,' meddai Dilys. 'Ond roedd y teulu yn gysylltiedig â fo yn doeddan. Glywais i chi'n deud yn un.'

'Dyna oedd y gred. Ond lle cafodd y *krauts* y syniad yna?'

'Wn i ddim, os na fasa rhywun yn ei roi o yn eu penna nhw.'

'Pwy felly?'

'Y Meibion ella?'

'I ba bwrpas medda chdi?'

'Os nad oeddan nhw yn rhoi abwyd i'r rheina wylio'r fynwant tra oeddan nhw'n gwneud rhywbath arall.'

'Llosgi'r Beudy Bach wyt ti'n feddwl?'

'Pwy a ŵyr. Roedd y polîs wedi trio mor galad i'w dal nhw am flynyddoedd. Mae'n siŵr y basan nhw'n coelio y mymryn lleia o wybodaeth erbyn hyn i gael cyfla arnyn nhw.'

'Roeddan nhw yn y lle rong i mi y noson honno beth bynnag,' meddai Tom.

Roedd y bwyd wedi diflannu fel cinio gwas ffem. Rhedodd Tom gefn ei law tros ei fwstash. 'Powliad o laeth enwyn fasa'n dda rŵan,' meddai.

'Dydw i ddim yn meddwl eu bod nhw'n corddi yn y fan yma,' meddai Dilys.

'Hen dro.'

'Ydach chi'n barod i ddŵad rŵan, neu mi fydd Glenys yn meddwl 'mod inna wedi cael fy nghadw i mewn.'

Pan oedd y ddau yn ôl yn eistedd yn y car, dywedodd Tom: 'Mi fydd gen i rywbath i sgwennu i'r *Drych* rŵan.'

'Tasa chi rhywfaint haws. Maen nhw yn rhy windi i brintio petha fel 'na; dim ond hanas te bach Merched y Wawr a rhyw grincs wedi ennill cwpan am gicio pêl sy' arnyn nhw isio. Mi rydw i'n dal i ddeud mai pwrpas papur fel yna ddyla deud wrthan ni be sy'n digwydd yn ein hardal ni o dan yr wynab a sut i ddelio hefo fo.'

'Ia debyg. Roedd ganddyn nhw bapura dan ddaear fel yna yn Ffrainc o dan drwyna'r Jeris.'

'Beth bynnag, mi gawson ni newyddion da hefo'r hogyn acw,' meddai Dilys, fel pe bai wedi cael digon ar y drafodaeth. 'Mae o wedi cael lle ym Mharis i ddysgu Saesnag i blant. Mae 'na gynllunia fel yna rŵan iddyn nhw. Roedd o wedi trio ers tipyn.'

'O mae'n dda gen i glywad. Does 'na ddim i hogia fel yna y ffordd yma. Gwranda Dilys,' meddai wedyn yn sydyn, fel yr oeddent yn nesáu at y pentre, 'fasa fawr i ti bicio â fi i'r fynwant am funud ar dy ffordd.'

'Rarglwydd — 'dach chi ddim yn meddwl y'ch bod chi wedi gwneud digon o helynt yn y fan'no am un oes?'

'Dim ond dest i weld sut olwg sydd ar y bedd.'

Allai Dilys ddim gwrthod ei gais yn hawdd, ond yn y diwedd, wnaeth gweld y llanast a adawyd gan ryddhawyr Yn Wir fawr o les i'w ysbrydoedd. Doedd yna ddim ond dau bentan porth yr eglwys yn sefyll, ac yr oedd wynebau dwy gist lechfaen wedi eu sgriffio, a'r ywen wrth gwrs yn ddim ond pentwr o frigau, a rheiny yn lluch-dafl ar draws amryw o feddau. Fuasai neb yn dychmygu erbyn hynny eu bod wedi lladd unrhyw un. Ac yr oedd Tom yn meddwl yn sobr am Yn Wir.

Roedd beddau Hari ac Ellen yn ddigon pell oddi yno fodd bynnag. Nid oedd yr un o'r ddau wedi eu tarfu, ac yr oedd rhywun o'r diwedd wedi ailosod llechfaen y folt. Ond doedd Tom ddim yn barod i adael serch hynny.

'Mae arna' i dest isio picio draw at y moniwment 'na am funud,' meddai wrth Dilys. 'Yn y fan yna yr oeddwn i yli pan glywis i yr hen ywan yn dŵad i lawr.'

Ar ôl cyrraedd yno cerddodd gylch y golofn gan lygadu'r ymylon a'r cerrig mân, ond doedd yno yr un arwydd o'r *Smith and Wesson.*

'Ydach chi'n barod i ddŵad rŵan?' gofynnodd Dilys yn
ddiamynedd. 'Mi fydd rhyw hen lefydd fel hyn yn codi ias arna' i.
Mi ddown i gyd yma yn ddigon buan yn y diwadd.'

Ddarfu Dilys ddim aros munud ar ôl gollwng Tom wrth ddrws yr
Hendre Ddidol. Roedd hi'n ddiwrnod hel *Y Drych* meddai hi, ac
ni feddyliodd Tom am funud fod ei brys yn arwyddocaol.

Pan aeth i'r tŷ roedd yna ddwy neu dair o ferched hefo Glenys
yn y parlwr, ac ar ei ddyfodiad, codasant fel haid o betris ac
ymadael heb i gyflwyniadau o fath yn y byd eu gwneud. Pan
ddaeth Glenys yn ei hôl o'u danfon i'r drws, roedd ei mam hefo
hi.

'Mi rydach chi wedi penderfynu dŵad yn ôl atan ni o'r
diwadd,' meddai, heb hyd yn oed ofyn sut yr oedd, ac yn ôl ei
sŵn doedd yna fawr o gydymdeimlad yn mynd i ddeillio o'i
chyfeiriad. Yr oedd y ddwy, fel Dilys, yn credu ei fod yn gwybod
am bopeth a oedd wedi digwydd iddynt hwy tra bu i ffwrdd. Ond
wedi iddynt sylweddoli nad oedd Tom fawr callach, ni fuont yn
hir yn adrodd yr hanes.

Glenys wrth gwrs oedd yn arwain y gân, a phan oedd hi'n
meddwl bod angen cyd-byncio, roedd hi'n dweud 'Yntê, Mam?',
ac yr oedd honno yn amlwg wedi ei rhaglennu ar gyfer y
perfformiad. Doedd y ffaith fod Tom wedi bod yn gadwyn ac
angor iddynt yn eu profedigaethau diweddar yn cyfrif fawr erbyn
hyn.

Roedd Glenys wedi darparu arlwy o wybodaeth ar ei gyfer
p'run bynnag, ar ffurf casgliad o bapurau newydd diweddar, a
thaflodd hwy ar y bwrdd o'i flaen.

'Dyna i chi faint o drwbwl yr ydach chi wedi ddŵad ar ein
penna ni hefo'ch gêms cowbois uffar,' meddai hi, ac wrth fynd
ymlaen defnyddiodd stribed o regfeydd eraill nad oedd y parlwr
hwnnw wedi arfer bod yn adseinydd iddynt. Roedd Dilys yn
chwannog i alw, er mwyn rhoi geiriau llanw mewn brawddegau,
ond yr oedd yna fileindra ym mhob rheg o eiddo Glenys, ac yn
wahanol wedyn i Dilys, roedd hi'n gallu gosod ei ffeithiau fel

bargyfreithiwr a chadw'r ergyd fwyaf effeithiol hyd y diwedd. Roedd Tom yn iawn wrth feddwl nad oedd y papurau ond cyflwyniad i'r hyn oedd i ddod.

Chafodd o ddim ond prin gip ar un neu ddau o benawdau baner fel *'Retired farmer suspected of being behind arson campaign'* a *'Meibion Glyndŵr's geriatric grave robber'*. Sylwodd fod hyd yn oed *Y Cymro* wedi ychwanegu at ei floneg i roi agwedd llai gorffwyll.

'Mae hynna yn ddigon blydi drwg,' meddai Glenys wrth danio sigarét — arferiad yr oedd hi yn amlwg wedi ailafael ynddo yn ystod yr argyfwng, 'a'r holl bobl 'na sydd wedi bod yn mynd a dŵad a holi a malu, a gynted yr a' i drwy'r giât 'na, maen nhw'n sbio arna' i fel tasa gen i gyrn ar fy mhen.'

'Mae'r rhan fwya yn enwog am chwartar awr ryw dro yn ystod eu hoes,' meddai Tom yn diamddiffyn.

Aeth Glenys yn ei blaen heb gymryd unrhyw sylw. 'Ond beth roddodd y *top hat* ar bob dim oedd rhain,' a thaflodd ddau lythyr ar y bwrdd. 'Darllenwch nhw.' A phan oedd Tom yn oedi, ailadroddodd ei gorchymyn. 'Wel blydi wel darllenwch nhw!'

Pan dynnodd Tom y papurau o'r amlenni gwelodd mai nodiadau byrion ac i bwrpas oeddent, un o Gaer a'r llall o bellafoedd Lloegr. Roedd y cyflwyniad yn amrywio, ond yr un oedd y neges.

'In view of the present difficulties you seem to be going through, we have decided to cancel the booking we have with you this year . . .'

'Ydach chi'n gweld,' meddai Glenys, 'ac mae 'na rai eraill wedi deud yr un peth ar y ffôn.'

'Does gen i ddim help am hynny,' meddai Tom.

'Help? Doedd arnoch chi ddim isio help, mi fedroch wneud y smonach i gyd yn hawdd ar y'ch pen y'ch hun.'

Cododd Tom ar hynny wedi sylweddoli nad oedd unrhyw ddiben ceisio ymresymu.

'Mi rydw i'n gweld nad oes fy angan i yn y fan yma,' meddai.

'Wel gan y'ch bod chi wedi sôn,' meddai Glenys gan chwythu pwff o fwg, 'mae gynnon ni newydd arall i chi. Mi rydan ni wedi penderfynu gwerthu yntydan Mam'?'

Eisteddodd Tom yn ei ôl. 'Gwerthu?' meddai.

'Ia, dyna chi,' meddai Dori.

Gwyddai Tom ers marw Hari fod hynny bob amser yn bosibilrwydd, ond pan wireddwyd ei ofnau mor syfrdanol, roedd wedi ei lorio. Fodd bynnag, doedd o ddim am roi'r boddhad iddynt drwy ofyn beth a oedd yn mynd i ddigwydd iddo fo yn bersonol. Penderfynodd eu gadael ar hynny ac ymneilltuo i'w lofft, ac yno yn ei wynebu roedd ychwaneg o drafferthion.

Roedd ei stafell yn edrych fel pe bai yna fellten wedi dod i mewn ac wedi methu â chanfod ei ffordd allan. Roedd ei lyfrau ar wasgar hyd y gwely a'r llawr, rhai â'u cloriau ar led fel adar wedi eu saethu, ac yn eu mysg *Teithiau Pennant*. Roedd ychwaneg wedi eu pentyrru ar ben y Beibl teuluol; gweithred a ddeuai ag anffawd sicr i unrhyw gartref yn ôl cred ei fam ers talwm. Wel, os felly, roedd ei anffawd o wedi digwydd cyn cael ei darogan.

Roedd y cwpwrdd dur hefyd wedi ei agor drwy drais, a'r *Mauser* wedi diflannu. Dyma'r tro cyntaf iddo fod heb wn yn ei oes, a theimlodd ias o noethni corfforol bron.

30.

Roedd Tom yn rhy flinedig i roi llawer o drefn ar ei gartref y noson honno. Taniodd y nwy a gwnaeth fowlaid o uwd cyn mynd i'w wely; cysgodd yn dda serch ei holl helyntion. Llais Dilys o'r gwaelod a'i deffrodd yn y bore. Wedi iddi ddod i fyny dywedodd:

'Mi wna' i drefn ar y lle 'ma cyn i mi fynd.'

'Fydd raid i ti ddim. Dwyt ti ddim yn gwybod lle mae'r llyfra 'ma yn mynd.'

'Wel, os ydach chi mor ffysi!'

'Pam na fasat ti wedi deud wrtha' i beth oedd yn fy nisgwyl i ddoe?'

'Nid fy lle i oedd o, naci?'

'Sut mae petha i lawr yna heddiw?'

'Symol dda, symol ddrwg. Mae hi am werthu yntydi?'

'Dyna ddeudodd hi. Be wnawn ni am ein swyddi d'wad?'

'Mi fydda' i'n iawn rŵan wedi i'r hogyn acw fynd. Be wnewch chi ydi'r peth?'

'Does 'na ddim ond un peth amdani nac oes — mynd ar draws y caea 'na at rai tebyg i mi.'

Wyddai Dilys ddim beth i'w ddweud wrtho am hynny, ond i lenwi bwlch, meddai:

'Mi rydw inna yn dechra cael boliad ar redag i'r hen Saeson 'ma — tendio ar fy salach. Mae'r ddwy yn sôn am brynu bynglo yn ymyl y dre. Ella cewch chi fynd i'r fan honno.'

'Mi fasa gofyn iddyn nhw dalu pension da i mi.'

'Er, cofiwch, dydi llefydd fel hyn ddim mor hawdd i'w gwerthu yn y dirwasgiad 'ma. Mi allasa fod ar y farchnad am flynyddoedd. Wedyn yma byddwch chitha. Dydach chi ddim o dan notis debyg?'

'Ddim eto. Ond fydd o fawr o fywyd i mi, yn na fydd Dilys, yn gwybod nad oes dim o fy angan i yn fy nghartra fy hun,' a llanwodd ei lygaid.

'Dŵad i ofyn wnes i oedd arnoch chi isio rhywbath oddi allan,' meddai Dilys gan droi at y ffenest i gelu ei hannifyrrwch.

'Na, mi goda' i yn y munud i roi tro ar yr hen foto 'na i fynd i chwilio am gnyswd.'

Pan ddaeth hi'n adeg i wneud hynny fodd bynnag, doedd y car ddim mor awyddus i danio ar ôl segura cyhyd, ond pwy ddaeth ar y twymiad ond Ifan y postman, a oedd wedi ennill cystadleuaeth cyhyrau gorau Cymru ychydig ynghynt.

'Rhoswch i mi roi sgŵd i chi,' meddai, a chafwyd y peiriant i gipio o'r diwedd. 'Methu cael jêl hefo walia digon trwchus i'ch dal chi ddaru nhw?' gofynnodd Ifan. 'Ella y gwnawn nhw ddal y bobol iawn rhyw dro - ffliwcan felly.'

Rhyw ddiwrnod smwclyd tywydd grifft oedd hi, ac ar ei ffordd penderfynodd Tom alw ar Richie Malan a oedd yn digwydd bod yn y tŷ yn trwsio beic un o'r wyrion.

'Rarglwydd sut mae hi Tom?' meddai wrth ei alw i mewn. 'Ers faint ydach chi adra?'

'Ddoe,' meddai Tom, 'os mai adra y galwi di o.'

Roedd Ritchie yn awyddus i gael yr holl hanes wedyn er mwyn cymharu profiadau.

'Ia,' meddai fel yr oedd Tom yn dweud yr hanes. 'Mi ddaru nhw ofyn hynny i minna hefyd.'

'A neidio o un peth i'r llall.'

'Ia'n sydyn, i drio dal rhywun. Pwy fasa wedi meddwl am y *bitch* bach yna 'tê - mor wên deg. Mi fuoch chi'n lwcus hefo honna mewn un ffor'. Mi blyffiodd ni i gyd.' Yna aeth i holi Tom am y noson wyntog honno yn y fynwent.

'Maen nhw wedi mynd â fy ngynna i, wyddost ti,' meddai Tom.

'Mi fasa'r diawlad, yn basan. Mi fydd raid i chi fynd yn eu cylch nhw, neu welwch chi byth mohonyn nhw eto.'

Cododd ar hynny ac agorodd ddrôr mewn dodrefnyn. Estynnodd ohoni rywbeth wedi ei lapio mewn cadach.

'Wyddoch chi am rywun wedi colli peth fel hyn?'

Datododd Tom y cadach a chanfod y *Smith and Wesson.*

'Lle ce'st ti afael ar hwn?'

'Lle ddaru chi ei adael o mae'n rhaid. Digwydd troi i mewn i'r fynwant wnes i ar ôl i'r lobiaid yna falu'r giât. Wn i ddim beth wnaeth i mi fynd i ymyl y moniwment i'r ochor bella 'na chwaith . Ffliwcan hollol, a dyna lle'r oedd o. Dyma chi'r siots.'

'Wyddost ti be, mi rydw i'n falch o gael hwn. Mi rydw i wedi poeni, ofn i ryw blentyn gael gafael arno fo.'

'Neu Meibion Glyndŵr ella,' meddai Richie gan wenu. 'Mi fasa fwy o ddefnydd iddyn nhw na'r fodrwy 'na.'

Ar hynny daeth Beryl i mewn hefo rhyw giali bach wrth ei chwt.

'Rargol pwy fasa'n meddwl,' meddai hi. 'Pa bryd y daethoch chi?'

'Ydi beic yn barod, Taid?' gofynnodd y cwb.

'Dest iawn.'

'Sut oedd . . . ? '

'Pa bryd y bydd o'n barod?'

'Rho gora' i siarad ar draws pobol,' meddai Beryl wedyn.

'Mi fydd yn rhaid i mi fynd,' meddai Tom. 'Dydw i ddim wedi codi fy mhension am dro neu ddau. Mi fydd yna log arno fo. Ac mi rydw i isio picio i'r dre i nôl negas.'

'Duwcs, mi rydan ni yn mynd i Cwics,' meddai Beryl. 'Ddown ni â be 'dach chi isio. Mi rydw i yn mynd i wneud tamad i hwn gynta iddo fo gael mynd yn ei ôl i'r ysgol. Rhoswch i chi gael panad.'

Bodlonodd Tom ar hynny gan sylweddoli bod gan Beryl amcan arall yn y gwahoddiad, a bu raid iddo ailadrodd peth o'i hanes wedyn er ei mwyn hi. Rhwng brawddegau roedd Beryl yn tywallt melltithion ar Yn Wir.

'Mi gafodd ei haeddiant, y jadan. Wyddoch chi ddim faint o ddrwg wnaeth hi i Richie chwaith.'

Aeth yr hen hogyn yn ei ôl i'r ysgol gan swnian am ei feic.

Gofynnodd Beryl i Tom sut yr oedd o'n ymdopi ar ôl dod adre, a bu raid iddo gyfaddef ei fod unwaith eto yn y llofft ŷd, ac mai bwriad Glenys oedd gwerthu'r fferm.

'Wyddoch chi be Tom Robaits?' meddai hi yn y diwedd. 'Wnes i rioed ymserchu yn Glenys. Roedd hi bob amsar yn gwneud i mi deimlo na fasa yna fawr o drugaradd i'w gael unwaith y basach chi o dan ei bawd hi. Mi synnis i pan aeth Hari a hi at ei gilydd.'

Doedd Richie ddim yn awyddus i'w wraig fynegi ei barn am deuluoedd pobl eraill, a throdd y stori.

'Wyddoch chi be sy' wedi bod yn mynd trwy fy meddwl i Tom — bod gynnon ni ill dau gliciad i ddŵad â cês am iawn yn erbyn yr hen gopars 'na?'

'Wyt ti'n meddwl?'

'Mae 'na rai yn gwneud hynny bob dydd yn rhywla, a dyna i chi'r Padis 'na, wedi cael eu cadw i mewn ar gam. Dydi rheina ddim yn mynd i'w gymryd o.'

'Mi fasa'n costio i ti tasat ti'n colli.'

'Mi faswn i'n cael y *legal aid*,' meddai Richie, na fu erioed yn fyr o yfed o bob afon.

'Aros i ni gael gweld be gawn ni hefo'r *grant* yna i drwsio'r tŷ,' meddai Beryl. 'Rheitiach i ni gael hwnnw.'

'Duw a ŵyr sut y bydd hi hefo hynny,' meddai Richie. 'Mae'r Hywal 'na yn disgwyl mynd o flaen ei well am ffidlio grantia pobol hefo'r hen foi cownsil 'na sydd wedi cael jêl. Gwneud gwaith rhad i bobol a phocedu'r gwahaniaeth. Roedd o wedi dŵad â'i dacla i fa'ma i ddechra, ond mi rois i stop ar y diawl. Tua'r adag honno y cafodd o gop yn newid *estimates*. Mi rydach chi'n lwcus y'ch bod chi yn glir â fo.'

Ar hynny torrodd Tom y sgwrs yn fyr. 'Diolch i chi drosta' i.'

'Am be 'dwch?' gofynnodd Beryl. 'Mae'n dda gen i y'ch gweld chi â'ch traed yn rhydd unwaith eto. Ylwch, mi ddaw Richie â'ch negas chi draw ar ôl te — yn doi?'

'Do' i,' meddai hwnnw, gan wybod beth a fuasai ei haeddiant am wrthod.

Ond pan oedd Tom ar ymadael cofiodd Beryl rywbeth arall.

'Ydach chi wedi clywad gan yr hogan Canada 'na wedyn?'

'Naddo, dim glep. Ella ei bod hi wedi mynd yn ei hôl.'

Doedd gan Richie ddim barn i'w roi ar hynny. Roedd o wedi mynd yn hynod o dawedog ar drawiad.

31.

Pan ddaeth Tom yn ei ôl i'r Hendre Ddidol, roedd yn deall mwy am un o'r pethau a fu'n peri annifyrrwch i Glenys. Yn ystod ei ymweliad â'r post, teimlodd fod y perchenogion, a oedd yn Saeson, wedi pellhau oddi wrtho, ac ni allai lai na theimlo ei fod yn wrthrych chwilfrydedd ac yn denu edrychiadau cil llygaid gan rai nad oedd yn eu hadnabod. Ond roedd ychwaneg o brofiadau cyffelyb i ddod.

Ganol y prynhawn daeth cnoc ar ei ddrws. Dyn ieuanc a merch oedd yno yn cynrychioli rhyw gyfnodolyn Cymraeg ac yn awyddus i gael ei sylwadau am ei gaethiwed. Bu raid iddo ailadrodd ddwywaith a thair nad oedd arno awydd dweud dim. Ond yr oeddent mor daer â Sipsiwn yn gwerthu pegiau. Roedd gan y dyn gamera, a chyn ymadael tynnodd un neu ddau o luniau. Ar hynny ymddangosodd Glenys o'r tŷ, ac am unwaith ers i Tom ddychwelyd cafodd ei chefnogaeth i gael ymadael â'r pâr. Ond cyn iddi ddiflannu yn ei hôl o dan do, gwaeddodd ar Tom: 'Ydach chi'n gweld rŵan be fu raid i mi ei ddiodda?'

Ddywedodd Tom yr un gair, dim ond cau'r drws arno ei hun unwaith yn rhagor, a phan ddaeth Richie ymhen y rhawg hefo'i angenrheidiau, bu raid iddo ddyrnu'n galed i gael yr hen ŵr i agor.

'Mi 'ddylais i mai'r petha papur newydd 'na oedd wedi dŵad yn eu hola.'

'Dydach chi ddim ond megis dechra hefo rheina,' meddai Richie. Mi ges i ddôs. Be oeddwn i'n wneud oedd dest malu awyr hefo nhw am y peth nesa fasa'n dŵad i fy mhen i.'

'Mi fydd yn rhaid i mi ei thrio hi os na cha' i lonydd.'

'Ydach chi'n brysur gyda'r nos 'ma?' gofynnodd Richie.

'Nac ydw i.'

'Fasach chi'n licio dŵad am beint — newid bach?'

'Do' i,' meddai Tom ar ei union. Ac i ffwrdd â nhw yn nghar Richie.

Ond yn lle troi am *Y Fedwen* aeth Richie i fyny ffordd y Moelydd.

'Lle'r wyt ti am fynd â fi?' gofynnodd Tom.

'Dipyn o newid cystal â gorffwys weithia Tom,' meddai Richie. 'A deud y gwir mi rydw i wedi cael *ban* o'r *Fedwen*.'

'Duw am be?'

'Wel, ar ôl i chi fod mewn helynt fel yna, euog neu beidio, mae o'n sticio hefo pobol, cofiwch hynny.'

'Wnes i ddim meddwl y basa fo.'

'Wel mae o. A rhyw noson mi aeth un o'r hen Saeson 'na i gega, ac mi rois bancan iddo fo.'

'Mae'n siŵr ei fod o'n gofyn amdani i ti fynd i'r fath draffarth.'

'Oedd y diawl. Un o'r criw rheiny oedd yn trio bod yn glyfar hefo chi y noson honno.'

Gyda hynny daethant at y *Moelydd Arms*. Roedd y sefydliad yn cael ei gadw gan weddw a'i mab, a oedd yn amlwg yn ceisio atgyfodi cymeriad yr adeilad i oes cyn y tractor a'r combein. Roedd yno doreth o hen offer fferm yn crogi ar y parwydydd; o iau ychain i ffyst a chylltyrau a gwelleifiau cneifio, ac ar y distiau isel, amrywiaeth o lestri llaeth a llaesod. Roedd y meinciau cefnau uchel o dan y golau amhendant yn y cornelau yn ei wneud yn fan delfrydol i dreulio orig yng nghwmni gwraig rhywun arall, neu i ddeor cynllun i gael gwared â'i gŵr.

Doedd y weddw, yn ôl ei hymddygiad, ddim yn gwrthwynebu croesawu darpar-aelodau o Feibion Glyndŵr i'w thafarn, er bod ei hagwedd yn dangos nad oedd wynebau'r ddau gwsmer anghyffredin yn ddieithr iddi.

Wedi i Tom a Richie feddiannu un o'r cornelau, meddai Tom:

'Mae'r fan yma yn debycach i siop *ironmonger* na thafarn.'

'Gobeithio nad ŷdi hon mor hen-ffasiwn â'i mam,' meddai Richie. 'Roeddan nhw'n deud bod honno yn rhoi dyrnad o halan yn y brâg i godi sychad.'

'Pob tyladaeth rhag tylodi.'

'I'r fan yma y bydda Lewis yn dŵad nes yr aeth rhyw deciall pres ar goll.'

'Sut mae o — glywist ti?'

'Dydi ei fraich o'n mendio dim. Meddwl ydw i ei fod o wedi cael gwenwyn oddi wrth yr hen gath 'na wyddoch chi. Ond mae o mewn digon o helbul yn barod meddan nhw.'

'Be mae o wedi wneud rŵan?'

'Mae'r hen foi 'na yn y Plas wedi mynd yn glec yn tydi?'

'Fasa'n ddim syndod gen i.'

'Ydi, ac mae pobol y bancrypt 'na yn chwilio ei le fo i roi gwerth ar betha. Roeddan nhw wedi mynd i'r cwt clomennod 'na faswn i'n meddwl, ac wedi mynd i fyny ystol i gael gwell golwg ar y tylla 'na o'i gwmpas o, ond nid wya' clomennod ddaru nhw ffendio.'

'Be felly?'

'Canwyllbrenni pres a phetha felly myn diawl wedi cael eu cuddio; rhai ohonyn nhw wedi cerddad o gartra'r hen bobol a thŷ Katie Davies. Mae'n siŵr mai yno yn disgwyl cwsmar yr oeddan nhw. Mae gan yr hen Lewis lot o waith egluro meddan nhw.'

'Mi roedd ganddo fo ryw hen hogia yn gweithio yno hefo fo yn doedd?'

'O, y criw YTS 'na. Ella bod rheiny yn y busnas hefyd.'

'Oes 'na rywbath yn saff yn rwla d'wad?'

'Lwcus y'ch bod chi wedi cael y'ch gwn yn ei ôl.'

'Mi rwyt ti'n iawn.'

'A gwrandwch, tra bydda' i'n cael cyfla arnoch chi, mae gen i rwbath arall i'w ddeud. Doeddwn i ddim isio sôn yn y tŷ rhag ofn i Beryl gamddeall.'

'Does raid i ti ddeud wrtha' inna chwaith,' meddai Tom, gan ofni cael ei dynnu i chwaneg o helbulon pobl eraill. Ond chymerodd Richie ddim sylw o'r awgrym.

Gwnaeth ei ddatganiad syfrdanol.

'Roeddwn i'n gwybod beth oedd yr hen hogan bach 'na cyn iddi gael ei lladd.'

Sythodd Tom ar ei fainc. 'Yn Wir wyt ti'n feddwl?'

'Ia.'

'Ei bod hi'n gweithio hefo'r bobol 'na?'

'Oeddwn.'

'Sut ce'st ti wybod peth felly?'

'Gan yr hogan arall 'na — y Canadiad.'

'Monique Larores!'

'Beth bynnag oedd ei henw hi. Doeddwn i rioed wedi torri gair hefo hi, ac mi ddaeth acw pan oeddwn i adra fy hun. Roeddwn i'n meddwl i ddechra mai isio trin y car oedd hi, er na faswn i ddim yn cyffwrdd mewn un felly. "Mae arna' i isio siarad hefo chi," medda hi fel yna. "Fedrwn ni fynd i rywla?" Wel, wyddwn i ddim be i ddeud. Beth bynnag, yn y diwadd mi es. "Dreifiwch chi," medda hi. "Mi rydach chi'n gwybod am y lle yn well na fi." Am gar oedd o hefyd. Doedd dim ond isio i chi gyffwrdd y'ch troed ynddo fo.'

'Lle'r est ti â hi?' gofynnodd Tom yn llawn chwilfrydedd.

'I fyny ar y Clegyr. Arglwydd ro'n i ofn i rywun fy ngweld i. Doeddwn i ddim yn nabod y ddynas.'

Gadawodd Tom iddo feddwl nad oedd neb wedi ei weld. Soniodd o ddim am Dilys.

'Be oedd hi isio hefo chdi?' meddai Tom gyda pheth eiddigedd.

'Roeddach chi wedi deud wrthi, doeddach; mod i wedi bod mewn trwbwl.'

'Oeddwn. Wel, hi ddaru ofyn wyt ti'n gweld.'

'Ia wn i. Ond wyddoch chi be oedd hi'n feddwl?'

'Na wn i.'

'Bod gynnon ni rhywbath i'w wneud hefo'r Meibion.'

'Taw di! Ddaru hi rioed sôn wrtha' i.'

'Roedd arni ormod o ofn gwneud camgymeriad.'

'Wnes i rioed ddirnad ei bod hi'n cario'r fath syniad. Pam fod ganddi hi gymaint o ddiddordab yn y rheiny?'

'Roedd hi'n perthyn i ryw griw tebyg yn Quebec medda hi. Roedd hi ar ôl yr hen hogan bach 'na. Ddeudodd hi mo hynny ar ei ben, ond mi rydw i'n siŵr ei bod hi'n bwriadu ei lladd hi.

Roedd ganddi hi bistol, mi glywis Lewis yn deud.'

'Nefoedd fawr, mi rwyt ti wedi fy synnu i. Beth oedd Yn Wir wedi wneud iddyn nhw?'

'Ddim yn gymaint i'r rheiny, ond i'w theulu hi'n bersonol. Roedd yr hogan wedi bod yn gwneud yr un peth yn y fan honno, ond nid cymryd arni stydio bloda oedd hi bryd hynny. Roedd hi wedi mynd yno fel athrawes am gyfnod. Maen nhw'n cael mynd rŵan yn tydyn?'

'Ydyn, mae mab Dilys wedi mynd medda hi.'

'Ia dyna chi. Ond *agent* i'r polîs oedd hi yn y fan honno hefyd — esgus oedd y dysgu. Mae'n debyg ei bod hi'n cael pres da am wneud yn doedd?'

'Oedd, ac yn medru'r iaith hefyd siŵr i ti. Wel am gythral 'tê yn ein twyllo ni i gyd. Roedd busnas fel yna yn gyffredin amsar rhyfal — ond yn y lle bach yma . . . Fedra' i ddim dirnad hynna.'

'Wel dyna chi, ond mi dangliodd hefo'r criw rong yn y fan honno. Mae rheina yn hyndryd pyrsentars wyddoch chi Tom; ddim 'run fath â rhain yn dyrnu rhyw gitârs a nadu yr un hen ganeuon am ryddid yn dragywydd. Ar ôl clywad un mi rydach chi wedi'u clywad nhw i gyd.'

'Mi rwyt ti'n iawn. Does 'na ddim fel gwn os oes arnat ti isio i dy ddadl di gael unrhyw sylw.'

'Roedd yr hogan Canada 'na yn deud wrtha' i bod ei brawd hi yn y jêl am roi rhywla ar dân pan oedd yna dwrw yno am yr iaith neu rywbath, a bod hon wedi ei berswadio fo i neud. Mi galwodd hi yn rhyw enw hefyd.'

'*Agent provocateur?*'

'Ia dyna chi, rhywbath fel yna. Beth bynnag, mi ddaeth bob cam ar ei hôl hi, ac mae'n rhaid ei bod hi wedi cymryd yn ei phen ei bod hi'n saff iddi siarad hefo fi am fy mod i wedi cael yr helynt yna. Roedd hi'n dipyn o ddynas. Faswn i ddim yn licio ei chroesi hi.'

'Wyt ti'n meddwl mai hi roddodd y Beudy Bach ar dân?'

'Duw a ŵyr. Ella ei bod hi wedi cael hyd i'r Meibion go iawn yn y diwadd ac nid rhyw *imitations* 'run fath â ni.'

'Doedd arni ddim angan ei phistol yn y diwadd yn nac oedd —

tasa hi ond yn gwybod. Mi wnaeth yr hen ywan y gwaith drosti.

'Ella ei bod hi'n gwybod ac wedi ei g'leuo hi. Y peth calla' fasa hi'n wneud. Chlywn ni byth sôn amdani eto mae'n siŵr.'

'Na chlywn debyg,' ac yr oedd sŵn siomedig ar Tom.

'Duw, wyddoch chi be,' meddai Richie. 'Mi fuoch chitha yn lwcus o fod yn anlwcus.'

'Be wyt ti'n feddwl?'

'Roeddach chi'n union rhwng y ddwy yn doeddach. Doedd yr un o'r ddwy yn gwybod yn iawn ar ochr pwy oeddach chi. Ond mi dwi'n siŵr ei bod hi, yr hogan Canada, wedi meddwl fod â wnelo chi rywbeth â'r Meibion.'

'Os wyt ti'n edrach arni hi fel'na. Ac mae'n siŵr gen i mai llwch i'r llygaid oedd gwneud y ffilm yna.'

'Be arall?' meddai Richie yn bendant. 'Ond mi dwyllodd bawb yn do — hyd yn oed y sgŵl. Wn i ddim be ddeudith Beryl.'

'O le bach distaw, mae fa'ma wedi cael dipyn go lew o sylw yn ddiweddar.'

'A ninna ill dau oedd y prif actorion. Mi ddylan ni fod yn cael dipyn o bres gan y petha telifison 'na hefyd am lenwi eu rhaglenni nhw.'

'Os dyla rhywun. Ond mae o'n dangos i ti mor hawdd y gelli gael dy dynnu i drybeini yn hollol ddiniwad.'

'*Touché,*' meddai Richie, a syfrdanwyd Tom wrth ei glywed yn defnyddio'r fath air.

32.

Roedd y Pasg ar ddod gyda hynny — gŵyl y gobaith newydd a'r atgyfodiad. Ond roedd yn darogan i fod yn un trymaidd i Tom, gan ei fod yn gwybod y byddai'r atgofion yn arteithio'r enaid. Yr haul hwnnw na fyddai byth yn methu â disgleirio yn y bore cyntaf ar Sul y Pasg, ac yn crynu yn ôl yr hen gred. Y bobl rheiny a fyddai'n cerdded y llwybrau a oedd bellach ar goll o dan y pîn, yn cludo eu teyrnged o flodau i'r hen eglwys ac yn oedi ar y camfeydd i sgwrsio a rhyfeddu at ffyrdd anian. Cri'r cornchwiglod pryderus, a sawr iach galonnog y cwrlid ar y corsydd fel yr oedd y gwres cynyddol yn tynnu allan ei archwa, a'r cwestiwn a fyddai ar bob tafod: 'Ydach chi wedi clywad y gog?'

Roedd Dori wedi diflannu meddai Dilys, a oedd wedi mabwysiadu'r gwaith o gario negesau rhwng y tŷ a'r llofft ŷd. Gresynai orfod gwneud y swydd i 'bobol wedi tyfu i fyny' chwedl hithau. Ond fel sawl achlysur sydd yn ymddangos yn fwgan o bell, doedd o ddim yn Basg gwael yn y diwedd. Aeth Tom ar draws y caeau ar Ddydd Gwener y Groglith i weld Wil Griffith am y tro cyntaf ers ei helynt, er nad oedd o'n sicr iawn o'i groeso wedi iddo wneud y fath sôn amdano. Ond chwalwyd ei amheuon yn fuan iawn. Roedd o wedi ei ddyrchafu yn rhyw fath o bencampwr, meddai Wil, a oedd wedi cymryd mantais o boblogrwydd Tom i adlewyrchu arno yntau fel cyfaill. Ac yn ddiweddarach profwyd nad broliant gwag oedd hwnnw. Yn y stafell gyffredin daeth amryw o'r trigolion i'w groesawu a'i longyfarch am ei safiad yn herio awdurdod yr oeddent hwy'n gwbl ddiamddiffyn yn ei erbyn. Nid oeddynt ychwaith yn brin o fwrw eu llid ar y rhai oedd wedi peri cymaint o loes dianghenrhaid i Tom. Roedd gan yr hen fachgen anghofus hyd yn oed ei bwt.

'Mi fasa'n well i chi o lawar tasach chi'n fa'ma hefo ni.' Ac erbyn hynny roedd Tom wedi mynd i hanner gredu'r dywediad mai gan y gwirion ceir y gwir.

Yn y cyfamser, yr oedd yn dal i bryderu ynghylch ei ynnau, ac yn cael ei dynnu rhwng yr awydd i fynd i holi yn eu cylch a chadw'n glir o olwg yr heddlu am weddill ei oes. Ond daeth pen ar ei ansicrwydd. Daethant hwy i chwilio amdano fo.

Un bore ymddangosodd car plismon yn y buarth, ac ohono daeth yr union ferch a gyrhaeddodd noson lladd yr ieir. Doedd dim angen cyfarwyddiadau arni y tro yma. Daeth yn syth i fyny'r grisiau ac eisteddodd gydag ystum gartrefol. Ymbaratôdd Tom am ychwaneg o anfelystra. Ond nid felly y bu o gwbl.

'Mae gen i newyddion da a drwg i chi,' meddai'r ferch gan dynnu rhyw bapurau o'i bag. 'Mae gen i ddirwy i chi yn y fan yma o hanner canpunt.'

'Am beth?' meddai Tom.

'Cludo gwn yn gyhoeddus heb orchudd pwrpasol. Mi gawsoch rybudd dwi'n cofio, fi roddodd o i chi.'

'Does yna ddim achos llys wedi bod,' meddai Tom.

'Dim angen. Rydan ni'n ceisio arbed arian ac amser.'

Doedd yr hen ŵr ddim am ddadlau. Roedd yn gwybod erbyn hynny fod democratiaeth yn iawn i ddemocratwyr, ac yr oedd y diawled am wneud yn siŵr nad oedd yn cael yr afael rydd heb ryw fath o gosb.

'Ydach chi'n dewis talu rŵan?' gofynnodd yr eneth.

'Pa bryd y ca' i fy ngynna yn ôl?'

'Ar unwaith ar ôl i chi dalu, ond bydd raid i chi gael gorchudd pwrpasol ymhen yr wythnos, ac nid — be oedd o hefyd — bag post?'

'Iawn,' meddai Tom wedi cael modd i fyw. Gwyddai fod gan Richie ddau neu dri o fagiau dros ben wedi eu prynu mewn arwerthiant cistiau ceir. Rhoddodd arian parod iddi a chafodd dderbyneb.

'Mae'r gynnau gen i yn y car,' meddai. 'Dewch i lawr.' Yna wrth godi ychwanegodd, 'Mi gawsoch gryn brofiad rwy'n deall ers pan fûm yma?'

'Do — gryn.'

Yna dywedodd rhywbeth a synnodd Tom braidd.

'Dylai rhai pobl fod yn sicrach o'u ffeithiau cyn achosi cymaint o gost a gwastraff amser.'

Wrth ei gweld mor hydrin, mentrodd Tom wthio tipyn ar ei ffawd yntau.

'Ynghylch yr hogan yna gafodd ei lladd yn y fynwent,' meddai.

'Ie?'

'Fydd yna gwest?'

'Dim yn ei hachos hi. Mae hi'n beth a elwir yn "hepgorol".'

'Lle cafodd hi ei chladdu?'

Er mai gelyn iddo fu Yn Wir erbyn y diwedd, allai o ddim llai na meddwl mai peth bach wedi ei chamarwain a'i defnyddio i bwrpas eraill oedd hi. Doedd hi ddim yn golygu llawer mwy i'w chyflogwyr bellach na'r teclyn hwnnw oedd ganddi yn siarad drwyddo yn y fynwent o dan yr ywen. Mae'n rhaid fod y blismones wedi synhwyro ei deimlad.

'Faswn i ddim yn meddwl mwy am y peth,' meddai. 'Mae popeth oedd yn ddyledus wedi ei wneud, mi allwch fod yn dawel eich meddwl.'

Yn y buarth wrth drosglwyddo'r *Purdey* a'r *Mauser* iddo, ychwanegodd: 'Does dim diben i mi eich hatgoffa debyg, 'mod i wedi eich cynghori i beidio mynd i hela cathod, chwaith.'

'Nac oes,' meddai Tom dan wenu. 'Mi fydd yn rhaid i mi drio gwrando arnoch chi o hyn ymlaen, yn bydd?'

Dechreuodd Tom ymweld â Phlas Noswyl yn amlach, oherwydd y derbyniad cyfeillgar a gâi gan y trigolion. Wedi'r cwbl, os oedd yna gydymdeimlad ar gael yn rhywle, roedd yn debycach o ddod o gyfeiriad ei gyd-oeswyr.

Byddai Wil Griffith yn adolygu'r helyntion a oedd wedi digwydd rhwng marwolaeth Hari a chaethiwed Tom, ac fe roddai ei farn ar bob sefyllfa, gan gynnwys bwriad Glenys i werthu yr Hendre Ddidol. 'Yr yng-nghyfraith 'ma ydi'r drwg bob amsar oldwch chi,' meddai heb wên ar ei wyneb.

Yn y cyfamser roedd pawb yn disgwyl yn eiddgar am achos llys y gyn-fetron, ac yn y diwedd fe ddaeth.

'Roeddwn i'n deud wrthach chi bod ganddi hi help i gael 'madael â'r ysbail,' meddai Wil Griffith un diwrnod ar ôl bod â'i ben yn y papur dyddiol. 'Dydw i'n synnu fawr pwy oedd o chwaith.'

'Pwy felly?' gofynnodd Tom.

'Wel y Lewis hwnnw gafodd ei faeddu gan y gath. Mi fasan ni wedi gosod bagal weiran iddi ers talwm yn Sir Fôn. Fasa ddim rhaid i chi fod wedi mynd i'r helynt honno yn y fynwant.'

Ond doedd meddwl Tom ddim ar ddulliau hela Gwlad y Medra. Roedd o erbyn hynny wedi deall bod gan Richie Malan feddiant ar y wybodaeth o flaen pawb arall rywsut, ac yr oedd y datblygiad diweddaraf yma, i ardal a oedd yn dechrau cynefino hefo un cynnwrf ar ôl y llall; yn dal i fod o ddiddordeb mawr.

'Dydw inna'n synnu dim,' meddai Dilys wrth Tom un diwrnod. 'Be oedd o'n da yn y lle clomennod 'na yr adag yna o'r nos meddach chi. Mae o yn ei ôl yn yr hospitol eto wyddoch chi hefo'i fraich; madredd meddan nhw. Mae Albyt druan yn mynnu bod yno hefo fo ddydd a nos hefyd; fedar neb ei symud o meddan nhw.'

'Mi fydd yn rhaid i mi fynd i edrach am yr hen Annie,' meddai Tom gan ddal i gofio ei ddyletswyddau cymdeithasol. 'A gwranda, tra wyt ti yma, mae arna' i isio sôn am beth arall wrthat ti.'

'Be sy'n y'ch poeni chi rŵan?'

'Mi rydw i wedi penderfynu mynd i Blas Noswyl.'

'Be ddaeth â hyn mor sydyn?'

'Wel, dydi o ddim yn ymddangos yn lle mor annifyr yn y diwadd erbyn i mi ddŵad i ddeall pwy sydd yno. Mae yno ryw hogan oedd hefo fi yn yr ysgol ers talwm, mi rydw i'n cofio yn iawn; dwy blethan ganddi hi. Jên Edwards oedd ei henw hi; peth reit ddel. Wrth gwrs mae hi wedi heneiddio wyddost ti fel yr ydan ni i gyd.'

'Biti 'te. Roeddwn i'n meddwl bod yna ryw dynfa.'

'Na o ddifri. Be wyt ti'n feddwl, cyn iddi ddŵad yn fatar o raid arna' i yn y fan yma.'

'Wel y chi ŵyr, ond mi fydd yn rhaid i chi dalu am y'ch lle, rydach chi'n gwybod hynny. Mi rydach chi'n byw am ddim yn y fan yma.'

'Ydw, ond am faint 'te Dilys bach. Ella mai llyfr rhent ga' i yn y fan yma hefyd yn y diwadd. Mi rydw i'n bwriadu mynd o gwmpas petha hefyd. Mae 'na le neu ddau yn digwydd bod yn wag rŵan medda Wil.' A dyna a wnaeth.

Doedd dim modd i Glenys beidio â gwybod am ei amcanion hyd yn oed os nad oedd Dilys wedi dweud, gan i amryw o ymwelwyr cymdeithasol ddod i'w weld yn y cyfnod a ddilynodd. Treuliodd Tom oriau yn trin prisiau ac amodau, ac yr oedd yn rhaid iddo ddatgelu ei amgylchiadau hyd at y geiniog olaf. Rhoddodd y weithred honno achos iddo edifarhau ond doedd wiw sôn wrth Dilys. Yr argraff a gafodd yn bennaf oedd ei fod yn ffodus o gael lle o gwbl, gan ei fod yn iach ac yn ddigon tebol i edrych ar ei ôl ei hun. Wedi sefydlu'r trefniant, aeth i edrych am Annie gwraig Lewis.

Doedd hi ddim yn digwydd bod gartref pan alwodd Tom, ond gwahoddwyd o i mewn gan un o'r genethod a oedd yn ôl pob golwg newydd olchi ei gwallt ac yn cael trafferth i'w drefnu yn gudynnau dol hala-binna. Roedd ei chwaer mewn congl arall yn ymladd lawn mor galed yn lliwio gwinedd ei thraed.

Ni chafodd Tom gyfle ond i weiddi fel pe ar draws cae: 'Sut mae y'ch tad?', ond ni ddeallodd yr ateb gan fod set deledu fawr fel seidbord yn y gongl yn udo fel ci yn cael ffit. Ddywedwyd yr un gair pellach, a gwaredigaeth o'r berwinder i Tom oedd y foment pan ymddangosodd y fam fel mul pwn hefo dau fag neges yn ei dwylo.

'Dewcs dyma ddyn diarth,' gwaeddodd ar draws y gystadleuaeth, ac yna wrth y genethod: 'Diffoddwch yr hen beth 'na a cherwch drwadd, mae arna' i isio siarad hefo Mistar Robaits.'

Er nad oedd Annie o fawr faintioli, roedd hi'n gawres o awdurdod. Diflannodd y genethod hefo'u gwalltiau a'u hewinedd ar ôl distewi'r sŵn, ac yr oedd y teimlad fel ddannodd fawr wedi torri.

'Gymerwch chi banad?' gofynnodd Annie.

'Na, peidiwch â mynd i draffarth,' meddai Tom gyda brys, gan gadw mewn cof y sôn fyddai am ei mam yn rhoi'r platiau cinio i'r cŵn i'w llyfu o dan y bwrdd.'

'Sut mae Lewis?' gofynnodd Tom.

'Digon symol cofiwch. Mae arna' i ofn y bydd raid iddo fo golli ei fraich i rwystro'r hen beth 'na ei gerddad o.'

'O, tewch!'

'Bydd wir i chi, a hynny ar ben yr helynt 'na sgynno fo'n barod. Mi glywsoch am hynny debyg, mae pawb arall yn gwybod.'

Doedd dim diben celu. 'Do mi glywais,' meddai Tom, gan feddwl wrtho'i hun ar yr un pryd na fuasai colli un bachyn yn newid dim ar natur biodaidd Lewis.

'Dyna fu ei wendid o ar hyd yr oes,' meddai Annie. 'Methu gadael llonydd i betha pobol eraill.'

'Mae 'na ryw wendid arnon ni i gyd Annie.'

'Digon gwir. Ond does 'na neb fedrwch chi siarad hefo fo heddiw yn nac oes Mistar Robaits, am y'ch poen felly? Does 'na neb isio gwybod.'

'Chydig iawn.'

'A deud y gwir wrthach chi 'te, dydi o ddim yn sefyll ar ladrata y tro yma.'

'Sut felly?'

'A deud y gwir wrthach chi 'te,' ailadroddodd Annie gan bletio'r lliain, 'mae o wedi cael ei dynnu i ryw drwbwl fel y cawsoch chi. Mae o ofn y bydd y cwbl yn dŵad allan pan ddaw ei gês o. Nid ei betha fo yn unig oedd wedi cael eu cuddio yn y tylla clomennod 'na wyddoch chi.'

'Be 'dach chi'n feddwl?'

'Petha tebyg i'r rheina ddeuthon nhw o hyd iddyn nhw yn lle Richie Malan, ond mae Lewis wedi mynd ar ei lw nad oedd wnelo fo ddim â nhw.'

'Tewch â deud! Wel nac oedd debyg.'

'Ella ei fod o'n methu cadw ei ddwylo oddi ar betha, ond fasa fo byth yn ymyrryd â thacla fel yna.'

'Wel na fasa siŵr. Ond pwy gafodd hyd iddyn nhw?'

'Y fo — y fo ei hun, a damwain oedd hynny. Ond ddeudodd o ddim 'dach chi'n gweld, dim ond wrtha' i, a hynny wedi iddi hi fynd i'r pen arno fo hefo'i fraich. Ro'n i'n gwybod bod yna rywbath ar ei feddwl o ers tro wyddoch chi. Roedd o wedi mynd yn ddi-ddeud, hyd yn oed hefo Albyt. Yn yr osbitol y deudodd o wrtha' i.'

'Be ddeudodd o Annie?'

'Roedd 'na rhyw hen hogia o'r dre yno hefo fo, 'dach chi'n cofio?'

'Mi welis un ohonyn nhw, peth digon dyrys yr olwg.'

'Ia dyrys, mi rydach chi'n iawn. Roedd Lewis wedi deud wrtha' i ers talwm ei fod o'n ama bod 'na un ohonyn nhw ar y drygs. Wel rhyw bnawn pan aeth o i'r lle clomennod 'na, dyna lle'r oedd hwn ar ben yr ystol. "Be wyt ti'n wneud i fyny yn fan 'na?" meddai Lewis wrtho fo, ac mi gwelodd o'n taro rhywbath yn un o'r tylla. "Tyrd â fo i lawr," medda fo wedyn, "neu mi tafla' i di oddi ar yr ystol 'ma." Wyddoch chi fel mae o, Lew, wedi bod dipyn yn wyllt erioed, a dyma fo'n dechra ysgwyd honno, ac mae'n rhaid bod yr hen foi wedi cael braw. Mi ddaeth â'r peth 'ma i lawr, a be oedd o erbyn gweld ond y teclyn ffrwydro 'ma.'

'Be oedd o yn mynd i wneud hefo hwnnw?'

'Ia, eitha cwestiwn. Beth bynnag, doedd gan Lewis ddim dewis wedyn yn nac oedd ond ffônio'r polîs er mwyn diogelu ei hun hefyd, ond mi grefodd yr hen foi arno fo beidio, y basa fo'n deud yr hanas i gyd ond iddo fo gadw yn ddistaw. A dyna'r peth gwiriona wnaeth o ydach chi'n gweld, Tom Robaits, er ei fwyn ei hun erbyn hyn.'

'Be oedd gan y llall i'w ddeud?'

'Deud wnaeth o wrth Lewis ei fod o wedi cael pres gan rywun am gadw'r ffrwydron yn nhylla'r clomennod — ac nid hynny yn unig.'

'Eu defnyddio nhw.'

'Wel ia — ond nid i chwythu pobol chwaith.'

'Be oedd o'n feddwl wneud hefo nhw, felly?'

'Be wnaeth o hefo nhw, debycach. Cael Richie Malan i drwbwl.'

'Yr adag honno y bu o i mewn?'

'Ia dyna chi. Roedd o'n cael tâl gan hwn, nid am eu cadw nhw yn unig, ond am ffônio'r plismyn i ddeud mai Richie Malan oedd wedi eu cuddio nhw tan basa fo'n cael cyfla i'w defnyddio yn rhywla. Ond beth wnaeth rheiny 'dach chi'n gweld, cyn ei bod hi'n mynd yn big arnyn nhw i ddal Meibion Glyndŵr, ond mynd â'r ffrwydron i dŷ Richie, a chymryd arnyn mai yn ei le fo y cawson nhw hyd iddyn nhw, i'w gwneud hi'n waeth ar y creadur. Ond roedd y petha i gyd yn sych grimp meddan nhw, yn doeddan, a hitha wedi stido drwy'r nos 'dach chi'n cofio? Wel doedd ryfadd, wedi dŵad ar eu hunion o'r cwt clomennod 'na yr oeddan nhw.'

'Gafodd Lewis wybod pwy oedd wedi talu hwn am wneud y fath beth?'

'Wel do yn y diwadd, a dyna pam 'i fod o mewn lle cas 'dach chi'n gweld Mistar Robaits. Mi wneith yr hen betha drygs 'ma rwbath am bres yn gwnan. Wel mi synnwch, ac ella wnewch chi ddim.' Tawodd Annie am funud, fel pe bai braidd yn edifar ganddi fod mor gegog. Doedd Tom ddim awydd gofyn iddi ar ei ben pwy oedd y dyn. Roedd yn well ganddo adael iddi ddweud o'i gwirfodd.

'Ddeudodd Lewis wrth Richie Malan?' gofynnodd.

'Wn i ddim, gymaint â hynny wir i chi. Mi roeddwn i wedi clywad llawn digon. Mi ofynna' i iddo fo eto os y ca' i gyfla.'

'Mae'n rhaid na chafodd y plismyn rheiny ddim hyd i'r ffrwydron i gyd y noson honno ynta?'

'Naddo, meddai Lewis. Roedd hwn wedi cadw un neu ddau ar wahân. Duw a ŵyr beth oedd ei amcan o o wneud y fath beth.'

'Chwythu rhywla ella ar ôl cael dôs o'r dôp.'

'Ia fel'na maen nhw'n gwneud y petha 'ma wyddoch chi. Tydi hi wedi mynd yn rhyw fyd. Deudwch chi a fynnoch chi, mae'r hen

Saeson 'ma wedi dŵad â lot o lanast i'r fan 'ma. Roedd o'n lle bach digon tawal ers talwm yn doedd; pawb yn nabod ei gilydd.'

Cododd Annie ar hynny a dechreuodd wagio'r bagiau ar y bwrdd, a chymerodd Tom y symudiad fel arwydd fod ei ymweliad ar ben, ond yr oedd yn gyndyn o ymadael heb gael gwybod enw'r hwn a oedd yn amlwg â'i gyllell yn Richie Malan, ac mae'n rhaid fod Annie wedi sylweddoli hynny. Mentrodd ddweud ymhellach:

'A deud y gwir wrthach chi 'te Mistar Robaits, y dyn cnebrynga 'na o'r dre oedd o. Mae o'n rhoi ei hun yn dipyn o saer maen hefyd yn tydi.'

'O — Hywal Dyna Fo chwadal nhwtha. Hwnnw gafodd gweir yn y fynwant?'

'Ia dyna fo. Mae'r lle tawal hwnnw wedi mynd yn lle digon peryg 'run fath â phob man arall,' meddai Annie, a rhoddodd ryw gysgod o wên.

'Peryclach nag amal i fan,' meddai Tom.

'Cadwch o i chi'ch hun,' meddai Annie wrth ddiolch iddo am alw a'i hebrwng i'r drws.

'O mi wna' i, peidiwch â phoeni,' meddai Tom gan ddyfalu ar yr un pryd faint mwy oedd wedi derbyn y gorchymyn hwnnw gan Annie.

33.

Roedd Tom wedi meddwl y buasai'n gallu dweud ffarwél carcharor wrth yr Hendre Ddidol ar ôl ei brofedigaethau yno. 'Gwynt teg ar dy ôl di', ond pan ddaeth yr awr i ymadael am Blas Noswyl, doedd hi ddim mor hawdd.

Roedd hi wedi bod yn rhyw ornest i'r funud olaf bron, pwy fuasai'n ffarwelio â phwy, ond daeth hi'n orfodaeth ar Tom i fynd i weld Glenys yn y diwedd er mwyn cael rhyw ddealltwriaeth.

Doedd o ddim wedi mynd gyda'r bwriad o godi chwaneg o dwrw, ac yr oedd hithau mae'n amlwg wedi cael digon o hynny. Gwnaed y trefniadau yn dawel a rhesymol. Roedd am adael ei lyfrau am y tro, a'i ynnau yn y cwpwrdd dur nes y byddai Richie Malan yn eu derbyn i'w gwarchod, gan fod ganddo drwydded i'w cadw. Ond yr oedd am ddal ei afael yn y *Smith and Wesson* a'i gelu orau y gallai. Roedd hwnnw wedi bod yn gwmpeini iddo yn rhy amal yn y tyret, ac wedi bod yn gymaint cysur pan oedd ar ffo. Wedyn, byddai'n rhaid gwneud rhyw drefniadau ynglŷn â'r car a oedd yn yr hen ysgubor. Roedd yr hen ŵr am fynnu cael popeth yn iawn ac yn ei le.

Doedd gan Glenys wrth gwrs ddim hawl i'w rwystro rhag mynd â'r hen lun oddi ar y mur, er bod Dilys yn dal i ddweud na fuasen nhw'n caniatáu iddo ei grogi yn y cartref, ond mynnu wnaeth o. Roedd o hefyd wedi cymryd yn ei ben i gerdded yno yr holl ffordd ar draws y caeau, a'i gwneud hi'n ddwy siwrne pe bai raid hefo'r Beibl Mawr o dan un fraich a'r llun o dan y llall.

'Peidiwch â ponsian wir Dduw,' meddai Dilys. 'Mi a' i â chi yn y car. Be ddeuda'r hogan ddwy blethan 'na tasa hi'n y'ch gweld chi yn cyrraedd yno fel tramp?'

Ac felly y bu.

Roedd y metron dros dro yn disgwyl ei ddyfodiad wrth y fynedfa, a gwelodd Tom amryw o bennau eraill yng nghil y drysau. Roedd o'n ddyn ffodus iawn meddai hi, yn cael stafell a oedd yn wynebu ei hen gartref ar draws y caeau. Doedd yna neb arall yno â'r fath fraint. Yr hyn nad oedd hi'n ei wybod oedd fod yr hen Dom yn dal i ffermio yr Hendre Ddidol o hyd ymhen draw ei feddwl a'i enaid.

'Dowch i edrach amdana' i weithia,' meddai Dilys cyn mynd. Ar ôl rhyw dridiau roedd Tom wedi dechrau cynefino â threfn y cartref: bwyd, gorffwys a noswylio, ac yn dechrau dod i adnabod rhai o nodweddion y trigolion. Roedd o wedi arfer hefo Wil Griffith wrth gwrs, ond doedd o ddim wedi disgwyl i'r hen Jên Edwards fod mor grefyddol. Roedd hi wedi sylwi ar y Beibl Mawr ar lintel y ffenest ar ei hunion, ac yr oedd ganddi ddiddordeb arbennig yn y dalennau achau.

'Mae 'na le i un genhedlaeth eto ar waelod y ddalan,' meddai hi. 'Biti na fasach chi yn medru ei lenwi o.'

'Ella gwnewch chi ei helpu o ryw ddiwrnod,' meddai Wil.

'Rhag y'ch cywilydd chi William Griffith! "Am hynny byddwch chwithau barod", ddeuda' i.'

'Mi rydw i wedi bod yn barod ers blynyddoedd,' meddai Wil, 'ac wedi blacio fy sgidia, ond does 'na neb byth wedi dŵad i fy nôl i.'

Cafodd Tom ganiatâd i grogi llun mawr y buarth wedi'r cwbl. Ar yr ochr roedd llun Ellen, ac un Hari. Yn ffrâm y llun mawr roedd o wedi stwffio llun o'i arwr mawr — Tommy Farr.

'Mi wnaeth hwnna fwy i adfer ein parch ni fel cenedl na'r holl wleidyddion hefo'i gilydd,' meddai Wil un diwrnod. 'Mi rydw i'n ei gofio fo'n cwffio hefo Joe Louis yn yr *Yankee Stadium*. Yn yr ha' oedd hi, ac yr oeddwn i newydd ddechra gweini yn Tŷ Mawr, Garraglefn, a dim ond gynnyn nhw oedd weiarles yr adag honno. Beth bynnag, oria mân y bora oedd hi, a phawb wedi heidio yno, rhai yn sefyll yn y cowt yn clywad yn ail-law, a'r hen blant yn ista ymhen y grisia yn eu cobenni mi rydw i'n cofio, wedi cael aros i wrando ar Tomi. Roeddwn i yn y gegin fyw ar fainc y gweision, ac mi rydw i'n cofio Jini Ll'gada Mellt chwadal nhwtha, y forwyn fawr, yn gweiddi pan oedd petha'n poethi: "Hitia fo Tomi Bach", ond colli wnaeth yr hen Domi o drwch asgall gwybedyn, ond meddyliwch am aros pymthag rownd hefo'r *Brown Bomber*. Mae'r rhain rŵan â'i tafoda allan ar ôl deuddag.'

'Fydda' i ddim yn licio yr hen gwffio 'ma,' meddai Jên.

'Mae Caniadaeth y Cysegr yn dŵad yn ei ôl yr wsnos nesa,' meddai Wil ar ei union. 'Mae'n siŵr y bydd yna gwffio mawr am gael codi canu.'

Roedd yn rhaid i Tom gyfaddef bod ei stafell yn gysurus a chartrefol er ei symlrwydd, ond roedd o'n dal i ddweud wrth Wil:

'Mi rydw i'n gweld yr hen le peth cynta yn y bora a'r peth diwetha o hyd. Dydi o ddim yn mynd i fod yn beth da wsti. Wedi mynd yn ddigon pell oddi wrtho fo ddyliwn i, i gael tawelwch meddwl; i dy hen le di i ben draw Sir Fôn.'

'Mi fasa'n dda ar y diawl gen i taswn i wedi aros yno, mi ddeuda' i gymaint â hynna wrthat ti,' meddai Wil bob amser yn barod ei atebiad, ac yr oedd Tom wedi mynd i sylwi bod Wil wedi newid y rhagenw wrth gyfeirio ato ar ôl iddynt ddod o dan yr unto, a doedd hynny yn dod â fawr o foddhad iddo. Ond y peth a oedd yn pryderu fwyaf ar hwnnw oedd pwy fyddai'n lladd gwair yno bellach?

Doedd Tom ddim wedi bod yno ond brin wythnos pan ddaeth Dilys ar sgri rhyw amser cinio, gydag amlen wen o faintioli yn ei llaw.

'Roeddwn i'n meddwl y basach chi'n licio cael hwn ddaeth bora 'ma,' meddai hi. 'Oddi wrth y'ch cariad dwi'n siŵr.'

'Faint ohonyn nhw wyt ti'n feddwl sy' gen i,' meddai Tom gan syllu ar wyneb yr amlen a'r marc post: *Lac de L'eau Clair*.

Wrth ei weld yn oedi, dywedodd Dilys, "Dach chi ddim am ei agor o?'

Ond roedd Tom fel byddai'r hen bobl ers talwm wedi cael llythyr yn dyfalu p'run ai llawenydd ynteu trallod oedd ei gynnwys.

'Mi cadwa' i o nes y bydda' i'n mynd i fy ngwely,' meddai. 'I mi gael ei ddarllan o o dan y dillad. D'wad i mi — sut ydach chi'n gneud hebdda' i yr ochor bella 'na?'

'Go lew,' meddai Dilys. 'Wyddoch chi be dwi'n ama erbyn hyn?'

'Na wn, ond mi ga' i wybod mae'n siŵr.'

'Nad oedd ganddi hi fwriad gwerthu, mai blyff oedd o i gael gwarad â chi.'

'Be sy'n gwneud i ti feddwl hynny?'

'Mae'r hen foi wya' 'na yno'n reit amal rŵan, ac mi rydw i'n credu eu bod nhw'n cynllunio i fynd ar y cyd hefo'r *tourist trade* chwadal nhwtha. Mi clywais hi'n deud y basa fo'n syniad cael merlod i reidio a chwrs golff.'

'Wyt ti'n meddwl ei bod hi o ddifri?'

'Os ydi hi, mi fydda' i yn un fydd ddim yn cymryd rhan. Ella mai hwn ydi'r tro diwetha y bydda' i'n chwarae postman. Dydi hi ddim yn licio i'ch llythyra chi ddŵad yno. Wel, medda fi, sgin y dyn ddim help. Dydi pobol ddim yn gwybod ei fod o wedi mynd o 'ma eto.'

Wedi i Dilys fynd aeth Tom i'w stafell a thorri'r amlen. Syrthiodd llun lliw allan ohono. Dyn a dynes a dau blentyn yn eu harddegau o flaen cefndir drws a hanner ffenest, ac uwchben y rheiny mewn ysgrifen fras wen y ddau air *Chez Vasseur*. Teimlodd Tom rhyw law yn gafael ynddo o dan ei galon. Roedd y bobl yn ddieithr ond nid yr adeilad. Syllodd yn hurt ar y llun nes am funudau anwybyddu'r llythyr a oedd yn gydymaith iddo. Yna darllenodd:

Lac de L'eau Clair.

Cher Tom,

Maddeuwch i mi. Allwn i ddim dod i ddiolch nac i ddweud ffarwél. Euthum i San Malo ar fy ffordd (fy ngwaed Corsair), ac yna allwn i ddim gwrthsefyll y demtasiwn o fynd i Peuplinques.

Yn ddiau buasech chi yn gweld newid. Nid yw ceg twnnel y Manche ymhell. (Gresyn na fuasai yno yn '44.)

Fel y gwelwch yn y llun a dynnais, ma'r *buvette* yno o hyd, a'r bwrdd pŵl oddi mewn. Mae'n cael ei gadw gan Monique Guégand a'i gŵr Jean Claude sydd yn athro yn Coquelles. Mae iddynt ddau o blant, Jean Paul ac Yvette. Mae'r bachgen, sydd yn f'atgoffa o rywun a welais o'r blaen, yn y coleg yn Lille yn mynd yn dwrne, ac mae Yvette yn yr ysgol yn Calais. Mae'r fam yn dal iawn o ystyried mai Ffrances yw hi; fuasech chi ddim yn cytuno, ac yn olau iawn ei phryd? Roedd yna lun ar yr ochr, llanc ifanc pryd golau a merch ar gefn un o geffylau mawr y Boulognaise. Doedd dim angen gofyn pwy oeddent.

Arhosais am dridiau. Cyn mynd, rhennais fy nghyfrinach â'r hen *curé* sydd yn ei nawdegau ond yn sionc. Dangosodd i mi fedd Teresa (64 oed). Oedd, yr oedd yn cofio'r hogyn RAF a fyddai yn cuddio yn simdde'r efail, sydd yn awr yn adfail. Nid yw Levallois yno mwyach ychwaith.

Bûm hefyd ger cofgolofn y Canadiaid, wylais blwc.

Au revoir cher Tom, Jamais je ne t'oublierai.

Wylodd yr hen ŵr hefyd ar hynny, a daeth cnoc ar y drws. Daeth Jên i mewn heb ei gwahodd ac edrychodd yn syn arno.

'Wedi cael newydd drwg Tom?'

'Na, newydd da Jên. Mi fydda' i'n iawn yn y munud.'

A bu raid i'r hen wraig fodloni ar hynny.

Wedi iddi fynd ailedrychodd Tom ar y llythyr ar ôl sychu ei lygaid. Roedd wedi methu un frawddeg ar y gwaelod.

'Gwnaeth *Le Bon Dieu* ein gwaith trosom yn y fynwent.'

Wedyn, o gwrteisi, roedd yn rhaid iddo ddiwallu chwilfrydedd Jên Edwards am y llythyr a'r llun a oedd wedi cael y fath effaith arno, ac yr oedd hi'n fraint cael ei ddangos wrth gwrs. Eglurodd mai pobl a oedd wedi ei warchod yn Ffrainc amser y rhyfel oeddent. Ond yr oedd Jên yn graff.

'Mae nhw'n edrach yn ifanc iawn i fod yno amsar y rhyfal,' meddai hi.

'Am y taid a'r nain ydw i'n sôn Jên.'

'Ydyn nhw yn fyw o hyd?'

'Na maen nhw wedi mynd.'

Ond roedd Wil Griffith wedi cael agoriad llygad pan ddeallodd fod Tom wedi bod yn hedfan yn y rhyfel.

'Mi ge's i sbario mynd wyt ti'n gweld,' meddai. 'Roeddwn i ar y tir.'

'Felly finna,' meddai Tom. 'Ond fedrwn i ddim llechu a'r hogia eraill i gyd yn mynd.'

Doedd gan Wil ddim i'w ddweud am hynny, ac yr oedd Tom yn gwybod ei fod ar y blaen mewn hynny o beth a hynny yng ngŵydd Jên.

'Mae gen i ffrâm fach reit ddel fasa'n ffitio'r llun 'na Tom,' meddai. 'Mi a' i i'w nôl hi i chi rŵan.'

Gosododd Tom y llun yn y ffrâm hefo'r ddau arall. Roedd ei deulu yn cynyddu, yn fyw ac yn farw, er nad oedd y naill gangen yn gwybod dim am y llall. Ofynnodd o ddim, y tro hwnnw, beth fuasai Ellen yn ei ddweud.

Yn ddiweddarach cyn noswylio, llanwodd y gofod gwag ar waelod y ddalen achau yn y Beibl Mawr gyda llaw ofalus.

34.

Ymhen rhyw dridiau wedyn, roedd Tom yn eistedd ar y fainc y tu allan i'r cartref hefo Wil Griffith pan ddaeth car o gryn faint at y giât, ac ohono daeth Glenys yn swancan i gyd gan sodlu i fyny'r llwybr.

'O, yn y fan yma yr ydach chi,' meddai wrth Tom heb fath o gyfarchiad arall na chymryd unrhyw sylw o'i gydymaith. 'Mi fasa'n dda gen i tasach chi'n medru trefnu i'ch llythyra chi beidio dŵad acw,' a rhoddodd amlen frown yn llaw Tom. 'Mi ddois â hwn am fy mod i isio y'ch gweld chi ar gownt rhyw fatar arall. Pa bryd ydach chi am symud yr hen gar 'na oddi ar y ffordd?'

Roedd Wil yn edrych yn hurt ar y ddynes.

'Mi ofynna' i i Richie Malan ei symud o i'w le o,' meddai Tom yn amyneddgar, 'fydd hynny yn iawn? Does 'na ddim cymaint â hynny o frys debyg?'

'Mae arna' i isio ei le o,' meddai hithau.

Erbyn hynny adnabu Tom yrrwr y car mawr fel dyn y *Miramar*. Roedd o wedi dod allan o'r cerbyd ac yn pwyso ei gefn arno â'i ddwylo ymhleth mewn ystum parodrwydd rhag ofn y buasai ei gydymaith angen cymorth.

Ar ôl gwneud y datganiad hwnnw fodd bynnag, sodlodd Glenys ei ffordd yn ei hôl, a chafodd y ddau ryw sanhedrin fer yn y car cyn cychwyn i ffwrdd.

'Dipyn o siswrn oeddwn i'n cael honna,' meddai Wil heb i neb ofyn ei farn. 'Sut ddaru ti ei diodda hi cyhyd?'

'Matar o raid ydi hi weithia, Wil.'

'Mi rwyt ti'n iawn, ond mae hi'n amsar i dy lwc di newid bellach 'rhen Dom.'

'Mae gofyn iddo fo wneud yn o sydyn 'ta.'

Aeth Tom i'w stafell i ddatod yr amlen frown. Nodyn oedd o o swyddfa Sam Lloyd y Cyfreithiwr a'i fab. Dyna oedd ar ben y ddalen beth bynnag. Ond yr oedd yn gwbl amlwg fod y cwmni wedi ei feddiannu gan rywun arall.

Gwahoddiad oedd o i Tom fynd i'r swyddfa yn y dref cyn gynted ag yr oedd yn hwylus. Roedd y nodyn wedi ei arwyddo gan rywun o'r enw R.H. Symonds.

Bu'r wŷs yn foddion i lenwi bwlch yng nghof yr hen ŵr. Yn ei frys i drefnu ei ymadawiad o'r Hendre, roedd wedi anghofio am yr ewyllys a wnaeth ers blynyddoedd. Roedd honno rhwng dalennau *Teithiau Pennant* yn y llofft ŷd. Roedd wedi gadael ei arian i Hari ar ôl trosglwyddo'r fferm, a buan iawn y buasai'r cyfalaf hwnnw yn cael ei naddu at groen y baw ar ôl talu ei ffordd yn y cartref am gyfnod sylweddol. Buasai'r ddogfen erbyn hynny mor ddiystyr â'r ewyllys ddieiddo honno a fyddai yn ei gadael gyda'i fodrwy o dan ei obennydd cyn dringo yn nosweithiol i dyret 'Molly Malone': 'F'annwyl dad a mam; Erbyn i chi gael hwn byddaf i . . . ' Ond yn sydyn daeth iddo waeth pryder. Roedd yn yr ewyllys wybodaeth am y sofrenni ym medd Ellen!

Pan aeth Tom i swyddfa Sam Lloyd, sylwodd ar unwaith ar y newidiadau. Roedd Miss Megan Pritchard a'i *Barlock* clogyrnaidd wedi diflannu o lawr y grisiau, ac yn ei lle dair merch yn gweithio yn dawel hefo cyfrifiaduron, ac yr oedd y stafell gefn, a fyddai yn llawn o hen flychau, bellach yn lloches garpedog gynnes i ddisgwyl, gyda chyfnodolion o bob math a chwaeth i dynnu meddyliau'r cwsmeriaid oddi ar eu dyledion a'u hysgariadau a'u camymddygiadau cyffredinol, ac oddi ar y ddyled a fuasai yn rhaid iddynt ei hwynebu fel tâl am eu gwaredigaeth. Yr oedd yno deganau plastig i ddifyrru eu plant hyd yn oed.

Pan gafodd ei alw o'r diwedd i fyny'r grisiau i bresenoldeb y gŵr ei hun, cafodd yno ragor o achos rhyfeddu. Yn lle'r llwch a'r pentyrrau o ddogfennau a arferai guddio Sam Lloyd, roedd y lle mor agored a chlinigol ag ystafell y deintydd. Sylwodd Tom am y tro cyntaf fod y môr trochionog i'w weld drwy'r ffenest.

Roedd y cyfreithiwr Symonds yn fain a glandeg, a gwisgai sbectol lydan. Croesawodd Tom mewn Saesneg proffesiynol, hyfforddedig. Ar yr ochr yr oedd yna lun o wraig ieuanc a dau o blant mân, i'w atgoffa tra yn gwneud ei gyfrifon, fod yna rai eraill gartref gyda thraed a chegau yn cyson ymestyn.

Ar ôl eistedd, fedrai Tom ddim llai na chynnig sylwadau ar y newidiadau oedd wedi gwneud y fath argraff arno, gan daflu yn ganllaith fod y cyfan er llawer gwell.

'Ydi,' meddai'r dyn. 'Roedd y diweddar Mr Lloyd Davies yn tueddu i gadw at ei ddulliau ei hun i'r diwedd.'

Ni ddywedwyd mwy am hynny, ond aeth ymlaen wedyn i egluro sut y bu iddo ef a'i bartner gymryd awenau'r cwmni, a dal i weithredu o dan yr hen enw. Roedd yn amlwg erbyn hyn, fodd bynnag, fod arno angen gwybod mwy am Tom a'i sefyllfa, os nad er mwyn hyrwyddo'r busnes mewn llaw, er mwyn ei chwilfrydedd personol ei hun. Nid oedd yn debygol fod wynepryd Tom yn ddieithr iddo, ond ni soniwyd sut y daeth y cynefindra hwnnw i'w feddiant.

Ar ôl i Tom fodloni'r dyn ynghylch ei amgylchiadau presennol, a'r gadwyn o ddigwyddiadau a arweiniodd atynt, cyfnewidiasant fân sylwadau cyfeillgar, ac yna mae'n rhaid fod Symonds yn credu bod digon o'i amser wedi ei dreulio ar ragymadroddion. Dywedodd yn sydyn:

'Wel Mr Roberts, rwy'n siŵr eich bod chi'n dyfalu, bellach, pam yr anfonais amdanoch chi. Mae'n fater syml iawn a dweud y gwir, ond o'ch safbwynt chi yn holl bwysig.' Cododd bapur a oedd o'i flaen ar y ddesg a'i ddal rhwng ei fysedd. 'Wrth aildrefnu'r swyddfa, sylwais ar y weithred rodd yma a wnaethoch i'ch mab a'ch merch-yng-nghyfraith yn 1984.'

Gadawodd Tom iddo gael ei ben.

'Mae pwrpas y ddogfen yn dal yr un fath o hyd. Sylwais fodd bynnag nad yw'r weithred wedi ei chofrestru yn swyddogol. Be garwn i wybod yw, oedd hyn yn fwriadol ynteu — ddywedwn ni — yn esgeulustod?'

Roedd Tom yn y tywyllwch yn y fan honno a bu raid iddo gyfaddef hynny.

'Pan ddois i yma hefo fy mab i weld Mr Davies yr hynaf ac arwyddo, roeddwn i o dan yr argraff mai dyna'r cwbl oedd angen ei wneud.'

'Rwy'n gweld. Eglurwyd ddim i chi felly y gellid dinistrio'r ddogfen yma ar unrhyw adeg ac na fyddai yn cyfrif am ddim.'

'Ddim i mi gofio.'

'Rhyfedd iawn,' meddai'r dyn gan eistedd yn ei ôl yn ei gadair dro a rhoi pwniad i'w sbectol.

Gofynnodd Tom wedyn: 'Ydi hynny'n golygu nad ydi hi yn dal dŵr?'

'O ydi. Dydi'r ffaith yna yn newid dim ar y datganiad cyfreithiol. Wrth gwrs efallai bod Mr Lloyd Davies wedi ei gadael fel hyn yn fwriadol er eich diogelu yn y dyfodol. Mae amgylchiadau pobl yn newid o flwyddyn i flwyddyn fel y gwyddoch yn dda.'

'Be sy' arnoch chi angen i mi wneud felly?' gofynnodd Tom yn gynlledd.

'Eich penderfyniad chi yn hollol ydi hynny Mr Roberts. Y cwbl oeddwn i'n awyddus i'w wybod oedd a ydach chi'n hapus i adael y trefniant fel ag y mae, gan gadw mewn cof fod y fferm yn dal yn eiddo i'ch merch-yng-nghyfraith?'

I fod yn berffaith siŵr ei fod yn deall y dyn yn iawn gofynnodd Tom: 'Rwy'n cymryd mai penderfyniad y rhoddwr yw hynny?'

'Yn hollol. Ac fel yr oeddwn i'n dweud funud yn ôl, efallai bod Mr Lloyd Davies wedi gadael cyfle i chi newid eich meddwl.'

Teimlodd Tom wefr yn ei gerdded, ond cyn gollwng ei hun yn gyfangwbl i'r teimlad, roedd y cwestiwn tyngedfennol yn aros i'w ofyn.

'Ydi hynny yn golygu mai f'eiddo i ydi'r lle o hyd pe bawn i'n dymuno hynny?'

'Yn hollol,' meddai'r cyfreithiwr wedyn gan ddefnyddio ei hoff fynegiant. 'Os mai dyna eich dymuniad Mr Roberts.'

'Wel ia, ar ôl i bethau ddŵad i hyn.'

Roedd y teimlad a oedd wedi ei feddiannu ar y pryd yn gefnder cyfan i'r un a'i goddiweddodd ar ôl iddo lanio ar ddaear galed wedi neidio o'r Lancaster.

'Ga' i fynd â hwnna hefo fi?' gofynnodd yn y diwedd.

'Cewch, cewch wrth gwrs,' ac estynnodd y dyn y ddogfen iddo.

Edrychodd Tom yn syn ar y papur am funud, ac nid oedd osgo symud arno. Yna gofynnodd yn sydyn:

'Wnewch chi rywbath arall i mi tybad?'

'Wrth gwrs, os ydi o o fewn fy ngallu?'

'Wnewch chi f'ewyllys?'

Edrychodd y dyn arno yn amheus am funud, yna gofynnodd:

'Doeddech chi erioed wedi meddwl am wneud un o'r blaen?'

'Mi wnes. Ond ar ôl marwolaeth fy mab, dydi hi'n cyfri am fawr ddim.'

'Wela' i. I bwy felly ydych chi'n dymuno ei gwneud yn awr?'

'I bobl rwy'n adnabod yn Ffrainc.'

'Perthnasau?'

'Pell. Rhai ddaru fy ngwarchod i ar ôl i mi gael fy saethu i lawr amser y rhyfel.'

'Roeddech chi'n hedfan felly? Diddorol iawn.'

'Doedd o ddim yn teimlo felly ar y pryd. Ond does neb isio gwybod.'

'Ond fe ddylen. Wrth anghofio dioddefaint yr hen genhedlaeth mae'r rhai a ddaw ar ôl yn dueddol o syrthio i'r un brofedigaeth. Ond pwy yw'r bobl yma Mr Roberts?'

'Jean Paul ac Yvette Guégand o Peuplinques Pas-de-Calais. Ar ben hynny carwn adael dwy fil o bunnau i Mrs Dilys Thomas, Haulfryn, Llanedwyn am garedigrwydd.'

'Digon syml ddwedwn i.' Ysgrifennodd, ac yna gadawodd i Tom adolygu'r sillafu. 'Fe wnawn ni gopi a'i anfon i chwi Mr Roberts, ac yna fe gewch chi ddod i arwyddo'r un terfynol.'

'Mae arna' i ei angan o ar unwaith,' meddai Tom yn bendant. 'Heddiw, ac fel y dwedsoch chi, mae o'n ddigon syml. Mi wnaiff y genethod fod yn dystion rwy'n siŵr.'

Trodd y cyfreithiwr ddalennau ei ddyddiadur. 'Wel o'r gorau,' meddai o'r diwedd. 'Beth pe baech chi yn mynd am bryd o fwyd a dychwelyd tua thri ddywedwn i. Bydd popeth yn barod ar eich cyfer.'

Wrth fynd allan o'r adeilad diolchodd Tom yn dyner i'r

genethod am 'edrych ar ei ôl', gan eu hysbysu y buasai yn eu gweld yn ddiweddarach. Unwaith yr oedd yn cerdded ar y stryd, yr oedd fel dyn o dan gyffur. Cyfarchodd ddieithriaid pur, a gofynnodd i hen wraig a oedd hi wedi clywed y gog. Yna aeth am bryd i'r *Angor Aur* ac archebodd blatiaid o datws a chig fel gwas fferm, ac yfodd gwrw i'w ganlyn.

I ladd amser aeth o gylch y dref, ac yn y farchnad agored prynodd grafat gwlân i Wil Griffith er bod y tywydd yn cynhesu, a brat amryliw i Jên Edwards, er nad oedd honno gyda'r un bwriad o fynd yn agos i sinc na phopty. Yna dychwelodd i'r swyddfa lle'r oedd popeth wedi ei baratoi ar ei gyfer. Darllenodd yr ewyllys fer gyda boddhad, ac arwyddodd hi gyda'r merched o lawr y grisiau. Diolchodd eilwaith iddynt, ac ymhen rhyw ddeng munud yr oedd yn ei ôl wedyn gyda bocs mawr o sioclet iddynt.

Aeth yn ei ôl i'r *Angor Aur*, ac yno cyfarfu â rhyw hen fachgen o'i oed, a oedd yn gwisgo rhyw feret gwyrdd â bathodyn arno. Dechreuasant gyfnewid eu profiadau am y rhyfel. Roedd y dyn yn un o'r rhai cyntaf i lanio ar draethau Normandy, ac yr oedd yn bwriadu mynd yn ei ôl yno yn yr haf i ymuno â'r dathliadau hanner canrif.

Bu hynny yn foddion i Tom gael yr un syniad. Wel, pam lai, a'i gorffen hi yn Peuplinques hefo'i ewyllys newydd tra yr oedd yr ochr draw. Doedd hi ddim yn rhy hwyr yn ôl Monique Larores. Buasai wedyn yn gallu ysgrifennu iddi a dweud yr hanes.

Ond ar ôl ymadawiad yr hen filwr, trodd ei feddwl i gyfeiriad arall, a dechreuodd ffurfio cynllun o ddialedd Capten Morgan. Ar gyfer y bore wedyn yr oedd am fynd i'r Hendre a cherdded i mewn heb guro ar y drws, a gorau yn y byd os byddai dyn yr wyau yno, ie, a Dori yn un côr cymysg. Roedd am eistedd wrth y tân heb ei wahodd, a thynnu'r ddogfen weithred roddi ddi-sail o'i boced a'i dangos i'r holl gwmni a oedd yno wedi ymgynnull a rhoi cyfle iddynt ei darllen — yn fanwl os yr oedd tuedd arnynt. Ac wedyn — ac wedyn, roedd am ei thorri yn ddau o'u blaenau a'i llosgi a cherdded allan i'w lofft i nôl y *Purdey*, a cherdded ar draws y caeau — ei gaeau. Dyna oedd y cynllun a oedd yn cyniweirio yn ei ymysgaroedd.

Yn ddiweddarach llanwodd y dafarn. Prynodd ddiod i hwn a'r llall, a chafodd ei dynnu i yfed mwy nag oedd yn dda iddo, ac i ganu 'Defaid William Morgan' fraich ym mraich â rhyw lafnes benfelen, nad oedd wedi arfer gofyn am dystysgrif geni yr un o'i hamryfal gymdeithion, nac wedi bod yn grintach o rannu 'blaenffrwyth dyddiau'i hoes'. Roedd hi wedi cael yr argraff gan Tom fod ganddo gerbyd yn disgwyl wrtho a hwnnw yn cael ei yrru gan was personol. Pan ddaeth hi'n amser ymadael, glynodd wrth ei fraich i fynd i chwilio am y cerbyd hwnnw. Ond erbyn cyrraedd y fan roedd yno chwech o'r rheiny yn disgwyl yn eiddgar, ac yr oedd gan bob gyrrwr ei bris. Agorodd Tom ddrws un cerbyd a dywedodd wrth yr eneth am fynd i mewn. Os oedd hi wedi ei tharfu chymerodd hi arni ddim. Eisteddodd Tom wrth ei hochr a gafael yn ei llaw.

'Lle'r ydan ni'n mynd?' gofynnodd hi o'r diwedd.

'I fy nhŷ i. Mae yno hannar cant o rŵms a morwynion a garddwr. Mi rwyt ti'n siŵr o'i licio fo.'

Ar ôl iddo roi cyfarfwyddyd astrus i'r gyrrwr ac ynghynt nag yr oedd Tom yn ddymuno, roeddent wedi cyrraedd Plas Noswyl. Agorodd y drws a daeth allan o'r tacsi, a chwilotodd am arian i'r gyrrwr. Roedd yr eneth hefyd wedi dod allan erbyn hynny.

'Hwn 'dach chi'n feddwl?' meddai gan nodio at yr adeilad.

'Ia, wyt ti'n ei licio fo?'

'*Home* hen grincs ydi hwn. Wel y diawl drwg. Hen ddyn budr uffar,' a neidiodd yn ei hôl i'r tacsi.

'Hwda, dos â hi yn ei hôl,' meddai Tom gan roi arian i'r gyrrwr. 'A hwda ditha,' meddai wrth yr hogan, gan daflu papur pumpunt drwy'r ffenest. 'Pryna het — ella cei di waith i ddychryn brain.'

'Mi rydach chi'n mynd i'w chopio hi sgweiar,' meddai'r gyrrwr. 'Mae hi'n *lights out* ers meityn.'

Wrth i Tom wablian i fyny'r llwybr dan ganu 'Mae rhywbeth bach yn poeni pawb', roedd goleuadau yn ymddangos yn y ffenestri, ac ni sylweddolodd wirionedd geiriau dyn y tacsi nes yr aeth bron i freichiau'r metron a safai ar ben y drws, a doedd hi ddim yn yr un hwyl â'r dydd y croesawodd yr hen ŵr yno i gychwyn.

'Pa amser ydach chi'n galw hwn i ddod yma yn y fath stad i gynhyrfu pawb?' gofynnodd.

Roedd amryw o bennau eraill i'w gweld wrth bostiau'r drysau, fel rhai cywion bronwennod yn disgwyl eu mam yn ôl hefo cwningen.

'Mae gen i hawl i ddŵad adra ryw dro licia i i fy lle fy hun,' meddai Tom. 'Mi fedra' i y'ch troi chi allan i gyd os lecia' i.'

'Y barlys yn siarad,' meddai'r ddynes oedd wedi ei disgyblu i beidio â chodi twrw yn ddiachos.

'Byth eto, metron,' meddai Tom wedi symol sobri am funud. 'Byth eto yn y fan yma.'

'Mae'n dda gen i glywed,' meddai hi.

'*Guaranteed*,' meddai Tom. *'Never no more.'*
Roedd Wil Griffith wedi ymddangos erbyn hyn.

'Mi rwyt ti wedi troi'r drol heno yr hen Dom,' meddai. 'Lle buost ti — ffair Borth?'

Roedd Tom yn dal dau becyn bach yn ei ddwylo. Rhoddodd un i Wil.

'Hwda dyma i ti bresant bach Wil,' meddai, 'i gofio am yr hen amsar. Lle mae Jên? Mae gen i rhywbath iddi hitha hefyd.'

'Dyma hi ar y gair,' meddai Wil.

Roedd Jên Edwards, yn ei mantell wisgo, yn edrych fel bugeiles fach degan o Dresden wedi colli peth o'i sglein. Edrychodd ar Tom gyda syndod ond ddwedodd hi ddim.

'Rhywbath bach i titha Jên,' meddai Tom wrthi hithau, 'i gofio am dy blethi di ers talwm. Yr hen Jên . . . ' a dechreuodd ei lygaid ddyfrio. Yna torrodd y metron ar draws.

'Ac yn awr gan fod y seremoni anrhegu ar ben,' meddai, 'ewch chi,' ychwanegodd gan droi at Wil Griffith, 'â Mr Roberts i'w stafell os gwelwch yn dda. Mi ddo' i yna gyda hyn i weld sut y bydd pethau.'

Doedd dim angen iddi wneud hynny. Yng nghwmni Wil roedd Tom fel oen bach. Cafwyd o i'w wely yn didrafferth, ac yn fuan syrthiodd i gysgu gan ddal i sisial 'Byth eto yn y lle yma. Byth eto . . . '

Roedd Wil ar ei draed yn gynnar y bore wedyn. Aeth ar ei union i edrych sut yr oedd ei hen gyfaill, ond i bob ymddangosiad yr oedd Tom wedi ei guro. Doedd o ddim ar gael, ond yr oedd ei wely wedi ei wneud, a sylwodd Wil fod y Beibl Mawr a'r lluniau ar draed y gwely, ac yr oedd y llun mawr wedi ei dynnu i lawr a'i osod â'i wyneb at y pared.

'Duw, mae'r hen Dom wedi dechra sbringclinio,' meddai Wil wrtho'i hun. 'Mi wnaeth y sbri 'na les iddo fo mae'n rhaid.'

Aeth yn ei flaen i gyfeiriad y stafell fwyd, ac yno yn sefyll wrth y drws yn ei brat newydd yr oedd Jên Edwards.

'Glywsoch chi?' gofynnodd.

'Am be?' meddai Wil.

'Tom Roberts wedi mynd neithiwr.'

'Wedi dengid?' meddai Wil.

Ysgydwodd Jên ei phen. 'Wedi ein gadael ni.'

'Neithiwr?' meddai Wil wedyn. 'Ond roedd o'n iawn . . . '

'Strôc meddan nhw.'

'Y creadur. Roedd o wedi ei chael hi wyddoch chi, hefo un peth a'r llall. Synnu oeddwn i ei fod o cystal.'

'Wyddoch chi be? Roeddwn i'n ei weld o neithiwr yn ymddwyn fel rhywun wedi ennill y fwtbol, wedi dŵad i ffortiwn felly.'

'Na, wedi ei dal hi roedd o wyddoch chi. Wedi cael yr afael rydd oddi wrth yr hen hogan-yng-nghyfraith 'na oedd wedi hambygio cymaint arno fo. Mi ddioddodd lot yn ddistaw, mi wn i hynny.'

Ymhen deuddydd darllenodd Wil yn y papur:

'Yn dawel yng nghartref henoed Plas Noswyl, Thomas Roberts, (Tom), gynt o'r Hendre Ddidol, Llanedwyn yn 71 mlwydd oed.'

Roedd saith y *Molly Malone* yn gyflawn eto.

Aeth Wil â'r papur i Jên Edwards.

'Mae ei hanas o i mewn heddiw,' meddai.

'Roeddwn i'n meddwl y basa fo,' meddai Jên. 'Roedd o yn

ddigon hapus yn y fan yma hefo ni, am hynny y bu o yn doedd?' meddai hi.

'Wn i ddim wyddoch chi,' atebodd Wil, erioed yn un am gynnwys sentiment. 'Mi clywais o'n deud y basa fo wedi licio mynd yn ddigon pell o olwg yr Hendra, i ben draw Sir Fôn fydda fo'n ddeud. Ond mae hi'n llawn cystal nad aeth o ddim erbyn hyn. Mae o'n nes adra lle mae o.'